Timoleon kehrt zurück

Dan Rhodes

Timoleon kehrt zurück

Roman

Aus dem Englischen
von Christa Schuenke

Kiepenheuer & Witsch

1. Auflage 2003
Titel der Originalausgabe: *Timoleon Vieta Come Home*

Aus dem Englischen von Christa Schuenke

Published by arrangement with Canongate Books Ltd., Edinburgh
Mit Illustrationen von Vien Thuc, Da Lat, Vietnam

Umschlaggestaltung: Rudolf Linn, Köln, nach einer Idee von Angus Hyland at Pentagram
Umschlagmotiv: Vien Thuc, Da Lat/Vietnam
Gesetzt aus der Bembo
Satz: Pinkuin Satz und Datentechnik, Berlin
Druck und Bindearbeiten: GGP Media, Pößneck
ISBN 3-462-03317-4

Inhalt

… Hunde gehören Menschen, und Menschen müssen
die Schläge des Schicksals erdulden.

Aus: *Lassie kehrt zurück* von Eric Knight

ERSTER TEIL

Timoleon Vieta

Timoleon Vieta

Timoleon Vieta war ein Hund von edelstem Geblüt. Er war eine Promenadenmischung.

Die selbstverliebten Posen, das arrogante Gehabe und die angeborenen Neurosen der Rassehunde, das alles gab es bei ihm nicht. Seine Erbanlagen waren derart bunt zusammengewürfelt, dass jeder Versuch, dieses Kuddelmuddel auseinander zu wursteln, von vornherein zum Scheitern verurteilt gewesen wäre. Und doch hatte gerade dieses Geheimnis, das ihm anhing, schon viele fast erlahmte Unterhaltungen neu angefacht, weil manche, wenn sie ihn sich eingehender unter die Lupe nahmen, in seinem Fell den Beauceron erkannten, in den überdimensionalen Ohren den Schwedischen Schäferspitz, in dem leicht geringelten Schwanz irgendwas Nordisches, in seinem Gang den Pinscher und in der Art, wie er meistens auf der Erde lag oder in dem Sessel, den er sich erobert hatte, das Faultier. Nein, viel war echt nicht an ihm dran und erst recht nichts Echtes.

Auch sein Alter war ein Geheimnis. Als er damals, mitten im schönsten Gewitter, plötzlich mit eingezogenem Schwanz und klatschnassem Fell, das die erbärmlich mageren Rippen besonders unvorteilhaft zur Geltung brachte, in der Küche stand, hatte ihn Cockroft auf ungefähr zwei Jahre geschätzt. Das war vor fünf Jahren gewesen, also wurde er sieben.

Auf den ersten Blick unterschied sich Timoleon Vieta

nur unwesentlich von all den anderen Straßenkötern in Umbrien. Er war schwarz mit ein paar weißen und hellbraunen Flecken und mittelgroß, vielleicht eher noch etwas kleiner. Bei näherem Hinsehen aber war er doch irgendwie anders. Erstens war er sehr gepflegt, ja sogar verwöhnt, und mittlerweile auch bei weitem nicht mehr so mager wie die anderen Streuner in Perúgia; seine Nase schimmerte feucht, und das Fell, das an manchen Stellen lang, an anderen eher kurz war, ohne dass sich darin ein System hätte erkennen lassen, war sauber und glänzte.

Und noch etwas zeichnete ihn aus – etwas, das ihn zu einem ganz besonderen und ungewöhnlichen Hund machte, selbst gegenüber anderen Mischlingen, die per Zufall ein anständiges Zuhause gefunden hatten. Denn obwohl Timoleon Vieta nur ein Straßenköter war, hatte er wunderschöne Augen – wie die Augen eines kleinen Mädchens.

Cockroft

Schon lange hatte Cockroft mit niemandem mehr gesprochen, außer mit Timoleon Vieta. Niemand war vorbeigekommen und niemand hatte angerufen. Sein letztes richtiges Gespräch hatte er vor sechs Tagen geführt, am Telefon, mit seiner Finanzberaterin in England. Angefangen hatte es mit einer Diskussion über die kleine Rente, die er neuerdings bekam und derentwegen er sich entsetzlich alt fühlte, und aufgehört hatte es mit einem Streit um eine Arie und dem wütenden Aufknallen des Hörers. Cockroft war betrunken gewesen, darum konnte er sich nicht mehr erinnern, wer diesmal den Hörer aufgeknallt hatte, geschweige denn, um welche Arie es gegangen war, die einer von ihnen als zu schrill empfunden hatte, aber das war auch nicht weiter wichtig. In glücklicheren Tagen waren sie Freunde und Sparringpartner gewesen und hatten frohgemut ganze Abende damit verplempert, eine Flasche Wein nach der anderen zu trinken und alle möglichen Musiker, Dirigenten und Komponisten niederzumachen oder in den Himmel zu heben. Aber damit war es inzwischen vorbei. Jetzt gingen sie sich bloß noch auf die Nerven, jetzt war sie für ihn nur noch die Verwalterin seiner schwindenden Finanzen. Von der Rente konnte er gerade mal so leben und dafür sorgen, dass das Dach dicht blieb, und die spärlich tröpfelnden Tantiemen für Musikstücke, die er geschrieben oder arrangiert hatte, reichten für Diesel, Wein, Zigarren und hin und wieder einen kleinen Wochenendtrip, und mit Ach und Krach konnte er sich davon auch noch einen Köter halten.

Timoleon Vieta war schon Cockrofts vierter Hund in den fünfzehn Jahren, die er jetzt in dem alten steinernen Bauernhaus lebte. Die anderen drei waren ihm abhanden gekommen. Der erste, ein rotbrauner Setter, hatte irgendwelche Pillen nicht vertragen und war im zarten Alter von nur siebzehn Monaten in Herrchens Armen an einer Thrombose gestorben. Den zweiten, einen Dalmatiner, hatte er in einem Wutanfall umgebracht. Sein damaliger Freund, ein österreichischer Musikverleger mittleren Alters, dessen Name ihm entfallen war, während er sich an den großen grauen Schnauzbart und den feurigen, von schweren Lidern verhangenen Blick noch lebhaft erinnern konnte, dieser Freund also hatte ihm gerade mitgeteilt, er werde diese Nacht im Gästezimmer schlafen und Cockroft solle sich doch zur Abwechslung mal selber einen blasen. Die beiden hatten sich schon seit Stunden gegenseitig beharkt, und das war der Gipfel gewesen. Cockroft hatte daraufhin einen schweren gläsernen Aschenbecher quer durch den Raum geschleudert. Nicht etwa, dass er vorhatte, diesen Jürgen oder Fritz oder wie er nochmal geheißen hatte, zu treffen, er wollte lediglich seine Wut abreagieren. Das Wurfgeschoss war nämlich der Lieblingsaschenbecher des Österreichers, und es wäre ein furchtbar schwerer Schlag für ihn gewesen, wenn der kaputtgegangen wäre. Das gute Stück war mit dem Abbild eines schaumgekrönten Bierseidels verziert, und der Österreicher liebte diesen Aschenbecher so sehr, dass er ihn eigens aus Klagenfurt mitgebracht hatte. Der Kult, den er damit trieb, konnte einen fast glauben machen, dass ihm jeglicher Rauchgenuss vergangen wäre, wenn er die Asche seiner enorm dicken Zigarren in irgendein anderes Behältnis hätte stippen müssen. Das Ding flog also zunächst an die Decke und krachte dann voll auf den Kopf des Dalmatiners nieder, der einen Schädelbruch erlitt. Tags darauf reiste der Österreicher ab, selbstredend unter Mitnahme seines unerklärlicherweise heil gebliebenen Aschenbechers. Das war das Ende einer Geschichte, die so romantisch mit Worten wie Langzeitbeziehung, musikalische Zusammenarbeit, Bluttests und gemeinsame Kontoführung angefangen und dann noch nicht einmal sechs Wochen gedauert hatte.

Als Drittes hatte Cockroft eine Samojedenhündin gehabt, und die war einfach verschwunden. Irgendwer hatte ihm erzählt, die Italiener würden Hunde essen, aber daran wollte er gar nicht denken. Er stellte sich lieber vor, dass sie wie ein Wölkchen von einer sanften Brise zum Polarkreis zurückgeweht worden sei.

Außerstande, noch mehr solches Herzeleid zu ertragen, hatte Cockroft den Entschluss gefasst, sich nie wieder einen Hund zuzulegen. Aber ohne war es so leer im Haus, besonders, wenn er monatelang allein lebte, und so kam es, dass er damals, als fast auf die Woche vier Jahre nach dem Verschwinden der Samojedenhündin Timoleon Vieta auftauchte, das Gefühl hatte, diesen Hund habe ihm der Klapperstorch gebracht. Von da an drehte sich für Cockroft alles nur noch um Timoleon Vieta. Er überschüttete ihn förmlich mit Futter und Annehmlichkeiten jeder Art, mit Aufmerksamkeit und Liebe. Und zum Dank dafür blieb Timoleon Vieta bei ihm, ging im Wesentlichen seinen eigenen Geschäften nach, hielt sich aber hin und wieder auch an Herrchens Seite, wedelte mit dem Schwanz, legte den Kopf schräg und schaute mit seinen unwiderstehlichen Augen zu ihm hoch.

Das Haus stand an einem Hang; bis zur nächsten richtigen Straße waren es zirka zwei Kilometer und bis zum nächsten Haus ein paar Minuten zu Fuß. Timoleon Vieta verbrachte seine Tage damit, in der Gegend umherzustreifen, und wenn er müde wurde oder Hunger kriegte, kehrte er wieder heim, wo ihn ein großer Napf voll Futter erwartete, ein gemütlicher Sessel oder ein Fleckchen im Gras, warm oder schattig, je nachdem, wie das Wetter war, und wo sein erstes richtiges Herrchen ihn mit liebevollen Worten und reichlich Streicheleinheiten empfing. Und fünf Jahre lang bewies er unverbrüchliche Treue. Die Männer kamen und gingen. Junge und alte. Nette Typen, die Cockroft das Herz brachen, und gemeine Kerle, die ihm ebenfalls das Herz brachen und ihm die Klamotten klauten. Zarte Glatte und große Behaarte. Der Hund aber blieb selbst in Zeiten härtester Prüfungen bei ihm. »Ach, Timoleon Vieta«, sagte Cockroft immer zu ihm, wenn sie nach so einer romantischen Apokalypse wieder mal allein waren, »du bist ein Heiliger.«

Sharing every thing sweet and
delicious with lovely
master

Der Bosnier

Sie saßen draußen vor dem Haus, Cockroft in seinem Liegestuhl, Timoleon Vieta neben ihm auf dem Boden. Es war ein warmer, stiller Frühlingsabend, nur das Rascheln der Studentenfuttertüte war zu hören und das gelegentliche Schmatzen von Timoleon Vieta, der die von Cockroft verschmähten Paranüsse verschlang.

Cockroft versuchte sich gerade zu erinnern, ob er Timoleon Vieta eigentlich schon erzählt hatte, wie das damals gewesen war, als er Mitte der sechziger Jahre zusammen mit Monty »Misty« Moore *Zaunkönige* geschrieben hatte, ein Musical für alle Altersgruppen, in dem es um einen gutherzigen, aber irregeleiteten Wissenschaftler geht, der in seinem unterirdischen Labor heimlich Killerzaunkönige, so groß wie Kaiserpinguine, züchtet. Aber wegen Monty »Misty« Moores Intrigen war das Stück nie aufgeführt worden. Doch bevor er dazu kam, die Geschichte zu erzählen, wobei es ihm egal war, ob der Hund sie bereits kannte oder nicht, entzückte ihn der unerwartete Anblick eines etwas verlotterten, aber durchaus gut aussehenden jungen Mannes, der den Saumpfad unterhalb des Hauses entlangkam. »Komisch«, sagte Cockroft und strich sich den akribisch gestutzten silbergrauen Bart. »Wer kann denn das sein?« Timoleon Vieta ließ kein Auge von der Rosine, die genau in der Mitte zwischen der Tüte und Herrchens Mund in der Luft hing.

Mitunter kamen Leute aus der Umgebung mit ihren

Wagen und Jeeps hier vorbei, aber Fußgänger nie. Dieser hier musste so ungefähr Mitte zwanzig sein. Er war mindestens einen Meter achtzig groß und trug alte schwarze Jeans und ein schon recht ausgeblichenes schwarzes T-Shirt. Er hatte eine schwarze Reisetasche und dunkles Haar, das seltsamerweise so aussah, als ob es dringend mal wieder geschnitten werden müsste. In Momenten wie diesem hätte sich Cockroft in den Hintern beißen können, dass sein Italienisch so mies war. »Das ist ein ganz harter Brocken«, raunte er Timoleon Vieta zu.

Er lächelte und winkte dem jungen Mann, der seinerseits weder lächelte noch zurückwinkte, sondern den Saumpfad verließ und in den Gartenweg einbog, der direkt zum Haus führte. Cockroft war verdutzt, er hatte angenommen, dass der andere auf dem Saumpfad bliebe.

»Ich habe laufen ganze Weg von Stadt bis hier«, sagte er leise und sah dabei nicht Cockroft an, sondern das Haus. »Warum du nix gleich sagen, du wohnen am Ende der Welt?« Er stellte seine Tasche auf den Boden und musterte weiter schweigend, mit zusammengekniffenen Augen das Haus. »Aber jetzt ich sein hier.« Der Hund gab ein halblautes, unwilliges Knurren von sich.

»Wirst du wohl still sein, Timoleon Vieta! Pass bloß auf, du!«, sagte Cockroft warnend. »Hab ich dir nicht erklärt, dass man sich anständig zu benehmen hat, wenn Besuch kommt?« Der Hund trollte sich, aber er knurrte immer noch ingrimmig vor sich hin. Cockroft verdrehte die Augen und schüttelte mit gespielter Empörung den Kopf, stand auf und streckte seinem Gast die Hand entgegen. Der junge Mann nahm sie. Sie fühlte sich klamm an, und der Fremde fragte sich, ob der alte Mann vielleicht gerade mit seinem Piephahn gespielt hatte.

»Ach so«, sagte Cockroft, krampfhaft bemüht, sich seine Verwirrung nicht anmerken zu lassen, »Sie haben meine Adresse.«

»Hier.« Der andere wühlte in seiner Hosentasche und förderte eine Visitenkarte zu Tage, auf der stand: *Carthusians Cockroft – Dirigent, Komponist, Geschichtenerzähler.* Und darunter Adresse und Telefonnummer. Auf seinen Wochenendtouren verstreute Cockroft diese Karten wie Konfetti, er drängte sie hübschen Kellnern, Gondolieri oder irgendwelchen Fremden auf, mit denen er beiläufig in der Cafeteria eines Museums ins Gespräch kam, und so ziemlich jedem, den er auf seinen Fischzügen durch die verschiedenen Bars kennen lernte. Und wer eine kriegte, wurde für gewöhnlich auch gleich eingeladen, ihn doch gelegentlich zu besuchen. Es war schon ein paar Mal vorgekommen, dass Leute dieses Angebot, bei ihm in den Bergen vorbeizuschauen, für bare Münze genommen hatten, aber die hatten in der Regel vorher angerufen, um sich zu vergewissern, dass er zu Hause war. Die waren nicht einfach so hereingeplatzt. »Du mir geben Adresse in Firenze«, sagte der junge Mann in leierndem Ton und so leise, dass man ihn kaum verstand. »Du mich einladen.«

»Ach so«, sagte Cockroft. »Ja.« Er versuchte das Gesicht des Fremden irgendwie einzuordnen, was ihm aber nicht gelang. »Ja, natürlich«, sagte er und lächelte sein breitestes Lächeln. »Wie schön, Sie wiederzusehen. Ich habe so gehofft, dass Sie es einrichten können.«

»Ich haben Durst. Ist weite Weg von Stadt hier hoch. Eine Stunde vielleicht. Mehr. Fünf oder sechs Kilometer vielleicht. Weiß nix.«

»Ja, natürlich. Wo hab ich bloß meine Manieren gelassen? Bitte nehmen Sie doch Platz.« Er zeigte auf den Liegestuhl. Als der junge Mann sich darauf zu bewegte, bekam Timoleon Vieta einen Wutanfall, sein Hecheln wurde heftiger und sein Gebell zerfetzte die Abendstille. »Ach, Timoleon Vieta, also bitte«, sagte Cockroft, fast schon streng. Und wieder machte Timoleon Vieta einen Rückzieher und legte sich hin, fing aber von neuem an, leise vor sich hin zu knurren. Cockroft ging ins Haus.

Nach ein paar Minuten kam er mit einem Tablett zurück, auf dem vier Gläser, ein Krug Wasser, eine Flasche Prosecco und ein Teller mit Schokoladenplätzchen standen. Bis der alte Mann es geschafft hatte, den zweiten Liegestuhl aufzustellen, hatte der Junge das ganze Wasser ausgetrunken, gleich aus dem Krug, und sich ein Glas Prosecco eingeschenkt; den Korken hatte er über den struppigen Rasen bis runter auf den Saumpfad geschossen. Normalerweise jagte Timoleon Vieta hinter solchen Korken her und apportierte sie, diesmal aber blieb er liegen und fixierte den Neuankömmling weiter mit halb geschlossenen Augen. »Sie haben ja wirklich Durst«, sagte Cockroft. Der Mann antwortete nicht.

Cockroft goss sich auch ein Glas Prosecco ein, setzte sich hin und musterte den unerwarteten Besucher verstohlen aus dem Augenwinkel, um sich ein Bild von ihm zu machen. Er war schon beinah als muskulös zu bezeichnen und sah mitgenommen und müde aus. Cockroft hätte ihm am liebsten eine Erholungskur verschrieben: viel Entspannung, ein bisschen Aufpäppeln und jede Menge sehr persönliche Zuwendung. Er fuhr oft nach Florenz und überlegte angestrengt, ob er dem Jungen wirklich dort begegnet war. Soweit er sich entsinnen konnte, waren seine letzten Ausflüge in die Stadt ein einziges Ineinanderfließen von Sex, Wein und Tiramisu gewesen. Mit ihm im Bett gewesen war er jedenfalls nicht, da war er sich ganz sicher. An so einen knackigen, jugendlichen Körper hätte er sich garantiert erinnert. Er betrachtete den Mann, der neben ihm im Liegestuhl lag, und wurde fast verrückt vor Frust. Ob so einer wie der da überhaupt schon mal was davon gehört hatte, dass es Leute wie Cockroft gab? Dieser junge Mann würde wahrscheinlich *Wie bitte?* schreien und sich vor Lachen auf die Schenkel schlagen, wenn Cockroft ihn darüber aufklärte. *Du meinst, es gibt Männer, die Männer küssen? Und denen das auch noch Spaß macht? Ach, Cockroft, was hast du nur für Ideen? So was Verqueres hab ich ja in meinem ganzen Leben noch nicht gehört, du alter Witzbold, du.* Oder vielleicht würde er auch einfach bloß, so wie jetzt, mit starrem Blick zu den in der Ferne schimmernden Bergen hinüberschauen und ohne ein Lächeln vor sich hin nuscheln: *Ach, weißt du, ich wundere mich über gar nichts mehr.* Wie auch immer, Cockroft war sich ziemlich sicher, dass er bei dem kein Glück haben würde.

Der Mann nahm eine Hand voll Plätzchen und stopfte sie sich in den Mund, eins nach dem anderen, im Ganzen, schob immer schon das nächste nach, bevor er das vorige runtergeschluckt hatte. Cockroft nahm auch zwei – eins für sich und eins für Timoleon Vieta.

Cockroft bot seinem Gast eine Zigarre an und stellte sich vor, sie wären ein altes Liebespaar, das abends zusammen vorm Haus sitzt, ein Gläschen trinkt und raucht und sein – vielleicht postkoitales – Plauderstündchen genießt, während in der Ferne die Sonne hinter den Bergen untergeht. Er wusste nicht, was er sagen sollte. Er konnte den jungen Mann ja schlecht nach seinem Namen fragen, ohne unhöflich zu erscheinen, oder danach, wo sie sich genau begegnet waren. »Und woher«, fragte er, nachdem er sich die Sache gründlich überlegt hatte, »und woher sind Sie gleich nochmal?« Cockroft gehörte nicht zu den Leuten, die das Talent haben, die Herkunft eines Menschen am Aussehen zu erkennen, aber selbst ihm war klar, dass dieser Mann kein Italiener war. Das hörte er allein schon am Akzent.

»Ich doch sagen, aus Firenze«, erwiderte der andere. Er legte eine lange Pause ein. Dann fügte er heiser flüsternd hinzu: »Ich kommen aus Bosnia.«

»Ach, Sie armer Junge. Sie armer, armer Junge.« Cockrofts Leben spielte sich größtenteils vor der Geräuschkulisse des BBC World Service ab. In der Küche lief den lieben langen Tag das Radio, praktisch vom Aufstehen bis zum Schlafengehen, und daher wusste er alles, was man über die schrecklichen Ereignisse im ehemaligen Jugoslawien wissen konnte. Oder jedenfalls hatte er bis zu diesem Gespräch geglaubt, alles darüber zu wissen. Selbstverständlich kannte er die Namen und die Orte. *Slobodan Milosevic. Sarajevo. UN-Friedenstruppen. Mostar. Radovan Karadzic. Mudschaheddin. Kosovo. Vance-Owen.* Wenn er jetzt so darüber nachdachte, wusste er im Grunde wirklich alles, nur nicht, wer da eigentlich gegen wen kämpfte, wer auf welcher Seite war und woran man welche Seite erkannte, welche Ethnien da gesäubert worden waren und um was es bei diesen ganzen Kriegen genau gegangen war. Zeitung las er nur gelegentlich, und bei den Radionachrichten hing er auch meistens eher seinen Tagträumen nach und bekam das alles bloß in den allergröbsten Zügen mit. Aufmerksam zuzuhören, das schaffte er immer nur bei den kurzen Meldungen, die die eigentliche Berichterstattung abrunden sollten, zum Beispiel über das neunjährige Golftalent, das bei einem Kirmesunfall beide Arme verlor, oder über die Frau, die sich in den Mann verliebte, der sie vergewaltigt hatte, und darum kämpfte, dass die Anklage gegen ihn fallen gelassen wurde, oder über den Mann in einem Vorort von Osaka, der unbedingt als einsamster Mensch der Welt ins *Guinnessbuch* kommen wollte. Aber was da im Osten vor sich ging, hatte er noch nie richtig auseinander klamüsern können, und inzwischen war die Lage dort auch derart verwickelt, dass er es, ohne jemals ernsthaft darüber nachgedacht zu haben, aufgegeben hatte, überhaupt noch durchblicken zu wollen.

Er hatte das Gefühl, irgendetwas sagen zu müssen, wusste aber nicht, was. Er probierte es mit: »Auf welcher Seite haben Sie denn gestanden?«, war sich aber schon im Voraus sicher, dass ihm die Antwort nichts sagen würde.

Der Bosnier schaute starr geradeaus in die Ferne, als fixierte er einen Punkt weit jenseits des Horizonts, da, wo Cockroft sein verwüstetes Heimatland vermutete. Und dann sprach er endlich, fast unhörbar. »Auf die Seite mit die Waffen«, sagte er.

»Ach, Sie armer Junge«, wiederholte Cockroft. Er wollte hinüberlangen und ihm die Hand tätscheln. Diese starke Hand mit den großen, nicht ganz sauberen Fingern. »Grad neulich hab ich zu Timoleon Vieta gesagt, ich werde nie verstehen, warum die Menschen nicht einfach in Frieden miteinander leben können. Das erscheint einem alles so dumm, immer dieses Kämpfen.« Er hielt die Flasche hoch. »Noch einen?«

Der Bosnier nickte kaum wahrnehmbar, den Blick noch immer in die Ferne gerichtet, worauf Cockroft beide Gläser abermals voll goss. Es war fast so, als würden sie Champagner trinken.

Nach einer Schüssel Pasta, etlichen weiteren Zigarren und noch ein paar mehr Gläsern Prosecco sowie einem großen

Brandy wurde dem Bosnier das Gästezimmer gezeigt, wo er sogleich in seinen staubigen Kleidern einschlief. Cockroft klappte die Liegestühle zusammen, las noch ein Weilchen, gab Timoleon Vieta einen Gutenachtkuss und ging mit dem angenehmen Gedanken zu Bett, dass morgen früh jemand da sein würde, mit dem er reden konnte.

Werkzeug

Früh am Morgen wurde Cockroft von einem kratzenden Geräusch draußen vor seinem Fenster geweckt. Er warf sich den Morgenrock über, zog die Vorhänge zurück, verrenkte sich den Hals und erspähte den Bosnier, der dabei war, die Regenrinne wieder zu befestigen, die der Sturm vor ein paar Monaten bei einem Unwetter abgerissen hatte.

Der Bosnier hatte es satt, am Strand in fremden Zelten zu schlafen, und sein letztes Geld war in den billigen Hotels draufgegangen, in denen er den Winter über genächtigt hatte, als er sonst nirgendwo Unterschlupf fand und es zu kalt gewesen war, um unter freiem Himmel im Schlafsack zu pennen. Er hatte es satt, alle naselang umziehen und ständig Angst haben zu müssen, dass irgendwer misstrauisch wurde, wenn er zu lange an einem Ort blieb. Er sehnte sich danach, irgendwo zu sein, wo er nicht befürchten musste, Bekannte zu treffen, wo er sich nicht ständig umgucken musste, wo er sich entspannen konnte und einfach mal überhaupt nichts machen musste, nicht mal denken. Wo er sich in aller Ruhe gepflegt langweilen konnte. Er war beizeiten aufgestanden und ein bisschen umhergeschlendert, und dabei hatte er beschlossen, voerst hier bei dem alten Mann zu bleiben, wenigstens ein paar Tage. Das Gästebett war bequem, Kost und Logis gratis, und es gab keine direkten Nachbarn, die unangenehme Fragen stellen konnten.

Er hatte das sichere Gefühl, einen Ort gefunden zu haben, wo er sich relativ problemlos langweilen konnte.

Also ließ er nichts anbrennen, sondern suchte sich umgehend eine Aufgabe, bei der er mit wenig Mühe Punkte sammeln konnte, und fing auch gleich an, aber immer schön langsam und bedächtig. Für die nächsten paar Tage hätte er damit erst mal ausgesorgt. Die Regenrinne festzubinden war eine Sache von ein paar Minuten, und das Haus sah dadurch gleich etwas gepflegter aus. Sein neues Domizil gefiel ihm übrigens ganz gut. Das Einzige, was ihm daran nicht passte, war dieser ewig knurrende Köter – und die Miete, auf die er sich damals in Florenz mit dem alten Mann geeinigt hatte. Aber vor Mittwoch musste er sich über die Miete keine Sorgen machen, weshalb er das Thema fürs Erste verdrängte. Mittwoch war der Tag, den sie ausgemacht hatten.

Blieb bloß noch der Hund. Wie der ihn gestern Abend beim Essen mit seinen halb geschlossenen Augen angefunkelt hatte; der hatte ihn die ganze Zeit nicht aus den Augen gelassen und höchstens mal kurz weggeguckt, wenn ihm der alte Mann was von seinem Essen hinwarf.

Cockroft konnte sein Glück gar nicht fassen: Da war ihm also ein junger, gut aussehender Mann ins Haus geschneit, der auch noch ungebeten, ganz von selber, dringend fällige Reparaturarbeiten übernahm. Zur Belohnung machte er ein gewaltiges Frühstück für seinen Haushandwerker. Als es fertig war, rief er ihn zum Essen ins Haus. Der Bosnier stand auf der Leiter und drehte Däumchen, tat aber so, als würde er noch arbeiten.

»Ich machen fest der …« Er zeigte.

»Die Dachrinne.«

»Darinne?«

»Dachrinne. Die Dach-rin-ne.«

»Machen fest Dachrinne. Dach-rin-ne.«

»Ich seh schon. Herzlichen Dank. Ich hab mir das schon so oft vorgenommen, aber …«

»Du sein alter Mann. Wenn du klettern auf Leiter, du fallen runter und – knack – brechen Genick.«

»Na, so alt bin ich ja nun auch noch nicht.« Cockroft bildete sich ein, er könnte für einundsechzig durchgehen. Er hatte immer noch volles, wenn auch inzwischen strahlend weißes Haar und war zwar etwas übergewichtig, aber nicht annähernd so fett wie viele andere Zeitgenossen. Doch ungeachtet dessen freute er sich, dass der Bosnier so um sein Wohl besorgt war.

Sie aßen. Timoleon Vieta kam herein und schnappte sich die Speckschwarten und die Rinden vom gebratenen Brot, die ihm sein Herrchen hinwarf.

»Und wie gefällt's Ihnen hier?«, fragte Cockroft.

Der Bosnier antwortete nicht. Er hatte keine Lust, mit dem alten Mann darüber zu diskutieren, wie gut oder wie schlecht er dessen Haus fand, und darum wechselte er kurzerhand das Thema. »Du haben gute Werkzeug«, sagte er. In dem Schrank unter der Spüle hatte er einen ganzen Kasten mit offenbar noch nie benutztem Werkzeug gefunden. Einiges davon sah er zum ersten Mal, offenbar teure Spezialgeräte. »Das ganze Haus schon kaputt, aber du haben Werkzeug. Hier drin«, sagte er, während er zur Spüle ging und auf dem Weg einen langen Splitter von dem maroden Fensterbrett abriss. »Wozu du haben ganze Werkzeug?«

»Ach, wissen Sie«, sagte Cockroft, »es ist ja so schwierig, neben allem anderen auch noch Zeit für die Heimwerkerei zu finden.« Im Grunde hatte er gar nicht so viel zu tun; die

Wahrheit war, dass er diesen Werkzeugkasten total vergessen hatte. Er stammte von einem glatthäutigen, leicht aristokratischen Musikstudenten, den er bei einem Besuch in England wider Erwarten hatte verführen können. Verknallt, wie sie waren, hatten sie davon geträumt, dass der Student in den Sommerferien nach Italien käme, um tagsüber ein paar Reparaturen am Haus zu erledigen und es nachts mit Cockroft zu treiben. Allerdings war Cockroft bei besagtem Liebesgeflüster betrunken gewesen, darum hatte er die Verabredung prompt vergessen. Und so war er ziemlich verdattert gewesen, als der Junge am vereinbarten Tag vor der Tür stand, zumal er sich gerade mit einem Polizisten vergnügte, der allerdings zu Hause eine Frau hatte und seinen Liebhaber nur an den zwei Nachmittagen in der Woche beehren konnte, an denen er eigentlich unten an der Hauptstraße Autos anhalten sollte, für den die Affäre mit Cockroft aber dennoch den Rang einer festen Beziehung hatte. Der Polizist, der gerade wieder in seine Uniform geschlüpft war, zog seine Pistole, zielte auf den Kopf des Musikstudenten und befahl ihm, sich unverzüglich zum Teufel zu scheren. Der Student kapierte sofort, auch ohne Italienisch zu können, dass er den Kampf um die Gunst des alten Herrn verloren hatte. Und da sein Taxi schon wieder losgefahren war, blieb ihm nichts weiter übrig, als wegzurennen. Er ließ den mitgebrachten Werkzeugkasten fallen, obwohl es bestimmt keine leichte Sache gewesen war, das Ding als Handgepäck mit in den Flieger zu nehmen.

Natürlich hatte Cockroft es damals aufregend gefunden, von Männern mit Pistolen umkämpft zu werden, heute aber erinnerte er sich nur noch daran, wie hübsch dieser Student gewesen war, dass seine Augen in einem bestimmten Licht beinah violett ausgesehen hatten, und wie schwungvoll und mit wie viel Zärtlichkeit er sich in seine allererste Romanze mit einem älteren Mann gestürzt hatte. Cockroft bedauerte, dass er den Polizisten nicht in die Schranken gewiesen oder wenigstens den verängstigten Jungen zurückgeholt hatte. Was hätte das doch für eine schöne Zeit werden können, wenn der Junge bei ihm geblieben wäre. Später hörte er, der Musikstudent sei in einer Bar in der Toskana untergekommen, wo ihn sich – wie sollte es anders sein – ausgerechnet Monty »Misty« Moore geschnappt hatte. Cockroft hatte gehört, dass Monty »Misty« Moore seinem neuen Freund mehrere weiße Kricketgarnituren gekauft und ihn den ganzen Sommer lang verwöhnt, ihm Cocktails eingeflößt, ihm beim Planschen im Pool zugeschaut und selbstredend kein gutes Haar an Cockroft gelassen hatte. Und mit dem Polizisten war es nach diesem Zwischenfall auch nicht mehr so wie früher gewesen. Erst kam er seltener vorbei und dann bald gar nicht mehr.

Der Bosnier brachte es tatsächlich fertig, den ganzen Tag so zu tun, als ob er arbeitete. Er fuchtelte mit dem Werkzeug rum, zog Schrauben fest und ölte Scharniere. Lauter einfache, unkomplizierte Tätigkeiten, die wenig Überlegung oder Anstrengung erforderten, bei denen er aber den Anschein erwecken konnte, dass er sich ungeheuer konzentrieren musste und beim besten Willen nicht in der Lage war, sich nebenbei auch noch zu unterhalten. Er wollte nach Möglichkeit vermeiden, dem Alten zuhören zu müssen. Denn bis jetzt war so ziemlich alles, was der Bosnier ihn hatte sagen hören, nichts als dummes Geschwätz gewesen.

Am späten Nachmittag feierte Cockroft die vielen kleinen Reparaturen an seinem Haus mit zwei großen Gläsern Gin

Tonic, die er in den Garten brachte. Die beiden Männer nahmen in den Liegestühlen Platz.

Cockroft wollte alles über seinen neuen Mitbewohner wissen. »Und«, begann er mit langsamer, sehr deutlicher Aussprache, »wie lange sind Sie schon in Italien?«

Es dauerte lange, bis der Bosnier antwortete. Er atmete sehr, sehr langsam. Cockroft überlegte schon, ob er seine Frage vielleicht noch einmal wiederholen sollte, als der andere endlich anfing zu sprechen. »Zwei Jahre«, sagte er.

»Und wie sind Sie hergekommen?«

»Boot.« Wie oft hatte der Bosnier diesen quälenden Dialog schon führen müssen.

»Ach, herrlich. Ist die Adria nicht wundervoll? Wo haben Sie denn angelegt?«

»In – irgendwo bei das Rand von Meer, ganz viele Sand.«

»Aha, an einem Strand.«

»Strand«, murmelte der Bosnier vor sich hin, als hätte er das Wort soeben zum ersten Mal gehört. »Strand.«

»Und sind Sie von der Polizei geschnappt worden?«

»Nein.«

Cockroft war fasziniert von den Antworten seines neuen Freundes. Für ihn stand fest, dass der Bosnier tiefe seelische Verletzungen hatte und bloß ein wenig Zeit und Freundlichkeit nötig war, damit er sich öffnete. Er malte sich aus, wie der junge Mann zusammenbrechen würde, wenn die Erinnerung an die monatelange Gefangenschaft hinter den feindlichen Linien wiederkehrte, oder daran, wie sein bester Freund vor seinen Augen auf dem Schlachtfeld fiel. Er sah den Bosnier schon tränenüberströmt in seine tröstenden Arme sinken und sich seinen Liebkosungen hingeben.

»Ich wegrennen. Bevor Polizei kommen.«

Sie tranken ihre Drinks, rauchten Zigaretten und genossen die Aussicht. Cockroft wusste, dass er für den Rest seines Lebens in diesem Haus wohnen und dass er vermutlich hier in diesem Liegestuhl sterben würde, den Blick auf die fernen Berge gerichtet. Ein Heißluftballon kam ins Bild. Er war rot und schwarz und schön. Und etwa anderthalb Kilometer entfernt. Der alte Mann stellte sich vor, er wäre mit dem Bosnier dort oben in dem Korb, nur sie beide, ganz allein, und sie würden eng umschlungen und nahezu bewegungslos am Abendhimmel dahinschweben. Der Bosnier würde ihn fest an sich drücken mit seinen starken Armen und hin und wieder zärtlich sein Gesicht küssen und sagen: *Ich liebe dich, Cockroft, ich liebe dich so sehr.*

Plötzlich bekam der Ballon einen Riss, die Luft entwich, er geriet ins Schleudern, wirbelte wie wild herum und stürzte in die Tiefe. Der Korb kippte, zwei winzige Figürchen purzelten heraus, erst eine, dann noch eine. Es sah aus, als würden sie ganz sanft und langsam fallen und weich und unversehrt unten auf der Erde landen.

»O Gott!«, sagte Cockroft.

Kampf

Der Bosnier hatte es extra so eingerichtet, dass er an einem Donnerstag bei Cockroft ankam, weil sie sich doch damals in Florenz auf den Mittwoch als Fälligkeitstag für die Miete geeinigt hatten. Auf diese Weise hatte er fast eine Woche Zeit, sich zu entscheiden, ob er Miete zahlen wollte oder nicht. Am Montag fiel dem Alten auf, dass sein Gast immer in denselben Sachen herumlief und die Klamotten dringend mal gewaschen werden mussten.

»Kommen Sie«, sagte er. »Wir fahren auf den Markt und besorgen Ihnen was zum Anziehen.« Cockroft steckte Geld ein und ging hinaus, um nachzusehen, ob der Pick-up ansprang. Den kleinen weißen Transporter mit Allradantrieb hatte er kurz nach seiner Ankunft in Italien gebraucht gekauft, weil er damals meinte, für sein neues Leben auf dem Lande unbedingt einen robusten Wagen haben zu müssen. Inzwischen war die Karre zwar genauso heruntergekommen wie das Haus, aber erstaunlicherweise war nach wie vor auf sie Verlass. Zusätzlich hatte er noch einen kleinen Fiat in der Garage, den er aber im Grunde nicht besonders mochte und der sowieso schon seit Monaten keinen Ton mehr von sich gab. Er überlegte kurz, ob der Bosnier vielleicht in der Lage wäre, den Fiat wieder in Gang zu bringen. Cockroft hatte das Gefühl, sein neuer Freund könnte durchaus einer von denen sein, die sogar Autos wieder flottkriegen. Wie üblich startete der Pick-up gleich beim ersten Versuch. Cockroft ließ vorsichtshalber trotzdem den Motor laufen. »Ich ruf bloß noch schnell Timoleon Vieta«, sagte er.

Der Bosnier sagte nichts und guckte auch nicht.

»Ja, er liebt es, ab und zu mal einen kleinen Ausflug in die Stadt zu machen.« Cockroft musste mehrmals rufen, bis der Hund endlich erschien. »Du kommst natürlich mit, nicht wahr, Timoleon Vieta? Wir werden dich doch nicht hier lassen, so ganz alleine.« Der Hund kratzte an der Beifahrertür. »Ach ja, das hatte ich vergessen. Es gibt ein kleines Problem. Wissen Sie, Timoleon Vieta möchte immer gerne mit vorn sitzen.«

»Aber das keine Problem. Diese Mal er sitzen hinten.«

»Das geht nicht. Hinten fühlt er sich nicht wohl.«

»Er Hund, richtig? Er Tier?«

»Ja, und im Pkw sitzt er ja auch immer auf dem Rücksitz, aber, wissen Sie, im Pick-up fährt er nun mal nicht gerne hinten. Das findet er unbequem.« Der Bosnier blickte in die Ferne und schien nichts zu sehen und nichts zu hören. »Aber ich schau mal, was ich machen kann.« Cockroft ließ die hintere Klappe runter und flötete in geübtem Falsett: »Na, hopp. Mach hopp. Hopp, rauf mit dir, Timoleon Vieta.« Der Hund legte sich hin. »Mach hopp.« Timoleon Vieta rollte sich zusammen und schloss die Augen. »Nein. Es hat keinen Zweck. Er will unbedingt vorne bei mir sitzen.«

»Warum nix machen so?« Der Bosnier ging zu Timoleon Vieta, bückte sich und wollte ihn hochheben und auf den Pick-up werfen. Doch als er ihn am Nackenfell packte, verwandelte sich der träge kleine Dickkopf plötzlich in ein zappelndes, kratzendes, schnappendes Bündel aus Zähnen und Klauen. Der Bosnier zog schnell die Hand weg. Timoleon Vieta rannte davon und fixierte, nunmehr aus sicherer

Entfernung, knurrend und zähnefletschend Herrchens neuen Freund, während dieser sich den Hundegeifer von den Jeans wischte und seine Hand nach Schrammen absuchte.

»Fahr los«, sagte der Bosnier. Eigentlich hatte er gar nicht mitkommen wollen, aber dann war ihm sein eigener Gestank doch unheimlich geworden, und er hatte beschlossen, dem Plan des alten Mannes zu folgen. »Hund kann bleiben hier. Er nix sterben, keine Problem.«

»Ach, lassen Sie ihn doch bitte vorn sitzen«, bettelte Cockroft. »Sie können doch hinten aufsteigen. Das ist bestimmt nett. Wie früher bei der Armee.« Der Bosnier, der sich vorgenommen hatte, so wenig wie möglich mit dem alten Mann zu reden, kletterte wortlos auf die Ladefläche. Cockroft machte sich Vorwürfe wegen seiner Taktlosigkeit. Er stellte sich vor: eine verregnete Nacht, eine Detonation, und der Bosnier wird aus dem Jeep geschleudert, mitten in den Sumpf, wo seine Kameraden rings um ihn herum Arme und Beine verlieren. Der alte Mann und sein Hund stiegen vorne ein. Cockroft kraulte Timoleon Vieta den Kopf. Timoleon Vieta guckte mit seinen wunderschönen Augen zu ihm hoch und wedelte mit dem Schwanz. Dann fuhren sie in die Stadt, und Cockroft passte auf, dass er schön sachte in die Kurven ging.

Nachdem sie den Pick-up geparkt hatten, gingen sie in den Heimwerkerladen, zur Bank und auf den Markt, wo sie die Klamotten kaufen wollten. Timoleon Vieta ließen sie im Wagen. Auf dem Markt staunte Cockroft nicht schlecht, als der Bosnier in fließendem Italienisch mit den Händlern zu feilschen anfing. Am Ende kaufte er seinem jungen Gast zwei Paar Jeans, Schuhe, die wie Armeestiefel aussahen, einen ganzen Packen Unterwäsche, mehrere schlichte T-

Shirts und etliche weit geschnittene Arbeitshemden. Dabei riet er ihm immer zu Farben, die zu seiner Augenfarbe passten. Der Bosnier wünschte sich noch einen Hut und eine dunkle Sonnenbrille und setzte beides sofort auf. »Ich müssen vorsichtig sein«, sagte er, ohne zu lächeln. »Ich keine Aufenthaltserlaubnis.«

Bepackt mit Tüten gingen sie zum Pick-up zurück. Unterwegs kamen sie an einem billigen Friseur vorbei, wo Cockroft zusah, wie sich der Bosnier einen erstklassigen Kahlschlag verpassen ließ. Erschöpft schlug der alte Mann vor, noch irgendwo einen Kaffee zu trinken.

Der Bosnier brauchte dringend Koffein. »Wahrscheinlich du wollen mitnehmen Hund«, nuschelte er.

Cockroft hatte sich in der Tat auf Timoleon Vietas Gesellschaft gefreut, aber jetzt überlegte er es sich doch noch anders. »Nein. Der kann im Wagen bleiben und auf unsere Tüten aufpassen. Das geht schon in Ordnung, wir müssen uns bloß ein bisschen beeilen.« Nicht ohne Gewissensbisse erwärmte er sich für die Idee, nur mit dem Bosnier und ohne Hund im Café zu sitzen, denn bei dem Gedanken, dass er sich mit einem echten Flüchtling in der Öffentlichkeit zeigen sollte, verspürte er irgendwie so ein leichtes Kribbeln. Über die Jahre hinweg hatte er hier in Italien schon eine Menge Leute getroffen, die sich eigentlich nicht hätten im Land aufhalten dürfen. Russen, Mikronesier, Peruaner, Amerikaner – pfiffige Lustknaben von irgendwelchen hier lebenden reichen Ausländern, aber auch von gut betuchten Italienern. Doch aus einem Kriegsgebiet war garantiert noch keiner dabei gewesen. Und weil von den Illegalen, die er kannte, seines Wissens noch nie einer erwischt worden war, machte er sich auch keine allzu großen Sorgen darum, dass die Polizei ihm seinen neuen Freund wegschnappen könnte. Im Grunde war er sich sicher, dass der Junge schon irgendwie durchkommen würde, genau wie all die andern. Aber aufregend fand er die Sache schon.

Das Café war Cockrofts Lieblingscafé, er wusste selbst nicht, warum. Das Personal zeigte keinerlei Wiedersehensfreude, wenn er kam. Man bediente ihn nach seinen Wünschen und nahm ihm sein Geld ab. Er setzte sich mit dem Bosnier draußen hin und bestellte zwei Cappuccino. Der Bosnier rauchte billige Zigaretten, und der alte Mann rauchte billige Zigarren. Und beide schwiegen.

Gegenüber auf der anderen Straßenseite stritten sich zwei dicke, schnauzbärtige Männer; sie warfen sich Beleidigungen an den Kopf und fuchtelten wie wild mit den Armen. Die Passanten gingen einfach weiter, als ob nichts wäre. »Ein sehr expressives Volk, die Italiener«, erklärte Cockroft. »Wissen Sie, zu einem richtigen Kampf kommt es bei denen nie. Die verpulvern ihre ganze Energie mit Herumgefuchtel und Geschrei, und dann haben sie gar nicht mehr das Bedürfnis zu kämpfen.«

In dem Moment bohrte der eine, der ein blaues Hemd trug, dem anderen, der ein weißes Hemd trug, seinen Zeigefinger in die Brust. »Na ja, so ein bisschen Piken kann schon mal vorkommen«, räumte Cockroft ein, »aber damit hat sich's dann auch. So richtig Ernst machen die nie.«

Im nächsten Moment beantwortete der Weiße das Piken des Blauen mit einem Kinnhaken, der so gewaltig war, dass dieser davon zu Boden ging. Sichtlich benommen stand er wieder auf und rieb sich den Kopf. Dem Geschrei folgte eine tiefe Stille, die Männer hatten aufgehört, expressiv mit den Armen zu fuchteln. Der Weiße baute seinen Vorsprung aus und landete den nächsten Treffer – mitten ins Gesicht des Blauen. Dem schoss das Blut aus der Nase, was eine sichtlich belebende Wirkung auf ihn hatte. Sekunden später ging der Weiße zu Boden, und der Blaue trampelte auf dem Bauch seines Opfers herum. Der Weiße drehte sich auf die Seite und versuchte verzweifelt aufzustehen, aber der Blaue ließ immer noch nicht ab, sondern trat wieder und wieder mit den Stiefeln auf ihn ein.

»Nein, so was aber auch!«, sagte Cockroft. »Was sind denn das für Manieren!«

»So was ich lange nix sehen«, murmelte der Bosnier. Er schien zu lächeln, aber der alte Mann war sich nicht ganz sicher. »So schön.«

»Wie können Sie nur so etwas sagen? Das ist doch schrecklich. Das ist pure Gewalt, ohne Sinn und Verstand.«

»Aber nicht ohne Grund«, sagte der Bosnier sehr leise, beinahe flüsternd, als führte er Selbstgespräche, und würdigte Cockroft keines Blickes, sondern hatte nur Augen für die Kämpfenden. »Wir nie erfahren, was gibt es in diese zwei Leben, was treiben die Leute zu so was machen. Das nix einfach Schlägerei auf Straße – das Zusammenstoß von zwei verschiedene Leben, die was haben eigene Geschichte. Gründe für so eine Kampf liegen zurück viele, viele Generationen.« Er sah den alten Mann einen Augenblick an. »Denk mal drüber nach.«

Das war das erste Mal, dass der Bosnier in Cockrofts Gegenwart für irgendetwas Interesse zeigte. »Ganz egal, wo die Gründe liegen, deswegen muss man doch keine Gewalt anwenden.« Cockroft war noch nie in einen Kampf verwickelt gewesen. Jedenfalls nicht in einen Faustkampf. Inzwischen hielt der Blaue den Weißen an den Haaren fest und donnerte ihn mit dem Kopf an eine Hauswand.

»Aber Kampf Mann gegen Mann sein reinste Form von

alle Konflikte. Das sein einfach, und das sein schön. Das sein perfekt.«

»Aber die haben doch keine Würde, diese Männer.«

»Keine was?«

»Keine Würde.«

»Was bedeuten diese Wort? Diese *Würde*?«, fragte der Bosnier.

»Na ja«, sagte Cockroft, weil ihm darauf keine Antwort einfiel. »Das ist schwer zu erklären.«

»Aber du gebrauchen diese Wort«, nuschelte der Bosnier. »Du müssen doch wissen, was die Wort bedeutet, wenn du sie gebrauchen.«

»Na ja«, Cockroft überlegte einen Moment. »Das bedeutet, dass man sich anständig benimmt, ganz egal, was passiert.«

»Echt?« Sie schauten zu, wie sich der Weiße aus dem Klammergriff des Blauen befreite und einen Schritt zurücktrat, um erst mal wieder Luft zu holen. Sein Schnurrbart war mit Blut verklebt.

»Ja. Und außerdem heißt es, dass man sich unter Kontrolle hat und sich nicht derart zur Schau stellt.«

»Und du haben diese Würde?«

»Ich denk schon. Doch, hab ich.« Aber als er weiter darüber nachdachte, kamen ihm immer mehr Zweifel, denn Cockroft konnte sich gut erinnern, dass er seine Würde schon etliche Male verloren hatte, und zwar total. Er überlegte, ob man seine Würde eigentlich für sich alleine verlieren konnte, im stillen Kämmerlein sozusagen, oder ob das nur ging, wenn einem jemand dabei zusah. Und dann überlegte er, ob er wohl seine Würde verloren hatte, als er einmal in einer Sommernacht mutterseelenallein und nur mit einem Papierhütchen bekleidet Conga getanzt hatte, oder damals, als er im Radio hörte, der Hausstaub bestehe größtenteils aus menschlichen Hautschuppen, und stundenlang akribisch Staub gesammelt und in einem Weckglas aufbewahrt hatte, um wenigstens noch eine letzte Erinnerung an einen jüngst verflossenen Geliebten zu haben, weil er vor lauter überschwänglicher Glückseligkeit vergessen hatte, Fotos von dem jungen Mann zu machen. Ganz sicher war er sich, dass er seine Würde 1976 verloren hatte, als ihn die Polizei in einer besonders schwierigen Phase seines Lebens dabei erwischt hatte, wie er an eine Fußgängerbrücke über einer zweispurigen Autostraße die Worte *ICH BIN EIN SCHWANZLUTSCHER* sprayte. Und als die Sache dann in keiner Zeitung stand, hatte er nicht gewusst, ob er enttäuscht oder erleichtert sein sollte.

»Und ich auch haben dieses Würde?«

»Ja. Ich denk schon.« Cockroft hatte keine Ahnung. Der Weiße stürzte sich auf den Blauen.

Der Bosnier, dem das Wort Würde natürlich schon oft begegnet war, lächelte kurz, wobei er nur einen Mundwinkel hochzog. »Aber du sagen, die Männer da drüben nix haben diese Würde. Na, vielleicht ist besser, nix haben Würde. Besser kämpfen als nix kämpfen, wenn haben Grund zu kämpfen. Vielleicht sein Schwäche, wenn man nix kämpfen. Diese Kampf sein so schön. Wie eine geile, weiß nix, wie eine geile Bild oder so.«

»Das ist doch nicht schön!«

»Doch ist schön.«

Und damit endete die Unterhaltung, an der sie inzwischen alle beide das Interesse verloren hatten. Sie wandten sich wieder den Kämpfenden zu.

Gegenüber ging das Kabbeln, Kopfstoßen, Treten und Fäustetrommeln noch ein paar Minuten weiter, dann trollte sich der Blaue und ließ den Weißen, der sich nicht mehr rührte, einfach auf dem Pflaster liegen. Cockroft und der Bosnier machten sich auf den Weg zum Pick-up.

Der Bosnier vermutete, dass es bei dem Kampf um ein Mädchen gegangen war – er war überzeugt, in den Augen der zwei Männer das Feuer der Liebe lodern gesehen zu haben. Er stellte sich vor, was das wohl für ein Mädchen war, das den Anlass für solch eine Gewalttätigkeit geliefert hatte. Sicher hatte sie langes dunkles Haar, das ihr über die Schultern wallte, riesengroße braune Augen und eine makellose Figur. Sie war viel zu gut für diese beiden Kerle. Er konnte überhaupt nicht verstehen, dass so ein Mädchen sich mit diesen Fettwänsten da drüben abgab. Sie war sehr schön, und er versuchte nicht daran zu denken.

Dann fuhren sie wieder nach Hause, Timoleon Vieta saß auf dem Beifahrersitz, und der Bosnier lag hinten in der frischen Luft.

Solange Cockroft mit Timoleon Vieta allein gewesen war, hatte er nur selten Lust gehabt, sich beim Kochen besonders Mühe zu geben. Normalerweise ernährte er sich tagsüber einfach von Brot, Obst und Nüssen und machte abends eine schlichte Pasta. Doch immer wenn er Besuch hatte, entdeckte er von neuem seine Begeisterung fürs Kulinarische. Und so fuhr er auf dem Heimweg noch kurz beim Supermarkt vorbei, um ein paar Zutaten zu besorgen.

Aber trotz des üppigen, nach allen Regeln der Kunst zubereiteten Abendessens war die Atmosphäre bei Tisch nicht so, wie Cockroft sie sich erhofft hatte. Der Bosnier saß in seinen neuen Sachen da und sagte nichts. Er war ganz mit seinem Teller beschäftigt. Cockrofts Fragen beantwortete er mit einer Handbewegung oder einem Minimum an Worten. Der alte Mann machte sich schon Sorgen, dass er womöglich alles verdorben hatte, weil er seinen Gast hinten auf dem Pick-up hatte Platz nehmen lassen. Der BBC World Service überbrückte das Schweigen.

»Ihr Englisch ist hervorragend«, sagte Cockroft in der Hoffnung, damit Boden gutmachen zu können.

»Geht so«, sagte der Bosnier, der selber wusste, dass sein Englisch hervorragend war.

Nach dem Essen schenkte der Alte zwei wirklich große Whiskeys ein und zeigte dem Bosnier zum ersten Mal das Musikzimmer. Das war Cockrofts Lieblingszimmer. »Hier muss absolute Ordnung herrschen«, sagte er. »Auf diesen Stühlen hier darf nicht mal Timoleon Vieta sitzen.«

»Dann ich wohl auch nix dürfen sitzen auf die blöde Stühle?«, fragte der Bosnier in seinem gewohnten leiernden, beinahe flüsternden Ton. »Ich sein unter deine Hund.«

Cockroft war verlegen. Er war kein guter Gastgeber. Er war dem Bosnier nicht mit der gebotenen Aufmerksamkeit begegnet. Anscheinend war seine Welt inzwischen so klein geworden, dass er einfach vergessen hatte, wie man mit Gästen umgeht, und dass er die Bedürfnisse des Bosniers über alles andere hätte stellen müssen. Er begriff, dass er die Spielregeln, die zwischen ihm und Timoleon Vieta herrschten, ohne Zögern hätte brechen müssen. »Ich muss Sie um Verzeihung bitten«, sagte er beschämt. »Hören Sie. Wenn wir das nächste Mal irgendwohin fahren, können Sie selbstverständlich vorn sitzen, Timoleon Vieta schaff ich nach hinten. Ich werd ihn schon dazu bringen, dass er hopp macht, ob es ihm passt oder nicht. Notfalls schmeiß ich ihm einen Keks rauf oder so.« Cockroft wusste nicht, was er sonst noch sagen sollte, und darum sagte er: »Er liebt Kekse.«

Der Bosnier reagierte nicht auf diese Geste. Er sah sich im Zimmer um. Es gab ein Klavier mit geschlossenem Deckel, ein schwarzes Ledersofa mit dazu passendem Sessel, und an den Wänden hingen zahllose gerahmte Fotografien. Cockroft spielte selten auf dem Klavier, einem eingestaubten *Spelman Timmins*, das er sich kurz nach dem Kauf des Haus in der Hoffnung auf eine neue Schaffensperiode eigens aus England hatte kommen lassen. Diese blieb allerdings aus. Aus seinem Musical über die Hundeschau in Crufts war nie so richtig was geworden. Beim fünften Song, in dem es um einen Basset ging, hatte er mitten drin aufgegeben. Mit seinem klassischen Stück, *Raub der Meere*, das er in einer Phase zeitweiliger Fischabstinenz angefangen hatte, war er gestrandet, als man ihm bei einer Dinnerparty Lachs anbot. Er hatte es versäumt, den Gastgeber über seine Essgewohnheiten in Kenntnis zu setzen, und der Fisch hatte so lecker gerochen, dass er einfach nicht widerstehen konnte. Und seit der Dorfblinde vor sieben Jahren gestorben war, hatte keiner mehr das Klavier gestimmt, weshalb alles, was er darauf spielte, irgendwie seltsam diabolisch klang. Der Bosnier lief herum und guckte sich die Bilder an. Genau in der Mitte hing ein großes Foto, auf dem ein Mann, unverkennbar Cockroft, im Gespräch mit Paul McCartney zu sehen war. Cockroft, krampfhaft bemüht, sich seinen Stolz nicht allzu deutlich anmerken zu lassen, zeigte wortlos darauf.

»McCartney«, sagte der Bosnier.

»Ja.«

»Von Wings.«

»Ja.«

»Scheiße! Ich hassen Wings.« Der Bosnier sang leise, in sarkastischem Ton und ohne Melodie »*We are sailing …*«

»Ja, genau, ich glaub, das ist von denen.«

»Scheiße Song.« Der Bosnier schürzte leicht die Lippen. »Wahrscheinlich er sein deine gute Freund.«

»O ja. Ein reizender Mensch.« Cockroft hatte Paul zweimal getroffen, einmal flüchtig 1964 bei Jane Asher im Hausflur, als er mit Janes Bruder Peter verabredet war, weil er ihn fragen wollte, ob er nicht mal ein Arrangement für einen B-Seiten-Titel machen könnte, und das zweite Mal 1973, als dieses Foto aufgenommen worden war. Bei dieser zweiten Begegnung hatten sie eine halbe Minute miteinander gesprochen; Cockroft hatte McCartney an ihr erstes Zusammentreffen erinnert und davon geschwärmt, wie herrlich es in Jane Ashers Haus nach Kuchen geduftet hatte. McCartney hatte ihn höflich lächelnd stehen lassen. »Echt ein super Typ, der Paul. Und so charmant. Ein guter Freund.«

Der alte Mann schob ihre kleine Meinungsverschiedenheit bezüglich der Wings auf den Kulturschock und erläuterte dem Bosnier noch ein paar andere Fotos. Auf allen war Cockroft in jüngeren Jahren zu sehen, einmal mit dem sehr jungen David Bowie, einmal mit dem müde aussehenden Jimi Hendrix und einmal am linken Rand einer Gruppe, zu der unter anderem Sammy Davis Junior gehörte. Bei einigen handelte es sich um Pressefotos, auf denen Cockroft einen Taktstock in der Hand hielt und von Männern umgeben war, die alle die gleichen Blazer trugen und sich an E-Bassgitarren, Trommelstöcken oder Violinen festhielten. »Ich hatte mein eigenes kleines Orchester«, sagte er und zeigte auf eins der Bilder. »Ich war Bandleader. Ich war ständig im Fernsehen, ich hab sogar Platten gemacht.« Der Bosnier sagte nichts.

Sie kehrten wieder an den Küchentisch zurück. Cockroft schenkte noch mehr Whiskey ein. »In meiner Heimat bin ich sehr berühmt, müssen Sie wissen«, sagte er. »Sehr, sehr berühmt sogar.«

»Quatsch«, dachte der Bosnier, der Cockrofts Namen noch nie gehört hatte.

Als der Bosnier schlafen gegangen war, saß Cockroft mit aufgestützten Ellbogen am Küchentisch, trank Wein und betrachtete sein Spiegelbild im alten, unebenen Glas der Fensterscheibe. Er spürte, wie Timoleon Vieta ihn beschnüffelte, rutschte mit seinem Stuhl zurück und kraulte den Hund am Kopf. »Na, komm her«, sagte er und zog ihn an sich. Nach einer Weile gab ihm der alte Mann einen Kuss auf die Schnauze und ließ ihn los. Dann nahm er den Kopf des Tieres zärtlich in beide Hände und spielte ein bisschen mit den spitzen Ohren herum. Timoleon Vieta schaute mit seinen schönen Augen zu ihm hoch, hielt den Kopf schräg und wedelte mit dem Schwanz.

»Na, komm her«, sagte Cockroft wieder.

Silberne Shorts

Überall im Haus hingen gerahmte Fotos von Männern. Größtenteils Unbekannte, wie es aussah. Zum Beispiel ein schmächtiger, gelehrt dreinblickender junger Brillenträger in weißer Hose, oder ein nicht mehr ganz so junger muskulöser Schwarzer in äußerst knapp sitzender Badehose. Oder der siebzehnjährige Holländer, der den alten Mann ständig aufgefordert hatte, doch endlich mal erwachsen zu werden, oder der Mann von den Falkland-Inseln, der die Koffer gepackt hatte, nachdem er eines Morgens vor Tau und Tag von Cockroft dabei erwischt worden war, wie er in der Küche die elektrische Belüftung fickte. Cockroft hatte schon geargwöhnt, diese merkwürdigen Flecken, die seinerzeit plötzlich überall auftauchten – auf dem Tisch, an der Wand, an der Decke –, stammten von irgendeinem italienischen Pilz. Die meisten Männer waren nur einmal vertreten, einen aber gab es, von dessen Augen sich der Bosnier auf Schritt und Tritt verfolgt fühlte. Er hing im Badezimmer, in der Küche mindestens zweimal, stand auf dem Klavier und war in sämtlichen Fluren und im Wohnzimmer vertreten. Er sah jung aus, kaum dem Knabenalter entwachsen. Auf einigen Bilder war er allein zu sehen, auf anderen mit dem alten Mann, und auf wieder anderen malerisch über den Hund drapiert. Auf dem im Badezimmer war er nackt, bis auf ein sehr kleines Handtuch, auf einem trug er einen Matrosenanzug und auf mindestens dreien hatte er hautenge silberne Shorts an. Der Bosnier fand, dass der Typ Beine hatte wie ein Mädchen.

Der Junge in den silbernen Shorts stand auf ältere Männer. »Weißt du«, hatte er nach dem ersten Kuss zu Cockroft gesagt, »Jungs, die nicht vierzig Jahre älter sind als ich, die guck ich gar nicht an. So ist das nun mal bei mir, und daran wird sich auch nichts ändern. Mir graust jetzt schon davor, wenn ich sechzig bin und nach einem hübschen Boy von hundert auf die Jagd gehen muss. Und auf dich steh ich. Ich steh nämlich besonders auf englische Jungs. Die haben immer so eine tolle Stimme.«

Kennen gelernt hatten sie sich bei einem sechsundachtzigjährigen Schweizer Finanzier, bei dem der Junge Hausfreund gewesen war. Cockroft war dort zu einer Party eingeladen und hatte dieses herrliche langbeinige Geschöpf, das nach allen Seiten Kusshändchen verteilte und jeden ringsherum mit dieser Mischung aus südamerikanischem Charme und fließendem Italienisch – seiner Muttersprache – bezauberte, zunächst für den typischen Abzocker gehalten. Später hatte er festgestellt, dass es dem Jungen gar nicht in erster Linie ums Geld ging. Er hatte etwas geerbt, gerade genug, um sich eng anliegende Klamotten leisten zu können, ohne dafür arbeiten zu müssen, und mehr brauchte er eigentlich nicht. Kurze Shorts, zwei Pässe und einen betagten Freund, den er so lange lieben konnte, bis ihm diese Liebe langweilig wurde und er sich mitsamt seinen langen Beinen, seinem schönen goldblonden Haar und seiner glatten Haut zu dem nächsten alten Mann ins Bett legte. So ließ er zum Beispiel den reichen Schweizer einfach sitzen, bevor dieser noch die Chance hatte, den Löffel abzugeben und ihm einen Teil seines Vermögens zu vermachen, und zog stattdessen zu einem übel beleumundeten, buchstäblich von aller Welt gemiedenen und relativ verarmten Dirigenten, der allerdings noch ziemlich strahlende Augen und eine dichte silbergraue Mähne hatte.

»Weißt du was, ich liebe dieses Haus«, hatte er zu Cockroft gesagt, als er eines Tages mit Sack und Pack bei ihm in der Küche gestanden hatte. »Hier fühlt man sich sofort richtig zu Hause. Nicht so wie bei diesem Schweizer. Es war alles da – Swimmingpool, Tennisplatz, Sauna und so weiter –, und trotzdem war's nicht halb so gemütlich wie hier. Es hatte keine ... na ja, du weißt schon. Das hier ist ein richtiges Zuhause. Und der alte Boy aus der Schweiz, der war kein bisschen komisch. Sicher, irgendwie war er ja ganz süß, aber er hat den lieben langen Tag nichts weiter gemacht, als in dem großen alten Bett rumzuliegen, das wir hatten. Ich find's Klasse, wenn ein Boy steinalt ist, aber ein bisschen lebendig muss er schon noch sein. Und der Schweizer, der hat ja nicht mal Tiere ins Haus gelassen. Kannst du dir das vorstellen? In der Beziehung hat der irgendwie total 'n Rad ab. Ich hab ihn gefragt, ob ich nicht so 'n klitzekleines Kätzchen haben könnte, du, da ist der total ausgetickt. Aber am meisten steh ich ja auf Hundileins, und dieses Hundilein hier, das ist sowieso mein allerliebstes Hundilein auf der ganzen weiten Wi-Wa-Welt.« Er stürzte sich auf Timoleon Vieta, der sich auf seinem Sessel zusammengerollt hatte und den Fremden argwöhnisch beobachtete, und fing an, ihn stürmisch zu streicheln und zu kraulen. Er gab dem Hund ein großes Stück Schokolade. Timoleon Vieta wedelte mit dem Schwanz.

Vier Monate lang war Cockrofts Leben ein wahrer Strudel von Glückseligkeit gewesen. Der Junge mit den silbernen Shorts redete wie ein Wasserfall, und sobald Cockroft eine Strategie entwickelt hatte, wie er auch ab und zu mal ein Wort einwerfen konnte, lief die Sache zwischen ihnen so harmonisch, dass die Tage wie im Flug vergingen. Sie brachten sich gegenseitig zum Lachen, sie kauften gemeinsam ein, sie fuhren durch die Gegend, sie spielten Gesellschaftsspiele, sangen Lieder, verwöhnten den Hund, tranken Wein und hatten mehrmals täglich den herrlichsten Sex. Es war fast wieder wie in alten Zeiten, damals in den Sechzigern, als Cockroft bekannt wie ein bunter Hund gewesen war. Damals hatten sich die Leute durch einen pickepackevollen Raum gekämpft, um mit ihm zu reden und mit ihm gesehen zu werden. Er konnte allein auf eine Party gehen und wusste ganz genau, dass er schon nach wenigen Minuten der König des Abends wäre und ein paar der angesehensten Leute im Land ihm zuhören, über seine Anekdoten lachen und ihn zu sich nach Hause zum Dinner einladen würden. Boys, die Schauspieler werden wollten, besuchten ihn unangemeldet in seiner Wohnung in Fitzrovia, und jedes Mal, wenn einer von ihnen eine Film- oder Fernsehrolle ergattert hatte, empfand er eine Art onkelhaften Stolz auf diese Knaben. Regelmäßig tauchte er in den Klatschspalten der Tageszeitungen auf und ließ nie eine Gelegenheit aus, sich zusammen mit hübschen Mädchen fotografieren zu lassen, die Alaska oder Jezebella oder Benin hießen. Seit jener Nacht im Jahre 1974, als er sich in aller Öffentlichkeit derart gründlich und nachhaltig blamiert hatte, war es ihm kein einziges Mal mehr so gut gegangen. Seit jener Nacht hatte er sich fast permanent entsetzlich gefühlt. Doch der Junge mit den silbernen Shorts hatte die sechziger Jahre noch einmal zurückkehren lassen. Etwas in ihm, von dem er geglaubt hatte, dass es schon längst gestorben sei, war wieder zum Leben erwacht, und zum ersten

Mal seit Jahren war er hundertprozentig sicher gewesen, verliebt zu sein.

Mit dem Bosnier war es anders. Er war seit Tagen im Haus und hatte noch kaum ein Wort gesagt. Er mochte den Hund nicht, und der Hund mochte ihn nicht. Er wusste nicht, dass man sich in Schale werfen musste, am besten in Gingham-Klamotten, um einen alten Knacker zu verführen. Er war einfach nicht der rechte Mann, um Cockrofts beste Eigenschaften ans Licht zu holen. Und er stand auf Mädchen. Das hatte er schon klargemacht. »Ich lieben Mädchen«, hatte er mit seinem ausländischen Akzent gesagt. Aber der alte Mann war trotzdem froh, ihn bei sich zu haben. Stundenlang konnte er zuschauen, wie der Bosnier träge an irgendwelchen Türen herumreparierte oder halbherzig mit der neuen Sense den struppigen Rasen mähte. Das Wichtigste aber war, dass es ihn nicht mehr ganz so traurig machte, an den Jungen mit den silbernen Shorts zu denken. Und dabei war es doch erst ein paar Wochen her, dass er einen vollen Tag um ihn geweint hatte. Jetzt hatte er wenigstens wieder jemanden zum Ansehn, wenn auch – leider, leider – nicht zum Anfassen.

Er überlegte, wie er eigentlich gelebt hatte, bevor der Bosnier unten auf dem Saumpfad erschienen war. Doch seine Erinnerungen an diese Zeit waren bereits verblasst. Vor zwei, drei Monaten hatte ihn ein Franzose von durchschnittlichem Aussehen, mit dem er ein paar Wochen lang eine lauwarme Affäre gehabt hatte, verlassen, und die Zeit danach war ihm wie ein einziger endloser Tag vorgekommen, unterbrochen lediglich vom Schlaf, aus dem er oft erschrocken hochfuhr, entsetzt über die eigene Mittelmäßigkeit. Seit der Bosnier bei ihm wohnte, war wenigstens nicht mehr ein Tag wie der andere. Und obwohl er Timoleon

Vieta über alles liebte und es ihm wirklich Leid tat, ihn so bedrückt zu sehen, hoffte er inständig, dass sein neuer Freund noch eine Weile bleiben werde.

Hässliche Frauen

Als er jünger war, hatte der Bosnier davon geträumt, durch die Welt zu reisen und die Huren vieler Länder zu vögeln. Mit der Zeit aber hatte er kapiert, dass er noch so weit reisen konnte – die Mädchen, die ihm begegneten, würden doch mehr oder minder alle gleich sein. Er hatte sich Fotos und Videos von Prostituierten aus aller Welt angeschaut und festgestellt, dass sie einander ziemlich ähnlich sahen: Sie waren alle stark geschminkt und sehr schön angezogen, trugen hochhackige Schuhe und kurze, enge Röckchen. Ganz gleich, ob er nach Bangkok ginge, wo man sie in den Bars auflesen kann, oder nach Amsterdam, wo man sie sozusagen im Schaufenster fickt, oder nach New York, wo man sie anruft und einen Termin vereinbart wie beim Optiker, er wusste, dass die Mädchen im Großen und Ganzen überall vom gleichen Schlag waren. Darum machte es ihm schließlich auch nichts weiter aus, sich heimlich zu den verschiedenen unauffälligen Adressen in der näheren Umgebung zu schleichen und mit den Mädchen zu schlafen, die aus ihren Städten und Dörfern und oft sogar aus ihren Ländern fortgegangen waren und ihren Familien weisgemacht hatten, sie wollten sich Arbeit suchen, an der Rezeption eines Hotels oder in einem Reisebüro oder im Krankenhaus oder auch als Privatsekretärin.

Er hatte einen Freund, der nie mit einer hübschen Hure mitging, weil er wusste, dass er sich in sie verlieben würde.

Früher hatte er sich ein schönes Mädchen gemietet, und der Gedanke, dass sie nicht etwa seine Liebe erwiderte, sondern sich nur von ihm anfassen ließ, weil er genug Geld hatte, um sie für ein, zwei Stunden zu besitzen, hatte ihm förmlich das Herz gebrochen. Manchmal hatte er dem Mädchen dann die ganze Zeit nur übers Haar gestrichen, ihr Gesicht aus verschiedenen Blickwinkeln betrachtet und ihr gesagt, wie schön sie sei, und sich eingeredet, dass er sie ja so sehr liebte und dass er sich sehnlichst wünschte, die Dinge zwischen ihnen würden anders stehen. Er schaffte es nicht mal, das, wofür er bezahlt hatte, auch zu tun, weil er immer dachte, es sei noch zu früh und sie müssten sich noch ein bisschen Zeit lassen und sich erst einmal besser kennen lernen. Und danach hatte er dann immer an sie denken müssen und ihr einen Brief geschrieben, auf den er nie Antwort bekam. Nachdem der Freund dieses Herzeleid zu oft erlebt hatte, beschloss er, nur noch die billigsten Huren zu nehmen. Er suchte sich immer die mit dem fehlenden Schneidezahn aus oder die mit den dicken Tränensäcken oder die, die so viel Prügel bezogen hatte, dass ihre Nase schon gar nicht mehr wusste, in welche Richtung sie zeigen sollte. Auf diese Weise sparte er nicht nur Geld, sondern war sich auch von vornherein sicher, dass er sich nicht verliebte.

Der Bosnier hingegen nahm stets die schönsten Prostituierten, die er sich leisten konnte, und viele waren wirklich unglaublich schön, hatten große, traurige Augen und eine Haut wie ein Fotomodell, total perfekt und weichgezeichnet, aber ein paar hässliche Frauen hatte er auch kennen gelernt. Wenn er und seine Freunde nachts besoffen um die Häuser gezogen waren, hatten sie bisweilen gewettet, wer es schaffte, die hässlichste Frau zu küssen, und das mindestens zwei Minuten lang. Um die Sache noch komplizierter zu machen, durften das keine Frauen sein, die man bezahlte, sondern man musste in die Kneipen und Diskos gehen und wo sich diese Sorte sonst noch rumtreibt. Ein paar Mal war er dabei Sieger gewesen. Einmal aber hatte ein Freund von ihm gewonnen – haushoch; der hatte nämlich den ganzen Abend mit einer Frau verbracht, die nach der einhelligen Meinung der ganzen Truppe eine äußerst aussichtsreiche Kandidatin für den Titel »Hässlichste Frau aller Zeiten« war. Die war echt potthässlich. Ein Gesicht wie Quasimodo, und fett war sie noch obendrein. Sie hatten die beiden beobachtet, wie sie sich unterhielten, und kurz nach Mitternacht hat der Freund die Frau mit in sein Zimmer genommen und ihr ein Kind gemacht. Als die Sache rauskam, legten sie alle zusammen, damit er ihr die Abtreibung bezahlen konnte, weil sie nämlich wussten, dass er nicht so viel Geld hatte wie die andern in der Clique. Aber als sie ihm die Kröten geben wollten, sagte er erst mal gar nichts. Und dann erklärte er ganz trocken: »Wir haben uns geeinigt, das Mädchen und ich.« Er schaute auf seine Schuhspitzen. »Wir wollen heiraten. Wir wollen heiraten, und das Baby wollen wir behalten.«

Das konnten die andern nicht verstehen. Und als er versuchte, es ihnen zu erklären, glotzten sie ihn bloß an. »Ich mag sie«, sagte er. »Ich weiß, das hört sich blöd an, aber ich mag sie wirklich. Wir haben so viele Gemeinsamkeiten. Und sie ist echt witzig und alles.«

Das Geld gaben sie ihm trotzdem. Für Babysachen, und ein paar von ihnen kamen sogar zur Hochzeit, die sechs Wochen später stattfand. Das war schon ein komischer Anblick, wie er dort stand in seinem Anzug und neben ihm das hässliche Mädchen in ihrem weißen Kleid und mit einem Kind im Bauch, irgendwo unter den ganzen Fettwülsten. Danach gingen sie ein Bier trinken und waren sich einig, dass das Ganze eher nach einer Beerdigung ausgesehen hatte.

Später sahen sie ihn manchmal, wenn sie draußen vor den Kneipen saßen oder saufend im Park herumlungerten. »Da kommt er«, hieß es dann. »Da kommt er an mit seiner hässlichen Frau.« Und ihr Freund kam mit dem Baby zu ihnen rüber, man redete ein wenig, meistens über Sachen, die das Kind gemacht hatte. Laute, die es von sich gegeben hatte. War seine Frau außer Hörweite, versuchten sie ihn zu überreden, doch wieder mal eine kleine Sauftour mit ihnen zu unternehmen, aber er hatte stets eine Ausrede parat. Entweder musste er auf das Baby aufpassen, oder er musste irgendwas in der kleinen Wohnung basteln, die er mit seiner Familie bewohnte. Und dann murmelte er noch was, von wegen das Baby verstehe jedes Wort, das sie sagten, oder irgend so einen Quatsch, und machte sich davon. »Da geht er«, hieß es dann. »Da geht er mit seiner hässlichen Frau.«

Als der Bosnier sich aufmachte, um die Miete zu bezahlen, dachte er dabei an das Hässliche-Frauen-küssen-Spiel. Sehr viel anders konnte das, was er jetzt vor sich hatte, auch nicht sein.

»Du kommen in Haus«, sagte er zu Cockroft, der draußen im Liegestuhl saß, Timoleon Vieta den Kopf kraulte und dabei wieder mal in Wadham Kennings Roman *A Spy By Any Other Name* las. »Jetzt.« Cockroft folgte ihm ins Haus. »Es sein Mittwoch. Es sein sieben Uhr. Du mir geben Schwanz.«

Cockroft wusste instinktiv, dass er auf keinen Fall zeigen durfte, wie verblüfft er war. Schließlich hatte er diesen Satz schon unendlich oft gesagt: »*Komm mich doch mal besuchen. Du brauchst nichts weiter zu tun, als mir jeden Mittwoch pünktlich um sieben einen zu blasen, dann kannst du so lange bei mir bleiben, wie du willst.*« Er hatte immer gedacht, es sei jedem klar, dass das ein Scherz war, obwohl er bei dieser Offerte immer sein gründlich einstudiertes Pokerface machte. Dem Bosnier war es offenbar nicht klar gewesen. In Bosnien schien man sich noch an Verabredungen zu halten, und der Bosnier wollte seine Miete zahlen. Was er allerdings nicht wollte, war, dass Timoleon Vieta ihm dabei zusah, und darum schloss er die Haustür ab und sperrte ihn aus.

Cockroft wusste nicht mehr so genau, wie viele Stunden seines Lebens er darüber nachgedacht hatte, sich umzubringen. Er hatte den Überblick verloren. Irgendwann hatte er mal versucht, es auszurechnen, war dabei aber auf eine Zahl gekommen, die bedeutet hätte, dass er über einhundertsechzig Jahre lang nichts anderes getan haben konnte, als an Selbstmord zu denken, und zwar ohne auch nur eine einzige Stunde zu schlafen. In der Annahme, dass er sich wohl um eine Kommastelle geirrt haben müsse, hatte er das ganze Unterfangen aufgegeben und sich mit dem Wissen begnügt, jedenfalls einen Haufen Zeit mit Suizidgedanken verbracht zu haben.

Berichte über Selbstmorde faszinierten ihn ganz ungemein. Er konnte nicht verstehen, warum die meisten Menschen so einfallslos waren, wenn sie sich das Leben nehmen wollten – sich in der Badewanne die Pulsadern aufschneiden, im Schlafzimmer Tabletten einwerfen und mit reichlich Cinzano runterspülen, leise in der Küche den Gashahn aufdrehen oder sich auf irgendeinem Parkplatz vor herrlicher Naturkulisse am Geländer aufhängen, sich erschießen, wenn keiner da ist, der zuschauen kann, wie das Innenleben ihres Schädels durch die Stube spritzt, oder sich, wie seine Tochter, in einer finsteren Novembernacht diskret von einer Klippe stürzen.

Cockrofts eigene Selbstmordpläne waren immer wesentlich extravaganter gewesen als das, was er in den kurzen Meldungen unter der Rubrik *Vermischtes* in der Lokalpresse las. Zum Beispiel stellte er sich vor, dass er sich nach Feierabend in der Royal Albert Hall einschließen lassen und nachts, wenn das Personal nach Hause gegangen wäre, am höchsten Punkt der Kuppel auf irgendeine Weise ein Seil befestigen und dann vom obersten Rang in die Tiefe springen würde. Am nächsten Morgen würde man seine zehn, zwölf Meter über dem Boden baumelnde Leiche entdecken. Und alle würden dastehen und sich fragen, wie sie ihn da wieder runterkriegen sollten. Und in den Nachrichten würde man die interessierte Öffentlichkeit den ganzen Tag über auf dem Laufenden halten und davon berichten, wie er nach und nach heruntergelassen wurde. Sogar die Proben für die Proms würden dafür unterbrochen werden. Manchmal malte er sich aus, wie er, lauthals *Schau her, was du mir angetan hast!* schreiend, bei einer von Monty »Misty« Moores berühmten Gartenpartys mit der Donnerbüchse in der Hand angerannt käme, um dann die Waffe auf sich selbst zu richten, und wie die vielen Männer dort in ihren weißen Flanellhosen mit seinem Blut bespritzt würden. In einem anderen Tagtraum dachte er daran, sich mit einer aus dünnem Draht geknüpften Schlinge an der Decke über dem Hochbett eines seiner Exfreunde zu erhängen. Wenn der hübsche, aber leider sprunghafte und stupide Junge dann einen Liebhaber mit nach Hause brächte, fänden sie den alten Mann in zwei Teilen auf dem Bett liegen, mit sauber durchtrenntem Hals, die Schnittflächen ganz glatt, genau wie dieser leckere Käse, der Caerphilly, der ihnen so gut geschmeckt hatte, damals bei dem Ausflug nach Wales, den sie anlässlich ihres zweiwöchigen Jubiläums gemacht hatten.

Seiner Selbsttötung am nächsten war Cockroft indes gewesen, als er sich einmal an einer wunderschönen Eisenbahnstrecke unweit von Dawlish auf die Gleise gelegt und auf den Nachtzug gewartet hatte. Wie hatte er den Geruch des Meeres genossen und die Kälte der Schiene im Nacken; er hatte hinaufgeschaut zu den Sternen. Zu trinken hatte er nicht wenig mitgebracht, darum sah er die Sterne am Himmel hin und her flitzen. Es dauerte lange, bis er das Vibrieren des Stahls spürte. Er war gerade am Einschlafen gewesen, aber als er das leichte Sirren hörte, war er sofort hellwach und rappelte sich ganz erschrocken hoch, und als die Schienen anfingen zu singen, stand er wie versteinert da. Und dann donnerte auch schon der Zug vorbei – viel früher, als er angenommen hatte. Sein Herz stampfte wie wild, er stellte sich vor, wie sein Kopf auf der einen Seite die Böschung hinunterhüpfte, die Füße auf der anderen. Er ging heim in seine Pension und hatte Angst, die Wirtin könnte Ärger machen, weil er ihr gesagt hatte, er werde so gegen halb zehn zurück sein, und die Frau machte einen ziemlich strengen Eindruck. Je länger er darüber nachdachte, desto mehr war er der Überzeugung, dass er sich an jenem Abend mit der ernsten Absicht, aus dem Leben zu scheiden, auf die Gleise gelegt hatte. Aber vermutlich war die Absicht doch nicht ernst genug gewesen.

Nach diesem ordinären Beinahe-Versuch hatte er beschlossen, dass er, bevor er seinem Leben ein Ende setzte, irgendetwas Extremes tun wollte, einfach um zu sehen, ob ihm das Lust machen könnte, doch noch eine Weile weiterzuleben, ob er dadurch vielleicht einen Sinn im Leben erkennen würde. Er hatte eine lange Liste von Dingen aufgeschrieben, die ernsthaft in Betracht kamen. Zum Beispiel sich überall, am ganzen Körper und im Gesicht, tätowieren zu lassen oder sich ein kleines Loch in die Schädeldecke bohren zu lassen oder sich bei einer Partnerschaftsvermittlung anzumelden, um heiratswillige Frauen kennen zu lernen, oder in einem Fass die Niagarafälle runterzudonnern. Die Idee, seine Wohnung in London zu verkaufen und sich dafür ein altes Haus in Italien auf dem Lande anzuschaffen, hatte übrigens auch mit auf dem Zettel gestanden.

Cockroft fragte sich oft, warum er diesen ganzen Unfug überhaupt so lange mitgemacht hatte, warum er sich nicht schon früher vor jeder Vorstellung der *Mausefalle* vors Theater gestellt und den herbeiströmenden Zuschauern verraten hatte, wer der Mörder war, und wieso er danach nicht quer durch die Stadt marschiert war und sich in die Royal Albert Hall geschlichen hatte, um dort seine Schlinge zu befestigen. Doch das hier, das war einer jener seltenen Augenblicke, in denen er froh war, dass er sich nie so ganz zum Schlussmachen hatte durchringen können. Denn wenn ihm das tatsächlich gelungen wäre, hätte er jetzt nicht hier auf dem Küchentisch gelegen und sich von einem großen, gut aussehenden Bosnier die Eier lutschen lassen.

Cockroft knöpfte den Hosenbund auf, zog den Reißverschluss runter und holte seinen Pimmel raus. Der Bosnier guckte ihn sich an, wie er so halbwegs stand, stolz wie 'n Spanier, und ihn mit seinem einen mongoloiden Auge ansah. Er bewegte das Gesicht auf ihn zu, doch dann machte er einen Rückzieher. »Duschen«, sagte er. »Du erst duschen, dann ich das machen.« Er hatte nämlich keine Lust, ein Ding in den Mund zu nehmen, das nach Urin und altem Schweiß stank.

Cockroft ging artig ins Badezimmer. Nach einer Weile tauchte er im Bademantel wieder auf. »So, und jetzt komm mit ins Penetraleum«, sagte er. Der Bosnier hatte das Schlafzimmer des alten Mannes noch nie betreten. Weil er nicht gewollt hatte. Sie gingen nach oben. Dort stand ein sehr breites, ungemachtes Bett, und ringsherum überall Fotos von Cockrofts Liebling – eins, auf dem er seine silbernen Shorts anhatte, und eins, auf dem er splitternackt an einem Swimmingpool auf dem Bauch lag und einen Cocktail in der Hand hielt. Der alte Mann legte sich auf den Rücken und spreizte die Beine, zwischen denen der sauber gewaschene, unerwartet aufgeregte kleine rosa Piephahn wie eine Antenne aus seinem Nest von schwarzen und grauen Haaren emporragte. Der Bosnier drückte die Lippen auf die Kuppe, und dann nahm er ihn ganz in den Mund. »Nicht so mit den Zähnen. Nicht so mit den Zähnen«, keuchte Cockroft.

»Okay«, blubberte der Bosnier mit vollem Mund. Er war noch dabei, den richtigen Winkel zu finden, und ließ los, um die Lage neu zu peilen.

»Nicht aufhören – bitte. Du machst das sehr gut.«

»Keine Sorgen. Ich bloß machen andere Stellung. Gleich ich werden blasen.« Er stülpte den Mund wieder über Cockrofts Schwanz. Jetzt ging es ganz leicht. Er fuhr mit der Zunge daran entlang und hielt den Kopf weitgehend still, während der alte Mann sich stoßweise auf und ab bewegte. Cockroft stöhnte und ächzte und strich mit seinen Fingern grob über die Stoppelhaare seines neuen Freundes und drückte ihn gleichzeitig runter, damit diese jungen spröden Lippen nicht zu weit von ihrem Ziel abirren konnten.

Es dauerte eine Ewigkeit, oder jedenfalls kam es dem Bosnier so vor, bis das Ding zu puckern anfing und er die warme, ekelhafte Soße hinten im Rachen spürte. Dann wackelte es noch ein bisschen und schrumpfte nach und nach. Der Bosnier wollte den Kopf heben, aber Cockroft drückte ihn sofort wieder runter. »Es kommt noch mehr«, keuchte der alte Mann, und da schmeckte der Bosnier auch schon den letzten Schwapp.

Er ließ los und schluckte runter. Dann ging er in die Küche und trank erst mal ein großes Glas Wasser. Und weil der Geschmack immer noch da war, trank er noch ein zweites Glas. Aber der Geschmack wollte nicht weggehen, und darum machte er sich auf die Suche nach der Zahnpasta.

Cockroft lag auf seinem Bett und konnte es nicht fassen. »Oh«, sagte er. »Ah.«

Abgefroren

Schon bevor der Bosnier aufgekreuzt war, hatte Cockroft angefangen, seinen alljährlichen Ausflug nach Gubbio zu planen, doch jetzt, wo er die Aussicht hatte, nicht allein fahren zu müssen, freute er sich noch mehr darauf. Als es dann so weit war, saß der Bosnier auf Timoleon Vietas angestammtem Platz auf dem Beifahrersitz. Winselnd ließ sich der Hund von seinem Herrchen hinten auf der Ladefläche anbinden, und als sie losfuhren, winselte er immer noch. Cockroft war bekümmert. Er war überzeugt, dass Timoleon Vieta wusste, was zwischen seinem Herrchen und dem jungen Mann passiert war, und dass er das nicht gut fand.

Im Jahre 1929 lebte am Rande einer kleinen Stadt in den Alpen eine Mutter, die ihr neugeborenes Söhnchen so sehr hasste, dass sie es in den Wald brachte und dort im Schnee liegen ließ. Als ihr Mann von der Arbeit nach Hause kam, konnte er es kaum erwarten, sein erstes Kind wiederzusehen, und fragte seine Frau, wo der Kleine denn sei. Sie antwortete nicht. Sie starrte nur zu Boden und summte, summte immer lauter und lauter und immer verzweifelter, je mehr ihr Mann in sie drang. Da packte den Mann die Wut, und er schlug ihr mit den Fäusten ins Gesicht, obwohl es für ihn das schönste Gesicht der Welt war, bis sie ihm endlich halb erstickt, das Blut lief ihr aus dem Munde, erzählte, was sie getan hatte. Darauf ging er zu den Nachbarn und bat sie, ihm zu helfen, das Kind zu suchen. Wie ein Lauffeuer verbreitete sich die Nachricht im Dorf, und Hals über Kopf liefen alle Männer und Knaben aus ihren Häusern und Geschäften und überließen es den Frauen, sich um die kleinen Kinder zu kümmern und dafür zu sorgen, dass das Feuer im Herd nicht ausging. Als es schon beinah dunkel war, fanden sie das Baby. Stocksteif lag es da, alle Farbe war aus seinem Gesicht gewichen. Wie ein von einem Baum heruntergefallener Eiszapfen, der die Form eines Neugeborenen hatte. Sie wickelten es in einen Mantel und liefen zum Doktor, dem man bereits angekündigt hatte, dass man ihm in dieser Nacht noch einen Patienten bringen werde. Der Doktor verscheuchte die Männer aus seiner Praxis und machte sich an die Arbeit. Die Männer schickten ihre jüngsten Söhne heim und blieben draußen stehen, drängten sich vor der Tür und lauschten. Als sie das Baby einen leisen Schrei ausstoßen hörten, vollführten sie Freudensprünge. Der Vater stürzte hinein und drückte den Jungen an die Brust.

Aber der Junge war nicht völlig geheilt. Seine Nase war abgefroren, desgleichen sämtliche Zehen und die Finger beider Hände, bis auf den linken Zeigefinger. Das ganze Dorf passte auf, dass die Mutter nie wieder in seine Nähe kam. Als der Mann seine Sachen abholte, denn er war aus dem gemeinsamen Haus ausgezogen, bettelte und flehte sie ihn an. Sie könne selber nicht verstehen, warum sie das getan habe, sagte sie zu ihm, aber jetzt gehe es ihr viel, viel besser, und ob sie die ganze Sache nicht einfach vergessen könnten und so tun, als wäre das alles nie geschehen. Er aber wollte von alldem nichts hören, zumal seine Verwandten so etwas wie eine undurchdringliche Mauer um das

Kind errichtet hatten. Und wenn es ihr mitunter doch gelang, einen Blick auf den Kleinen zu erhaschen, jammerte sie *Mein Söhnchen, mein Söhnchen,* doch ehe sie ihm nahe kommen konnte, hatte man ihn schon wieder aus der Gefahrenzone befördert. Nicht lange, und der Vater zog fort und nahm seinen Sohn mit. Niemand sagte der Frau, wohin sie gegangen waren; das Einzige, was sie erfuhr, war, dass die zwei jetzt weit, weit weg wohnten und sie sie nie mehr wiedersehen werde.

Die Liebe zu ihrem Jungen brachte sie um den Verstand. Und weil sie an nichts anderes mehr denken konnte, ging sie fort aus ihrem Dorf und zog von Stadt zu Stadt und suchte ihren Sohn. Das Einzige, was sie bei sich hatte, war eine kleine Tasche mit Spielzeug. So wanderte sie umher, bis sie alt war, und betete immerfort, dass sie ihn nur ein einziges Mal zu Gesicht bekommen möge, lebte von Almosen und Abfällen aus Hotelküchen und rief auf ihrem Weg durch fremde Straßen, Städte und Dörfer wieder und wieder seinen Namen: *Aroldo, Aroldo.*

Aroldo verbarg seine Hände in Handschuhen oder unter langen Ärmeln, war sich aber dennoch stets bewusst, dass sie waren, wie sie waren. Er war zu schüchtern, Frauen anzusprechen, und getraute sich noch nicht einmal, sich einer auch bloß in romantischer Absicht zu nähern. Er wusste, dass die Mädchen immer Händchen halten wollen und dass sie nie und nimmer einen Jungen küssen würden, dessen Nase so blaurot und so missgestaltet war. Er zog von einer Stadt zur nächsten und wechselte die Arbeitsstellen wie die Hemden, bis er eines schönen Tages an einer kleinen Tankstelle an einem einsamen Straßenabschnitt einen Job als Tankwart fand. Als er den ersten Tag dort arbeitete, war ihm bereits nach fünf Minuten klar, dass er für den Rest seines Lebens hier bleiben wollte. Die Bezahlung war zwar nicht besonders gut, aber es gab ständig was zu tun, und je älter er wurde, desto weniger kümmerte er sich darum, was die Leute von ihm hielten und was sie über seine Hände und seine Nase dachten.

Er nahm die Pistole und steckte sie in die Benzinöffnung des Pick-up und hielt mit seinem einen Finger den Abzug so lange fest, bis der Tank voll war. Der Kunde, ein Ausländer, starrte Aroldos Hände an und sah, dass sie, sobald er die Tankpistole wieder eingehängt hatte, unter den langen Hemdsärmeln verschwanden. Der Ausländer legte das Geld nicht in eine wartend ausgestreckte Hand, sondern auf das untere Ende eines verhüllten Arms. Aroldo nahm es und gab wortlos das Wechselgeld heraus. Der Kunde bedankte sich in schlechtem Italienisch, stieg in sein Auto und fuhr davon.

»Hast du seine Hände gesehen?«, fragte Cockroft den Bosnier, der sich unter seinem Hut und hinter seiner dunklen Brille verschanzt hatte.

»Nein.«

»Er hatte nur einen einzigen Finger.«

Der Bosnier sagte nichts.

»Sehr ungewöhnlich.«

Timoleon Vieta lugte durch das schmutzige Rückfenster in die Kabine. Inzwischen winselte er nicht mehr, sondern fletschte bedrohlich knurrend die Zähne.

Als sie in Gubbio ankamen, suchte Cockroft einen Parkplatz, und dann schlenderten sie durch die gewundenen Gassen, bis sie vor dem Palazzo dei Consoli standen. »Diese Stadt ist voll von Geschichte«, sagte der alte Mann. »Die Vergangenheit dringt ihr aus allen Poren. Aber dafür sind wir ja hier auch in Italien. Man braucht nur die Augen offen zu halten, dann sieht man überall Geschichte – sie springt einem förmlich ins Gesicht.« An den Straßenrändern standen dicht gedrängt die Menschen. »Heute ist Witwenparade«, erklärte Cockroft seinem Begleiter. »Die findet jedes Jahr statt.«

»Witwen? Du meinen Frauen, was haben tote Mann?«

»Genau. Der Ursprung liegt Jahrhunderte zurück. Einmal im Jahr mussten alle Witwen von Gubbio schwarze Kleider tragen und sehr langsam durch die Straßen ziehen. Und dabei wurden sie von allen, die keine Witwen waren, mit verfaultem Obst beworfen.«

»Warum?«

»Zur Strafe, weil sie so schlechte Ehefrauen gewesen waren. Es galt nämlich als äußerst ungehörig, seinen Mann sterben zu lassen – Frauen, die so etwas taten, waren keine guten Ehefrauen und hatten verdient, öffentlich und vor aller Augen gedemütigt zu werden. Weil sie ihre Pflichten vernachlässigt hatten.«

»Aber wir nix haben die Obst.«

»Ach, mein lieber Junge – heutzutage wird nicht mehr mit Obst geworfen. Schon lange nicht mehr. Nein, heutzutage wird einfach nur freundlich Beifall geklatscht, wenn sie vorbeikommen. Heutzutage feiern wir sie, anstatt sie zu verachten. Die Zeiten haben sich ein wenig geändert. Aber an dieser Parade teilzunehmen, das ist nach wie vor ein absolutes Muss für jede Witwe. Ich glaube, das ist sogar gesetzlich vorgeschrieben.« Normalerweise rauschte das Gerede des alten Mannes an dem Bosnier wasserfallartig vorbei, diesmal aber stellte er fest, dass ihn das, was Cockroft da erzählte, doch irgendwie interessierte. Er war beinah froh, in Gubbio zu sein. Er wollte diese Frauen mit den toten Männern sehen. Das war doch wenigstens mal eine Abwechslung.

Es dauerte nicht lange, und eine Blaskapelle kam anmarschiert, die einen Trauermarsch spielte, und dahinter tauchten auch schon die ersten Frauen auf. Sie trugen allesamt Witwenschleier und weinten in ihre schwarzen Taschentücher.

»Die *müssen* weinen«, erklärte Cockroft flüsternd. »Nicht zu weinen gilt selbst heute noch als Beweis dafür, dass man seinen Mann nicht genug geliebt hat.« Unterm sehr getragenen Beifall der Menge zog die Prozession vorbei.

Sie dauerte ewig. Manche Frauen schüttelten einfach nur den Kopf und betupften sich die Augen, andere dagegen heulten und schluchzten ganz laut. Gegen Ende des Zuges kamen die richtig alten Frauen, die, denen es schwer fiel, mit den anderen Schritt zu halten. Bucklige, o-beinige alte Omas mit Krückstock. Den Abschluss bildete ein Pferdewagen, auf dem diejenigen saßen, die überhaupt nicht mehr laufen konnten.

»Die gehn jetzt alle zu dem alten Amphitheater«, flüsterte Cockroft. »Dort gibt's dann immer eine Riesenshow. Vor ein paar Jahren hab ich's mal geschafft, eine Karte zu ergattern, da war die Hauptattraktion *Spandau Ballet.* Weißt du, diese Pop-Gruppe. War allerdings nicht so ganz meine Kragenweite – zu viel Saxophon. Ich bin vorm Ende gegangen. Die Witwen brauchen natürlich nichts zu bezahlen, aber es ist nicht so gedacht, dass sie sich dabei amüsieren sollen. Das wird auch immer im Fernsehen übertragen, kannst dir's ja zu Hause ansehn, wenn du willst.«

In der Gruppe der Lahmen ging eine Witwe, die eindeutig wesentlich jünger war als all die anderen um sie herum. Ihre schwarzen Kleider sahen nagelneu aus, richtig flott. Als sie an Cockroft und dem Bosnier vorüberstreifte, nahm sie ihr schwarzes Taschentuch weg, sodass man ihr Gesicht sehen konnte. Der Bosnier hielt sie für nicht viel älter als neunzehn. Sie war ganz aufgewühlt. Aus ihren großen braunen Augen liefen Tränen und rollten ihr über die makellosen olivenfarbenen Wangen. Sie war schön wie eine Porzellanpuppe. In der Menge erhob sich ein Gemurmel. *Gestern* tuschelten die Leute. *Gestern erst. Die arme Kleine.* Der Bosnier konnte sich nicht erinnern, jemals ein Mädchen gesehen zu haben, das so hübsch gewesen war wie diese Witwe, nicht mal auf Fotos. Er nahm seine dunkle Brille ab, damit er die junge Frau besser sehen konnte. Sie trug das Haar zu einem Zopf geflochten, der ihr bis zum Hintern reichte. Plötzlich hatte der Bosnier nur noch einen einzigen Wunsch: Er wollte ihr die Tränen abwischen – am liebsten mit dem Schwanz.

*

Nachdem die Frauen aus dem Blickfeld verschwunden waren, setzten sich die beiden Männer in ein Straßencafé, tranken Bier und rauchten. Cockroft warf dem Hund Brezeln hin. Der Bosnier musste immer wieder an die junge Witwe denken. Er stellte sich vor, wie die letzten, wenn auch vielleicht nur flüchtigen Augenblicke im Leben ihres Mannes gewesen waren, welche Selbstzufriedenheit dieser Mann empfunden haben musste. *Na schön, jetzt sterb ich,* mochte sich der Typ gesagt haben, *aber Himmel, Arsch und Zwirn – guckt doch bloß mal, was für eine Schönheit ich gefickt hab, als ich noch am Leben war.* Vielleicht hatte er sogar noch seinen Samen ausgesät. Vielleicht lebte er ja in ihr weiter. Sicher würde es ein Junge werden, und sie würde ihn nach seinem Vater nennen. Und wenn er größer wäre, würde er seinem Vater von Jahr zu Jahr ähnlicher sehen, und ihre Liebe zu dem Kind würde immer wildere Blüten treiben. Ihrem neuen Mann würde das natürlich nicht entgehen, und darum würde der den Jungen aus tiefster Seele hassen, weil er ihm die Erkenntnis aufzwang, dass er für seine Frau nur zweite Wahl war und sie ihn niemals wirklich würde lieben können.

Unwillkürlich verglich sich der Bosnier mit dem Toten. Er überlegte, was er selber eigentlich so im Leben besaß – einen verrückten alten Mann, der ihm mit äußerst schlichter Hausmannskost, billiger Kleidung und billigen Zigaretten versorgte und ihm eine halbwegs komfortable Bleibe gab. Als Gegenleistung musste er einmal die Woche eine kleine Unannehmlichkeit in Kauf nehmen, und natürlich diesen Hund, den er hasste und der ihn ebenso hasste. Im Grunde, fand er, war das alles nichts. Er überlegte, nicht das erste Mal, ob er nicht besser schon vor langer Zeit gestorben wäre, so wie der Mann von dieser Witwe, der sich davongemacht hatte, als das Leben noch süß war.

Cockroft zahlte das Bier, dann gingen sie zurück zum Pick-up. Timoleon Vieta kratzte an der Beifahrertür. »Ach, Timoleon Vieta, also wirklich«, sagte Cockroft. »Du weißt doch ganz genau, dass du heute nach hinten musst. Wir haben einen Gast, oder hast du das schon wieder vergessen?« Er zerrte den widerstrebenden Hund nach hinten und ließ die Klappe runter. Timoleon Vieta fing an zu winseln.

Auf einmal hatte der Bosnier das alles gründlich satt – alles, ganz besonders aber das klagende Gewinsel des Hundes. Er ging hin und versetzte dem Tier einen kräftigen Tritt in den Bauch. Er merkte, wie er mit der Stiefelspitze gegen einen Knochen oder so was Ähnliches stieß. Cockroft war fassungslos. »Du hast ihn getreten.« Er war außer sich. »Du hast Timoleon Vieta getreten.«

»Ich nix mehr sein Scheiße ertragen. Du ihn behandeln wie scheiß Baby. Du sollen ihm beibringen, er muss Schnauze halten. Los. Fahren.«

Der Hund, völlig außer Atem, gab klein bei und ließ sich von seinem Herrchen hinten anbinden. Dann stiegen sie ein, und Cockroft fuhr wortlos nach Hause. Er war wütend auf den Bosnier wegen des Fußtritts und wütend auf Timoleon Vieta, weil der ihnen mit seinem schlechten Benehmen den netten Ausflug vermasselt hatte, und auf sich selber war er auch wütend, obwohl er nicht so genau wusste, warum.

What
Should
I think about when my lovely
master's going downtown?

Gelangweilt

Als der vierte Mittwoch in seinem neuen Heim gekommen war, hatte der Bosnier mehr oder minder den Bogen raus mit der Miete. Er amüsierte den alten Mann so lange wie nötig und ging dann schnell in die Küche, trank ein großes Glas Wasser, warf eine halbe Packung *Fishermen's Friends* ein, trank noch ein großes Glas Wasser, warf die restlichen Pfefferminzpastillen ein, nahm einen Hieb Whiskey direkt aus der Flasche und steckte sich eine Zigarette an. In der dritten Woche hatte er's mit Bier versucht anstatt mit Whiskey, aber durch die Kohlensäure war ihm der Geschmack wieder in den Mund gestiegen. Man kann nicht sagen, dass er es genoss, wenn's wieder so weit war, aber er empfand auch keinen Ekel dabei. Er machte es einfach. Im Großen und Ganzen war's nicht viel anders als mit irgendeiner Puppe, die er normalerweise nicht mal angeguckt haben würde, hätte sie nicht ein Hotelzimmer gehabt, wo er mit unterkriechen konnte, und das hatte er, seit er in Italien war, schon oft genug getan. Es war leicht. Und es war langweilig.

Während er darauf wartete, dass der alte Mann herunterkam und anfing, das Abendessen zu machen, fiel ihm plötzlich auf, dass die ganze Zeit, seit er hier war, noch kein einziges Mal das Telefon geklingelt hatte oder irgendwelche Post angekommen war. Und Besucher hatten sich auch keine blicken lassen.

Doch zwei Tage später klingelte der Briefträger. Cockroft musste den Brief gar nicht erst öffnen, um zu wissen, von wem er war. Von seiner Finanzberaterin. Sie hatte die Angewohnheit, von Zeit zu Zeit was für das Honorar zu tun, das er ihr zahlte, zum Beispiel, indem sie ihn fröhlich daran erinnerte, wie wenig Geld er hatte, oder ihm mitteilte, wie gut sich die verschiedenen Aktien und Wertpapiere entwickelten, die er beschlossen hatte, nicht zu kaufen. Immerhin besaß er ein paar Kleinstanteile an British Telecom, Marks and Spencer, David Bowie und an irgendeiner Bauxitmine oder so was Ähnlichem im Marschland oder irgendwo, und auch darüber berichtete sie ihm hin und wieder. Er öffnete den Brief am Frühstückstisch und las laut vor:

»Es tut mir außerordentlich Leid, dir mitteilen zu müssen«, las er, »dass Hunderttausende Studenten, denen die übermäßige Einnahme verbotener Substanzen mit entspannender Wirkung den Verstand getrübt hat, sich von deiner erbärmlichen Marionettenserie *Bibbly and the Bobblies* angezogen fühlen. Die Wichser von BBC 2 wiederholen daraufhin jetzt jede bescheuerte Folge von diesem Schrott, und zwar immer Dienstagabend um sechs (wenn diese künftigen Führungskräfte unserer einst so stolzen Nation eigentlich die Nachrichten sehen müssten) und Sonntagmorgen um halb elf (wenn diese unnützen Bälger nach Hause getorkelt kommen, nachdem sie sich die ganze Nacht rumgetrieben und sich mit Crack, Koks und Ecstasy zugedröhnt haben und viel zu dicht sind, um noch zu merken, dass sie dieselbe beknackte Folge doch schon am Dienstag gesehen haben, wobei das natürlich keine Rolle spielt, weil bei dieser idiotischen Serie, soweit ich das beurteilen kann, eh alle Folgen gleich blöd sind). Wie dem auch sei, das wird ein unverdient gutes Jahr für dich. Die erste

Rate von 6200 Pfund dürfte in sechs bis acht Wochen auf deinem Konto eingehen, weitere dann jeweils bei Fälligkeit. Die Videofassung wird pünktlich zum Weihnachtsgeschäft ausgeliefert. Aber dein Ruf ist ja sowieso ruiniert. Ich weiß nicht, was aus dieser beschissenen Welt noch werden soll. Mit vorzüglicher Hochachtung …«

»Ach«, sagte der alte Mann. »Das sind ja wunderbare Neuigkeiten.«

»Ich nix verstehn«, erwiderte der Bosnier.

»Oh, das tut mir entsetzlich Leid, ich bin ein bisschen überdreht.« Und dann erklärte er es ihm noch einmal langsam: »Vor langer Zeit, Anfang der siebziger Jahre, habe ich die Musik für eine Kinderserie geschrieben, die *Bibbly and the Bobblies* hieß. Da ging es um irgendwelche Marionetten auf dem Mond oder sonst wo, und alles war entsetzlich bunt, und dauernd wirbelten irgendwelche grellen Farbkleckse durch die Gegend, weil das Farbfernsehen damals gerade neu war und die Leute, die die Sendungen machten, nicht wussten, wann man aufhören muss. Und jetzt haben junge Leute, hauptsächlich Studenten, die Drogen rauchen und Gefallen daran finden, viele verschiedene Farben gleichzeitig zu sehen, die Serie neu entdeckt. Das Fernsehen in England, also da, wo ich her bin, hat die Folgen wieder ins Programm genommen, und dadurch bekomme ich etwas Geld.«

Normalerweise tröpfelten Cockrofts Tantiemen eher spärlich, und solch einen warmen Regen hatte er schon ewig nicht mehr erlebt. Vor vier Jahren hatte die japanische Band *My Sweetheart Sensation* auf ihrem Album ein Stück aus einer Komposition von ihm verwendet, und einige Zeit danach hatte ein amerikanischer Sänger, dessen Name ihm entfallen war, ein Motiv aus einem seiner Songs als Refrain für eine lasche Teenie-Sex-Hymne genommen. Der Titel hieß *We Might As Well Be Married (If You Think About It)* und war in den Charts auf Platz vierundfünfzig gelandet. Beide Male hatte er ein paar tausend Pfund gekriegt, die allerdings fast völlig für Steuern und Provision draufgegangen waren, und den schäbigen Rest hatte er in Wochenendtrips und Leckerbissen für sich und den Hund angelegt. Aber über die jetzige Finanzspritze freute er sich ganz besonders, weil er sich bei der Eingangsmusik zu *Bibbly and the Bobblies* von einem Tonband hatte inspirieren lassen, auf dem er sein eigenes Rülpsen und Furzen und das Plitschen der Urintropfen beim Abschütteln seines Schwanzes überm Klobecken aufgenommen hatte. All diese Geräusche hatte er in Noten gesetzt und für Oboe, Kontrabass und Glockenspiel arrangiert und sie in dieser Form an die BBC verkauft. Danach erzählte er monatelang jedem Unbekannten, der ihn fragte, womit er sich seinen Lebensunterhalt verdiene: »Mit Rülpsen, Furzen und ins Klo pinkeln.« Da fehlten den Leuten dann immer die Worte.

Der Bosnier hegte schon seit jeher Bewunderung und Verständnis für hübsche Mädchen, die reiche Freunde hatten, vor allem, wenn sie heimlich mit einem bettelarmen Bosnier Freundschaft schlossen, was ihm schon zweimal passiert war. Er fing an, darüber nachzudenken, wie er den alten Mann abzocken könnte.

»So, jetzt bist du der Playboy von einem reichen Mann«, sagte Cockroft, als hätte er die Gedanken seines jungen Freundes erraten. »Na, wie gefällt dir das?«

Der Bosnier antwortete nicht. An *Bibbly and the Bobblies* konnte er sich noch erinnern, aber wie die Musik ging, hatte er vergessen.

Cockroft beschloss, die gute Nachricht mit einem Ausflug in den Supermarkt zu feiern.

»Wenn sein ganz besondere Tag, Hund nix mitkommen«, sagte der Bosnier.

In seiner Euphorie willigte Cockroft ein. Um sich zu beruhigen, sagte er sich, sie würden ja bloß ein paar Stunden wegbleiben und Timoleon Vieta würde es bestimmt ganz nett finden, mal eine Weile alleine zu sein und seine Gedanken sortieren zu können. Also ließen die beiden Männer den Hund im Haus zurück und fuhren los.

Der alte Mann war wild entschlossen, den Einkaufswagen richtig voll zu packen. Er nahm alles, was irgendwie nach was aussah: Saucen, Gewürze, Deos, Fleisch und Fisch aus der Tiefkühltruhe, frisches Gemüse, Nudeln, Wein, Brandy, Whiskey, eine neue Bratpfanne, Kekse, sieben Flaschen Champagner und massenhaft Zigarren und Zigaretten. Als er an der Abteilung für Haustierbedarf vorbeikam, war er ganz entzückt. Er kaufte ein Dutzend Kauknochen, zwei Fluppibälle, ein bisschen Katzenminze, weil er sehen wollte, ob die bei Hunden die gleiche Wirkung hatte wie bei Katzen, und die teuerste Leine, die es gab.

Als sie nach Hause kamen, warf Cockroft Timoleon Vieta einen Kauknochen hin und machte sich daran, ein üppiges Mittagessen zuzubereiten. Beim Essen schlug er vor, nachher zusammen einen kleinen Verdauungsspaziergang zu machen. Der Hund war zwar in letzter Zeit immer mürrischer und abweisender geworden und wollte so oft wie möglich allein sein, aber Cockroft hatte trotzdem ein schlechtes Gewissen, weil er ihn sich selbst überlassen hatte, während sie einkaufen waren. Er ahnte, dass er zumindest teilweise an der Entfremdung schuld war, die sich in letzter Zeit zwischen ihnen ergeben hatte, und wollte alles tun, damit ihr Verhältnis wieder besser würde. »Was meinst du?«, fragte er den Bosnier. »Nur du und ich und Timoleon Vieta. Die drei Musketiere.«

Der Bosnier zuckte die Achseln. »Von mir aus.«

Ihr Spaziergang führte sie bergauf, zunächst eine Weile den Saumpfad entlang und dann tief in den Wald. Sie redeten nicht viel. Hin und wieder summte Cockroft ein paar Takte aus irgendeiner Ouvertüre, Timoleon Vieta rannte voraus, und der Bosnier versuchte krampfhaft, möglichst weit zurückzubleiben. Als sie an einer Stelle ankamen, wo die Aussicht besonders schön war, machten die Männer Halt, setzten sich auf die Erde und schauten in die Ferne, während der Hund ein Stück von ihnen entfernt herumschnüffelte. Voll gefressen, wie sie waren, und mit reichlich Champagner im Blut streckten die beiden Männer sich rücklings aus und schliefen ein. Cockroft wachte als Erster wieder auf und sah sofort, dass Timoleon Vieta nicht mehr da war. Er geriet in Panik. »Schnell, schnell, aufwachen!«, schrie er den Bosnier an. »Steh auf! Wir müssen Timoleon Vieta suchen.«

Der Bosnier rieb sich die Augen und rappelte sich langsam hoch. Er fand es prima, dass der Hund weg war. Der alte Mann war völlig aus dem Häuschen, ansonsten aber war noch alles seltsam friedlich. Er hoffte inständig, dass der Hund nie wieder auftauchen würde.

»Timoleon Vieta. Komm her, Timoleon Vieta«, rief der alte Mann, die Hände als Schalltrichter vorm Mund. »O Gott, o Gott«, murmelte er immer wieder. »Timoleon Vieta, wie konnte ich nur einschlafen? Es ist alles meine Schuld. Immer ist alles meine Schuld.« Er konnte sich nicht mal erinnern, wann er den Hund zuletzt gesehen hatte. Er rannte denselben Weg zurück, den sie gekommen waren, und rief dabei die ganze Zeit nach Timoleon Vieta. Doch der ließ sich nicht blicken.

Der Bosnier hasste solche Situationen. Er gähnte und rieb sich die Augen und trottete mit etwas Abstand hinterher.

Cockroft betete an jeder Wegbiegung, Timoleon Vieta möge wie in alten Zeiten schwanzwedelnd und hechelnd angerannt kommen. Doch es kam eine Wegbiegung nach der anderen, und der Hund, er war und blieb verschwunden. »Warum, Timoleon Vieta? Warum?«, rief der alte Mann. »Warum bist du mir weggelaufen?«

Endlich kamen sie zu Hause an. Cockroft war schweißüberströmt. Er japste nach Luft und war rot wie ein Krebs. Er rief und rief. Und dann sah er ihn endlich. Timoleon Vieta lag zusammengerollt auf der Türschwelle. Er rannte zu ihm hin, warf sich über ihn und schloss ihn in die Arme. »Ach, Timoleon Vieta, ich dachte schon, du hast mich für immer verlassen. Du hast mir den Schreck meines Lebens eingejagt. Warum musst du denn nur so gemein zu mir sein, Timoleon Vieta? Womit hab ich das verdient?«

Der Bosnier machte einen Bogen um die sentimentale Wiedervereinigungsszene und trat ins Haus. Diese Geschichte von dem Mann und seinem Hund ging ihm allmählich total auf den Sack. Er wollte sich einfach nur mal eine Weile langweilen und an nichts denken müssen. Der Mann und der Hund, die beiden waren beinah schon unglaublich langweilig, aber nicht auf die richtige Art und Weise. Er sehnte sich nach einer Form von Langeweile, bei der er nicht jedes Mal, wenn er die Augen aufschlug, Zeuge irgendeines nervtötenden Dramas wurde. Aber andererseits dachte er sich, wenn plötzlich einer von den beiden Protagonisten nicht mehr da wäre, dass sein Aufenthalt hier dann wirklich verdammt langweilig werden könnte.

Am selben Abend saßen Cockroft und der Bosnier draußen vorm Haus in ihren Liegestühlen, tranken schon wieder Champagner und schauten in die Ferne, hinüber zu den alten Bauernhöfen, mit denen die Hänge ringsherum gesprenkelt waren. Es wurde schon allmählich dunkel, und die fernen Nachbarhäuser verwandelten sich in winzige Lichtpünktchen. Viele von den Leuten, die dort wohnten, kannte Cockroft persönlich, obwohl er kaum noch Kontakt zu ihnen hatte. Die meisten waren Engländer, die wie er nach Umbrien gekommen waren, um all dem zu entrinnen, was in ihrem alten Leben schief gegangen war, und noch einmal ganz von vorn anzufangen. Viele schrieben Bücher über ihr Leben und ihr kleines Häuschen in Italien. Früher, als er sich wenigstens noch auf den unteren Plätzen ihrer Gästelisten behaupten konnte, war er ständig mit Manuskripten überhäuft worden, die er sich ansehen und zu denen er seine Kommentare abgeben sollte. Anfangs hatte er sie von der ersten bis zur letzten Seite gelesen. Im Grunde stand in allen mehr oder minder das Gleiche: einander zum Verwechseln ähnliche Anekdötchen über verpfuschte Heimwerkerarbeit oder über Begegnungen mit den urkomischen, nicht selten pockennarbigen italienischen Nachbarn. In der ersten Zeit hatte er ihnen die Sachen zurückgegeben und einfach nur gesagt: »Echt gut. Wirklich super.« Was die Verfasser natürlich nicht zufrieden stellen konnte, und darum fragten sie immer, ob ihre Bücher denn auch geistreich seien und ob es ihnen denn auch gelungen sei, die mannigfachen Gerüche Umbriens heraufzubeschwören. Zum Schluss las er die Manuskripte überhaupt nicht mehr, sondern behielt sie jeweils eine Woche, und wenn er sie dann zurückgab, sagte er jedes Mal: »Echt gut. Wirklich super. Sehr geistreich, und wie toll es Ihnen gelungen ist, die mannigfachen Gerüche Umbriens aufleben zu lassen.« So kam es, dass er eine Zeit lang ein gewisses Ansehen als Literaturkritiker genoss. Jedes Mal, wenn er nach England kam und dort in einen Buchladen ging, war die Reihe dieser Bücher in den Regalen schon wieder ein Stück länger geworden, und nicht wenige der Autoren kannte er persönlich. Bücher mit Titeln wie *Olivenöl und Sonnenschein: Eine umbrische Odyssee* oder *Der Liebhaber der Uffizien: Ein Jahr mit Bruschetta und Botticelli* oder *Fresken und Frascati: Fünf Jahreszeiten an den Hügeln der Toskana*, und der Subtext war jedes Mal der gleiche: *Hallo, Leute, wir haben uns ein bezauberndes Häuschen in Italien auf dem Lande gekauft*. Und jedes Mal, wenn er wiederkam, erwartete er, dass diese Welle endlich vorbei wäre, aber die Regale wurden immer voller.

Nach einem dieser Buchhandlungsbesuche hatte Cockroft beschlossen, selber auf diesen fahrenden Zug aufzuspringen. Er fing an, nach Begebenheiten Ausschau zu halten, aus denen er geistreiche Anekdötchen machen konnte, aber irgendwie passierte bei ihm rein gar nichts Interessantes. Daraufhin wollte er es seinen Nachbarn gleichtun und versuchte krampfhaft, die mannigfachen Gerüche Umbriens heraufzubeschwören, was ihm jedoch bald langweilig wurde, zumal er sich sowieso nicht vorstellen konnte, wieso irgendjemand Lust haben sollte, so was zu lesen. Als er vierzig Seiten über einen Spaziergang mit Timoleon Vieta fertig hatte, auf dem er um ein Haar auf eine Schlange getreten wäre, beschloss er, sein Vorhaben an den Nagel zu hängen.

Immerhin diente dieser Versuch, ein Buch zu schreiben, dazu, dass er – wenigstens für eine Weile – dankbar war, so ein eintöniges Leben zu führen. Er war richtig froh, dass er einfach so in den Tag hinein leben konnte, ohne große Zwischenfälle. Immer noch besser, als wenn ihm ständig irgendwelche romanreifen Sachen passieren würden, sagte er sich.

Wenn er die Bewohner dieser Häuser hin und wieder in der Stadt beim Einkaufen traf, sagte er freundlich Guten Tag, pflegte aber nur höchst selten geselligen Umgang mit ihnen. Was ihm übrigens ganz recht war, denn ihr Gerede ging ihm auf die Nerven. Diese Leute konnten stundenlang darüber palavern, dass sie aus England weggemusst hätten, weil da inzwischen alles voller Ausländer sei oder weil sie nicht von stalinistischen Europabefürwortern regiert werden wollten und dass man den Italienern ja nicht über den Weg trauen könne und wie teuer in England alles geworden sei und wo es das beste Olivenöl zu kaufen gebe.

»Ich hätte beinah mal ein Buch über die Gegend hier geschrieben und über dieses Haus«, sagte Cockroft zu dem Bosnier.

Der Bosnier antwortete nicht.

Am Himmel zogen Wolken auf, und in der Ferne hörten sie den Donner grollen. »Sieht aus, als ob der Sommer da ist«, sagte Cockroft und verdrehte die Augen. Timoleon Vieta rannte ins Haus. Und dann fielen die ersten Regentropfen, die beiden Männer gingen ebenfalls hinein. Cockroft setzte sich an den Küchentisch, der Bosnier verzog sich in sein Zimmer. Er suchte nach seinem Messer. Es war in der Reisetasche, in einer Socke. Er nahm seinen kleinen Wetzstein und wetzte damit die ohnehin schon scharfe

Sechs-Zoll-Klinge, derweil das Grollen immer lauter wurde und die Schleifgeräusche übertönte und die Lichter heftig flackerten, wenn auch nicht ganz im selben Rhythmus wie Blitz und Donner.

May
I continue
With my master living
forever
and forever ...?

Ausgesetzt

Es war eine wahre Freude gewesen, den Jungen mit den silbernen Shorts anzusehen und zu küssen. In den ganzen vier Monaten, die sie zusammen waren, hatte Cockroft nicht ein einziges Mal daran gedacht, sich umzubringen. Denn trotz seines zarten Alters verfügte dieser Knabe über das köstlichste Repertoire an Mitteln und Wegen, den alten Mann sowohl geistig als auch körperlich so zu manipulieren, dass dieser in einen herrlichen Rauschzustand geriet. Überdies hatte zwischen ihm und Timoleon Vieta so etwas wie Seelenverwandtschaft bestanden, und so war die ganze Affäre bis zu ihrem jähen, unglückseligen Ende ein einziger Honigmond gewesen. Als Heimwerker war der Junge mit den silbernen Shorts allerdings ein Versager. Er konnte sich zwar genauso malerisch räkeln wie Cleopatra auf ihrer Barke, aber eine Glühbirne auswechseln konnte er nicht.

Der Bosnier hingegen hatte unterdessen sämtliche Fensterrahmen an der Vorderseite des Hauses abgespachtelt und frisch gestrichen und sich dabei krampfhaft bemüht, die Arbeit erstens so lange, wie es irgend ging, in die Länge zu ziehen und zweitens bloß nicht darüber nachzudenken, was er hier tat. Seine Mutter hatte ihn früher gezwungen, sich in den Schulferien irgendwo im Haus nützlich zu machen. Wer nicht mit Werkzeug umgehen könne, sei kein richtiger Mann, hatte sie immer gesagt, und außerdem sei es gut, wenn er beizeiten lerne, was es heißt, ein hartes Tagewerk zu vollbringen; daher wusste er, was er zu tun hatte, und in groben Zügen auch, wie er an die Sachen herangehen musste. Bei passender Gelegenheit hatte er schon mal dem einen oder anderen allein stehenden Mädchen seine handwerklichen Fähigkeiten demonstriert und ihnen Regale gebaut oder Löcher zugegipst. Denn er hatte immer gewusst, dass ihm reicher Lohn winkte, wenn sie ihren Träumen von einem Mann für alle Fälle freien Lauf lassen konnten.

Das, was er hier am Haus getan hatte, war einfach eine Art Beschäftigungstherapie gewesen, damit er nicht vollends aus der Übung kam. Jetzt staunte er, wie groß der Unterschied gegenüber vorher war, und da war er richtig ein bisschen stolz auf sich. »Guck dir an deine neue Haus«, sagte er zu dem alten Mann, als er ihn am offenen Fenster sah. Cockroft kam heraus, und Timoleon Vieta folgte ihm auf dem Fuße.

»Ach, wie schön. Na, wie findest du das, Timoleon Vieta? Sieht unser Haus nicht toll aus?« Timoleon Vieta schnüffelte an den Kötteln von irgendwelchen Tieren herum.

In diesem Augenblick von unerwarteter Beinah-Zufriedenheit packte den Bosnier plötzlich ein Gefühl von Zuneigung für den Hund. Er war selber überrascht. Er betrachtete Timoleon Vieta und sah auf einmal nicht mehr den Feind in ihm, sondern einen ganz normalen Hund. Einen ganz normalen Straßenköter. Er ging auf ihn zu und sagte: »Also für den Fenster du haben keine Interesse, Hund.« Er streckte die Hand aus, um Timoleon Vieta über den Kopf zu streicheln und ihn hinterm Ohr zu kraulen, was Hunde ja bekanntlich mögen. Timoleon Vieta knurrte und grub seine Zähne in die Hand des Bosniers, dass sie blutete. Der Bosnier trat nach ihm, um ihn abzuwehren, und traf ihn mit seinem Stiefel hart am Kopf. »Scheiß-Hund-Fotze«, sagte er.

»Also wirklich, Timoleon Vieta«, sagte Cockroft. »Wirklich.«

Der Bosnier ging in die Küche, um sich die Hand abzuwaschen. Cockroft kam hinterher. Die Atmosphäre war geladen.

»Deine Hund mich nix lieben«, nuschelte der junge Mann.

»O doch. Er findet dich super.«

»Was?«

Cockroft seufzte. »Na ja, wahrscheinlich ist es wirklich nicht so einfach, an ihn ranzukommen, aber wenn ihr euch erst mal ein bisschen besser kennt, werdet ihr zwei die besten Freunde. Wart's nur ab.«

»Aber vielleicht ich wollen gar nix kennen deine blöde Scheißhund. Vielleicht ich wollen gar nix beste Freund sein mit deine Scheißhund. Vielleicht ich hassen deine Hund sehr viel. Vielleicht ich würden freuen, wenn er weg.«

Cockroft wünschte sich nichts sehnlicher, als dass die zwei, der Mann und der Hund, gut miteinander auskämen. Das war ihm sehr wichtig. Wenn er an die beiden dachte, dachte er oft *meine Jungs*. »Er ist wirklich nett. Glaub mir, irgendwann werdet ihr Freunde sein. Du musst ihm nur Zeit lassen.«

Sie gingen schlafen, jeder in sein Zimmer. Der Bosnier schlief auf der Stelle ein, Cockroft jedoch war unruhig. Er dachte über die Bemerkung des Bosniers nach, dass er Timoleon Vieta hasse. Irgendwie hatte dieser junge Mann die schlechtesten Eigenschaften wachgerufen, die der Hund in sich hatte – mürrisch war er auch vorher schon manchmal gewesen und hatte hin und wieder seine Knurrphasen gehabt, und man konnte auch nicht behaupten, dass er sich mit allen Gästen seines Herrchens angefreundet hätte, aber so unerbittlich feindselig hatte er sich noch niemandem gegenüber verhalten. *Der Hund ist wirklich wie verwandelt*, dachte Cockroft. *Irgendwie scheinen wir immer weiter auseinander zu driften. Manchmal frage ich mich, ob ich ihn überhaupt noch kenne.* Er ließ die letzten Wochen Revue passieren. Timoleon Vieta hatte sich noch öfter als sonst draußen herumgetrieben, und wenn er heimkam, war er immer in so einer merkwürdigen Stimmung gewesen. Irgendwie gar nicht mehr er selber, dachte Cockroft. Immer stocksauer, und den Bosnier ließ er einfach links liegen.

Cockroft dachte zurück an die Phasen, in denen er allein gelebt hatte. Wie hatte er das gehasst. Es war, als hätte er zwei völlig verschiedene Gesichter und als käme das eine davon nur dann hervor, wenn ein anderer Mensch in der Nähe war. Lebte er alleine, trank er auch alleine, doch damit war es jedes Mal sofort vorbei, wenn noch jemand anders da war, der mit ihm trank. Lebte er alleine, musste er andauernd heulen, was er nie tat, wenn noch jemand anders da war, und dann ging er auch immer tagelang nicht in die Badewanne, während er sich, wenn noch jemand anders da war und ihn riechen konnte, regelmäßig wusch. Wenn er alleine lebte, benutzte er abgeschnittene Zehennägel und ausgefallene Schamhaare als Lesezeichen und kam sich vor wie der einsame Musketier und führte fast ständig Selbstgespräche. Aber wenn ein Gast da war, verwöhnte er ihn mit Essen, Gemütlichkeit, Aufmerksamkeit und Liebe, und dazu brauchte nicht mal eine Romanze in der Luft zu liegen. Einmal hatte ihn die achtzehnjährige Nichte seines lieben verstorbenen Freundes Robin »Rotkehlchen« Robinson ausfindig gemacht, und er hatte sie eingeladen, den ganzen Sommer über bei ihm zu bleiben, bis ihr Studium anfing. Er hatte sich so gefreut, dass sie da war. Eines Morgens hatte er sie erwischt, wie sie in der Küche auf dem Fußboden lag und sich die Brustwarzen mit Hundefutter eingeschmiert hatte, das ihr der Dalmatiner mit seiner rauen Zunge ableckte. Cockroft hatte ihr versichert, es gebe absolut keinen Grund, sich deswegen zu schämen, und sie könne wirklich sehr, sehr gerne noch bleiben, aber sie war völlig aufgelöst gewesen und hatte ihre Sachen gepackt und sich flennend davongemacht. Dabei hätte sie noch mehrere Wochen Zeit gehabt, bis die Uni losging, aber sie wollte unbedingt weg. Cockroft musste ihr versprechen, niemandem etwas von der Sache zu erzählen, und an dieses Versprechen hielt er sich.

Trotz seines Wahlspruchs *Solange du noch mit dir selber redest, bis du nicht allein* wollte er auf keinen Fall wieder alleine leben, und plötzlich ertappte er sich zum ersten Mal bei dem Gedanken, dass es vielleicht auch sein Gutes hätte, wenn Timoleon Vieta nicht mehr da wäre. Er war ganz erschrocken, dass ihm so etwas überhaupt in den Sinn kam, und wehrte den Gedanken sofort ab, aber so sehr er sich auch bemühte, diese Idee wegzuschieben, sie drängte sich doch immer wieder auf.

Der Bosnier kam zu dem Schluss, dass er nur zwei Möglichkeiten hatte: Entweder er brachte den Hund um, aber natürlich heimlich und so, dass der alte Mann ihm niemals auf die Schliche käme, oder er packte seine Sachen und ging. Weiter mit diesem Köter unter einem Dach zu leben kam jedenfalls nicht in Betracht. Aber ihn abmurksen und irgendwo im Wald verscharren ging auch nicht so ohne weiteres; er malte sich aus, wie der alte Mann zusammenklappen würde, wenn der Hund weg wäre, und das stellte er sich irgendwie noch nervender vor, als die Töle selbst ertragen zu müssen.

Er nahm sich vor, noch in derselben Nacht zu verschwinden, sobald der alte Mann schlief. Einfach verschwinden, das war seit jeher seine bevorzugte Art und Weise, irgendwo fortzugehen. Er fand das irgendwie poetisch. Genau so hatte er sein Land verlassen und genau so hatte er die meisten Mädchen verlassen, die er, seit er in Italien war, kennen gelernt hatte. Indem er noch vor Tau und Tag heimlich seine Zelte abbrach, vielleicht noch ihr Geld einsteckte, um sich den Bus leisten zu können, der ihn in eine andere Stadt brachte, wo er einen neuen Zeltplatz finden würde und ein neues Mädchen, bei dem er mit der Narbe von seiner Schussverletzung Eindruck schinden konnte. Besonders schön fand er es immer, sich vorzustellen, was das Mädchen, das er gerade verlassen hatte, für ein Gesicht zog, wenn sie morgens aufwachte und sah, dass er nicht neben ihr lag, und wenn ihr dann so nach und nach dämmerte, dass ihr lieber Bosnier weder unter der Dusche war noch in der Küche Frühstück machte. Und wie sie sich dann die Augen ausweinte.

Bei genauerer Überlegung kam er allerdings zu dem Schluss, dass er auch bis zum Frühstück warten und danach erst weggehen konnte. Vielleicht würde ihn der alte Mann dann sogar noch mit dem Auto zur Bushaltestelle bringen, und außerdem hätte er den Bauch voll und viele Stunden Tageslicht vor sich.

Beim Frühstück flehte ihn Cockroft an zu bleiben. »Du kannst doch nicht erwarten, dass ich dich zum Bus fahre. Das kann ich nicht. Bleib hier. Bitte. Bleib hier und lass mich nicht alleine.« Er sah die Zukunft vor sich wie eine endlose Wüste von Einsamkeit. »Wir können doch so viel Spaß miteinander haben.«

Nach einer weiteren gemütlichen Nacht im Gästezimmer und einem üppigen Frühstück sowie mit der Aussicht, noch einen weiteren Tag nichts zu tun zu haben, begann der Bosnier schließlich doch zu überlegen, ob er nicht vielleicht lieber noch ein Weilchen warten sollte, bevor er sich davonmachte. »Ich wollen ja bleiben«, nuschelte er. »Aber ist wegen der scheiß Hund. Ich hassen diese Hund, und diese Hund hassen mir. Er gehen oder ich gehen. Wir nix können zusammen leben in eine Haus.«

»Das tut mir so Leid«, sagte Cockroft. »Wir müssen eine Lösung finden. Und das schaffen wir auch – ganz bestimmt.«

»Wenn diese Hund mir nochmal beißen, ich machen ihm tot. Natürlich ich machen ihm tot – ist meine Instinkt.«

»Aber das kannst du doch nicht machen – er ist doch bloß ein dummes Tier.«

»Ist Natur. Er greifen mir an – er sterben«, sagte der Bosnier und ließ die Hand wie bei einem Karateschlag durch die Luft sausen. »Ich kommen aus Bosnia, und in Bosnia wir immer machen Hunde tot mit eigene Hände«, sagte er und machte noch einmal diese Karatehandbewegung.

»Nicht doch. Das kannst du doch nicht machen.«

Sie unterbrachen ihr Gespräch. Im Radio lief der Wetterbericht.

»Aber jetzt ich haben gutes Idee«, sagte der Bosnier nach einer Weile. »Idee, wie du und ich können weiter glücklich sein.«

»Nämlich?«

»Ganz einfach. Ich werden die Hund jetzt gleich totmachen. Weil wenn ich hier bleiben, er mir beißen, richtig? Und wenn er mir beißen, ich machen ihn tot, richtig? Also ich machen ihn jetzt gleich tot. Ich schon viele Hunde totmachen. Weiß nix, wie viele, ich nix mehr zählen, aber sein viele. Ist ganz leicht. In Bosnia wir lernen in Schule.« Cockroft war sprachlos. »Du einfach drücken die Kehle von Hund zu eine Moment oder packen Hund in Genick und hauen mit Hand paar Mal vorne an Gurgel«, sagte er und tippte sich dabei mit der Faust an den eigenen Hals. »Vielleicht dreimal oder viermal. Dann sie sterben. Ist sehr schnell. Fühlen sie gar nix. Vielleicht sie finden sogar schön.«

»Aber du kannst doch Timoleon Vieta nicht töten. Er ist doch …« Fast hätte Cockroft gesagt, dass Timoleon Vieta sein bester Freund sei. »Das ist doch mein Hund.«

»Du nix Sorgen machen. Ist ganz schnell, und ich graben Loch für ihn in Erde. Ich machen Holzkreuz wie in Kirche. So ich haben gleich wieder Arbeit. Bestimmt er glücklich sein da unten.«

Cockroft kämpfte mit den Tränen. Er konnte doch nicht einfach zulassen, dass Timoleon Vieta eines gewaltsamen Todes starb. »Können wir ihm denn nicht einfach die Schnauze zuhalten?« Er hielt sich die Hände vor den Mund wie einen imaginären Maulkorb. »So ein Gitterding, weißt du?«

»Nein. Dann er immer noch hier. Er immer noch machen Krach und greifen mir an mit seine Schnauze und seine, ich weiß nix wie heißen, seine Hände, und wenn er mir angreifen, er sterben. Du nicht vergessen«, sagte der Bosnier, der in seinem ganzen Leben noch nie in Bosnien gewesen war und nicht einmal genau wusste, ob er Bosnien auf der Landkarte finden würde, »du nicht vergessen, ich kommen aus Bosnia.«

Zwar hatte der Gedanke, alleine leben zu müssen, für Cockroft nach wie vor nichts von seinem Schrecken verloren, doch gleichzeitig liebte er Timoleon Vieta abgöttisch, auch wenn der Hund ihm neuerdings die kalte Schulter zeigte. In seinem Kopf ging alles durcheinander. »Bitte bleib hier. Ich bin sicher, mit der Zeit werdet ihr zwei noch Freunde werden.«

»Nein. Wir nix werden Freunde.« Der Bosnier hatte gelernt, sich nie mit Leuten oder Sachen anzufreunden, die ihm einmal feindlich gesonnen gewesen waren. Eine Versöhnung kam für ihn nicht infrage. »Aber ich haben noch andere Idee.«

»Und was für eine?«

»Hund sein wilde Tier, richtig? Du sagen mir, er war wilde Tier, als er kommen zu dich. Er weiß, wie kann überleben, wenn er sein alleine, richtig? Ist ganz einfach. Wir schaffen ihm weg. Wir lassen ihm an andere Platz irgendwo. Er sein glücklich wieder wilde Tier kann sein, und wir leben mit die Frieden hier in Haus. Vielleicht«, sagte er, indem er Cockroft die Hand auf die Schulter legte, »wenn mit die Frieden du und ich werden sein sehr gut Freunde.«

Cockroft genoss es, die Hand des Bosniers auf seiner Schulter zu spüren. Nicht, dass das schon die Erfüllung all seiner Träume gewesen wäre, aber genießen tat er es auf jeden Fall. »Ach ja, aber das hört sich alles so barbarisch an.« Ihn schauderte bei dem Gedanken, dass Timoleon Vieta ganz alleine in der weiten Welt herumirrte.

»Dann ich sollen lieber totmachen die Hund?« Der Bosnier nahm die Hand weg. »Oder laufen zu die Bus?«

»Nein.« Cockroft stand auf. »Lass mir bitte ein bisschen Bedenkzeit. Lass mir einen Tag Zeit, damit ich mich entscheiden kann. Bitte.« Er goss sich einen Brandy in sein Weinglas.

Als es halb zehn schlug, war Cockroft bereits derart betrunken, dass er kaum noch geradeaus gucken konnte. Um elf war er in sein Zimmer getorkelt, hatte sich aufs Bett geworfen und war sofort eingeschlafen, obwohl die Vorhänge offen waren und die Sonne ihm voll ins Gesicht schien. Um drei Uhr nachmittags wachte er wieder auf und trank weiter. Timoleon Vieta benahm sich wie an jedem x-beliebigen Tag: Mal war er da, dann wieder weg, genau wie Cockrofts Bewusstsein, das auch mal da und mal weg war. Am späten Nachmittag rüttelte der Bosnier ihn wach, und wie in Trance befolgte Cockroft alle seine Anweisungen. Er nahm Timoleon Vieta an die Leine und band ihn hinten auf dem Pick-up fest.

»Geben mir Schlüssel«, sagte der Bosnier.

»Wieso? Wo willst du denn hin?«

»Ich gehen jetzt wegbringen die Hund, wir haben schon beschlossen.« Der Bosnier wusste, dass der alte Mann so betrunken war, dass er kaum noch was mitkriegte. Und außerdem schwante ihm schon, dass die Fahrt etwas länger dauern konnte.

Cockroft brach in Tränen aus. »Hab ich das wirklich beschlossen?« Er hatte keine Ahnung. »Ich komme mit«, plärrte Cockroft. »Du fährst nicht ohne mich. Ich muss mich doch wenigstens noch von ihm verabschieden.«

Dem Bosnier war schon vorher klar gewesen, dass der alte Mann das sagen würde, und wahrscheinlich würde er ihn ja auch brauchen, damit er das Benzin bezahlte. »Okay.

Du mitkommen. Aber du stecken Geld ein. Und ich fahren.«

Cockroft torkelte ins Haus und kam mit einer halben Flasche Scotch zurück. Er schloss die Haustür ab und ging zum Pick-up; Timoleon Vieta hockte winselnd hinten auf der Ladefläche, und der Bosnier saß hinterm Lenkrad und wollte endlich losfahren.

»Wo willst du ihn denn hinbringen?«, fragte Cockroft.

»Weiß nix. Weit weg.«

»Fahr nach Rom«, sagte Cockroft. »Rom wird ihm gefallen. Mit all den vielen Katzen, die er da jagen kann. Da wird er bestimmt total glücklich sein.« Er stieg ein. »Wir müssen ihn irgendwo aussetzen, wo es schön ist.« Er dachte an Orte, die er in Rom besonders liebte. Davon gab es unzählige, einer aber lief allen anderen den Rang ab. »Wir setzen ihn auf der Hochzeitstorte aus«, sagte Cockroft. Das war sein ganz persönlicher Spitzname für das Vittorio-Emanuele-Monument. Es war mit Abstand sein liebstes Bauwerk auf der ganzen Welt – dieser mächtige, protzige Marmorklotz mit seinen ewigen Flammen und seinen Fontänen und dem toten Soldaten irgendwo innendrin und den galoppierenden Pferden obendrauf, vier auf jeder Seite, die aussahen, als preschten sie geradewegs in den Himmel. Wie oft hatte er vis-à-vis in irgendeinem Straßencafé gesessen, ein Bier getrunken und die grünen Laserstrahlen bewundert, die vom Dach herunterleuchteten, und irgendwas vom Nebeneinander von Antikem und Modernem vor sich hin gebrabbelt und sich gewünscht, er wäre tot. Dann hatte er sich immer vorgestellt, er wäre bei einem Gewitter da draußen, säße auf einem dieser Pferde auf der linken Seite und würde irgendwas aus dem *König Lear* rufen (den er endlich mal wieder lesen wollte, denn das Einzige, woran er sich erinnern konnte, war *Heraus, du schnöder Gallert!*) und dann runterzuspringen, den ergrauenden weißen Marmor zu besudeln mit seinem Blut, das sich dort mit dem Regenwasser mischte und in den Rinnstein liefe, perlend wie Champagner, derweil seine Seele mit den Pferden der Ewigkeit entgegenraste.

Freilich war er nie so weit gekommen, sich zu überlegen, wie er sich an den Wachen vorbeischleichen sollte, um auf eins der Pferde zu gelangen. Aber als er so darüber nachdachte, fand er, die Hochzeitstorte wäre wohl doch nicht so ganz das Richtige für Timoleon Vieta. »Nein«, sagte er. »Wir lassen ihn lieber am Kolosseum. Ja. Am Kolosseum. Ich liebe das Kolosseum. Wegen des Kolosseums bin ich ja überhaupt erst in dieses Land gekommen. Ich hatte es so oft auf Bildern gesehen – mit den ganzen … Backsteinen. Dort wird er tausendmal glücklicher sein.« Das Kolosseum erschien Cockroft irgendwie historisch bedeutsamer als das Vittorio-Emanuele-Monument, und Timoleon Vieta war auch historisch bedeutsam, darum passte das Kolosseum wesentlich besser zu ihm. Schließlich hatten sie in all den Jahren so einiges zusammen durchgemacht. Das Kolosseum war einfach der angemessene Ort. Und außerdem erinnerte er sich, dass er dort Katzen hatte spielen sehen; Timoleon Vieta würde seine Freude daran haben, sie zu jagen, und wenn er wollte, könnte er sie sogar fressen, weil dann ja niemand mehr da wäre, der es ihm verbot.

Der Bosnier hatte schon lange nicht mehr hinterm Lenkrad gesessen und fand es toll, so eine weite Strecke fahren zu können. »Okay. Dann wir fahren nach Rom.«

Cockroft verbrachte die Fahrt immer abwechselnd mit Trinken, Schlafen und Heulen, und zwischendurch verkündete er alle naselang, wie sehr er sich freue, dass Timoleon Vieta jetzt nochmal ganz von vorne anfangen könne. Der riskante Fahrstil des Bosniers schien ihm gar nicht aufzufallen, wie der Bursche auf die Tube drückte und den Wagen bis zum Anschlag ausfuhr und wie er ständig dem Vordermann auf der Stoßstange saß. »Ich hab ihn doch die ganzen Jahre dran gehindert, sein eigenes Leben zu leben«, sagte der alte Mann. »Am Kolosseum wird er sich pudelwohl fühlen.« Er brachte es nicht über sich, nach hinten zu schauen, wo der Hund jedes Mal, wenn der Bosnier eine Kurve schnitt oder scharf bremste, herumgeschleudert wurde und das Halsband ihm fast die Gurgel abschnürte.

Als sie an der Bushaltestelle vor dem Kolosseum hielten, wurde es bereits dunkel. Cockroft hatte sich auch schon einmal vorgestellt, wie er sich mitten in der Nacht von der höchsten Mauer des Kolosseums hinabstürzte und nackt und lautlos in die Tiefe segelte. Er hatte sich vorgestellt, wie sein Leichnam, von den Vorübergehenden unbeachtet, da unten liegen bliebe und von den Fledermäusen aufgefressen würde, die sich wie fliegende Piranhas über ihn hermachten, bis nichts mehr von ihm übrig wäre als das Gerippe. An der Haltestelle standen zwei Leute, die auf den Bus warteten. Sie schienen sich weder für den Pick-up noch für die historische Signifikanz der Örtlichkeit zu interessieren. Der alte Mann befolgte die Anweisungen des Bosniers; er stieg aus und kletterte hinten auf die Ladefläche, um Timoleon Vieta loszubinden. Der Bosnier blieb ein Stück zurück und sah zu, wie Cockroft seinen geliebten Hund vom Wagen holte. Der Hund hatte den Schwanz eingeklemmt. Cockroft liebkoste ihn und küsste ihn auf den Kopf. »Auf Wiedersehen, Timoleon Vieta«, flüsterte er. »Auf Wiedersehen, und vielen Dank für alles.« Es tat ihm Leid, dass er seine

Kamera nicht mitgenommen hatte. »Ich liebe dich, Timoleon Vieta. Vergiss das nie. Du musst bitte verstehen, warum ich das tue. Ich kann es einfach nicht ertragen, wieder alleine zu sein. Und ich würde dich ja auch nicht hier aussetzen, wenn ich nicht davon überzeugt wäre, dass du es hier gut hast. Da unten findest du immer jede Menge zu fressen, und es gibt ganz viele andere Hunde, mit denen du spielen, und Katzen, die du jagen kannst. Du wirst dich hier unheimlich wohl fühlen, nicht wahr? Genau wie früher, bevor ich gekommen bin und dir den ganzen Spaß verdorben hab. Und außerdem«, sagte Cockroft und hob dabei die Stimme, »du hast's ja so gewollt, nicht wahr? Du bist doch auch nicht anders als die andern, nicht wahr? Zum Schluss habt ihr doch immer alle die Nase voll von mir. Irgendwann ist es vorbei mit eurer Liebe, falls du mich je geliebt hast, aber das hast du wohl.« Alle, die irgendwann mal zu Cockroft *Ich liebe dich* gesagt hatten, erzählten hinterher sonst was, um diesen Satz ungeschehen zu machen. Alle außer dem Jungen mit den silbernen Shorts, der sich einfach bei Nacht und Nebel davongemacht hatte, als Cockroft wieder mal zu betrunken gewesen war, um irgendwas davon mitzukriegen. Der Junge mit den silbernen Shorts hatte ihm nur einen Zettel hinterlassen, auf dem bloß ein einziges Wort stand (*ENTSCHULDIGUNG!!!*), und sich nie wieder gemeldet. Er war sich allerdings ziemlich sicher, dass der Junge nicht sehr weit weg sein konnte. Er hatte Geschichten über ihn gehört, zuletzt vor einiger Zeit, dass er jetzt mit Monty »Misty« Moore verlobt sei. Es hieß, die beiden wollten heiraten, und die Hochzeitsparty sollte bei Monty am Pool stattfinden. Cockroft nahm an, dass das inzwischen alles schon passiert war. »Früher oder später hat mich halt jeder satt.«

Wieder erlebte er eine Trennung, und so gerne er den Hund auch behalten hätte, wusste er doch: Timoleon Vietas Zukunft lag anderswo.

Etwa hundert Meter vor ihnen tauchte plötzlich ein Polizist aus dem Schatten des Kolosseums auf. Er schaute auf den verkehrswidrig parkenden Pick-up. Der Bosnier kam zu ihnen rüber. »Los, wir fahren«, sagte er. Der alte Mann schien ihn nicht zu hören. Er kraulte dem Hund immer weiter den Kopf und flüsterte auf ihn ein. Da öffnete der Bosnier blitzschnell die Schnalle am Hundehalsband und schob den alten Mann zur Beifahrertür. »Polizei«, sagte er, stieg ein und fuhr los.

ZWEITER TEIL

Timoleon Vieta kehrt zurück

Abbondio

Cosimo schaute dem davonfahrenden Pick-up nach. Er wollte schleunigst heim zu seiner Frau und hatte keine Lust, mit Leuten in Verbindung gebracht zu werden, die ihre Hunde an Bushaltestellen aussetzen. Diese Abneigung, sich mit unangenehmen Leuten einzulassen, war ein echtes Problem für ihn, besonders seit er bei der Polizei war. Er wäre nie auf die Idee gekommen, Polizist zu werden, hätte nicht der Vater seiner damaligen Verlobten, der selber Hauptwachtmeister war, ihn unter Druck gesetzt, sich zu bewerben. In glühender Liebe zu dem Mädchen entbrannt, hatte Cosimo sich gesagt, es sei wohl das Beste, sich zu fügen, dann werde sich mit der Zeit schon alles irgendwie zurechtbiegen. Und jetzt widerte sein Job ihn bereits volle fünfzehn Jahre an, und am meisten widerte es ihn an, dass er dabei ständig mit abscheulichen Menschen zu tun hatte, Menschen, die so abscheulich waren, dass sie keine Skrupel hatten, ihren Hund einsam und allein in die weite Welt hinauszujagen. »Obwohl das für den Hund wahrscheinlich immer noch besser ist, als bei solchen Menschen bleiben zu müssen«, dachte er. Wenn er den Pick-up angehalten und die Männer gezwungen hätte, den Hund wieder mitzunehmen, wären sie ja doch bloß in irgendeine finstere Gegend gefahren und hätten dem armen Tier die Gurgel durchgeschnitten.

Aber er konnte den Hund doch nicht einfach hier lassen. Die meisten seiner Kollegen hätten das natürlich getan. Die machten ihm das Leben zur Hölle, weil er so zart besaitet war und nie ein richtiger Polizist werden würde. Sie machten sich lustig über ihn, weil er meistens bloß den Schreibkram aufgebrummt kriegte und praktisch nie zum Außendienst durfte, außer bei reinen Routinesachen, zum Beispiel, um die Bettler rund ums Kolosseum zu kontrollieren oder irgendwelche Touristen, die mit freiem Oberkörper durch die Gegend liefen, dazu aufzufordern, sich doch gefälligst wieder ihr T-Shirt überzuziehen. Die anderen Beamten saßen im Park unter den Bäumen und versicherten sich gegenseitig, dass sie ja viel, viel männlicher seien als er. Die hätten es für unter ihrer Würde gehalten, sich um einen ausgesetzten Köter zu kümmern, und hätten bei so was geflissentlich weggeguckt; Cosimo aber brach das Mitleid mit dem armen Tier beinah das Herz.

Er ging auf Timoleon Vieta zu, und dabei sah er die Augen – die schönsten und ängstlichsten Augen, die er je bei einem Hund gesehen hatte. Sie erinnerten ihn an die Bilder, die seine Frau malte. Schon auf dem Gymnasium hatte die gemeinsame Liebe zu Pflanzen und Tieren sie zusammengeführt, und seither dachten sie sich immer neue Methoden aus, wie sie Vögel und Schmetterlinge in das winzige Gärtchen hinter ihrer Parterrewohnung locken konnten, und oft fuhren sie hinaus aufs Land, wo sie dann stundenlang durch ihre Feldstecher guckten. Cosimos Frau verkaufte ihre Bilder von Pflanzen und Tieren an Geschäfte, und hin und wieder wurde sie von jemandem gebeten, seine Katze oder seinen Hund zu malen. Sie zeichnete die Tiere, selbst die hässlichsten, grundsätzlich mit schräg gehaltenem Kopf und ganz, ganz großen, sehnsüchtig dreinblickenden Augen, die die Herzen ihrer Besitzer rührten.

Viel Geld bekam sie dafür nicht, aber es machte ihr Freude. Und wenn sie wieder mal bei irgendwem gewesen war, um seinen kleinen Liebling zu zeichnen, und nach getaner Arbeit heimkam, erzählte sie ihrem Mann immer, wie gerne sie selbst ein Tier haben würde, Hund oder Katze, ganz egal. Aber wenn sie ein bisschen länger darüber nachdachte, fand sie jedes Mal, ein Hund wäre wohl doch besser, weil eine Katze wahrscheinlich die Schmetterlinge fangen und Jagd auf die Vögel im Gärtchen machen würde. Er meinte darauf stets, vielleicht sollten sie sich doch zuerst ein Kind anschaffen und dann ein Tier, damit das Tier keine Aggressionen gegen den Neuankömmling entwickeln müsste, und darin gab sie ihm zu guter Letzt allemal Recht. So etwa ging der Dialog, den sie wieder und wieder führten.

Aber dieser Hund war einfach unwiderstehlich. Cosimo beschloss, ihn mitzunehmen. *Ich hab einen Gast mitgebracht*, wollte er rufen, wenn er die Tür aufschloss, und dann mit dem Hund ins Zimmer treten. Er stellte sich vor, wie das Gesicht seiner Frau sich aufhellen würde, wenn sie das neue Haustier sähe. Abbondio würden sie ihn nennen. Und seine Frau würde ihn porträtieren und das Bild im Flur aufhängen.

Er hockte sich hin, streckte Timoleon Vieta die Hand entgegen und lockte ihn zu sich heran. »Na, komm her«, rief er und klopfte sich auf den Oberschenkel, wobei sein Arm am Pistolenhalfter scheuerte. »Komm her, Abbondio.« Der Hund wich zurück. »Na komm, sag schön Guten Tag.« Langsam und immer noch in der Hocke bewegte Cosimo sich vorwärts, und da rannte Abbondio, so schnell er konnte, über die Straße. Hilflos musste Cosimo zusehen, wie der Hund davonjagte und um ein Haar von einem leeren Bus platt gefahren worden wäre. »Mach's gut, Abbondio«, sagte der Polizist. Auf der anderen Straßenseite angekommen, rannte Abbondio die Via Dei Fori Imperiali hinunter und ward nicht mehr gesehn.

Cosimo ging zurück zum Polizeirevier. Er dachte darüber nach, ob er seiner Frau von dem Erlebnis erzählen sollte. Vielleicht würde er ihr erzählen, dass er zwei Männer gesehen hatte, die einen Hund aussetzten. Und wie das Tier ausgesehen hatte, das Fell, die schönen, traurigen Augen, und wie er beschlossen hatte, den Hund mit nach Hause zu nehmen, der aber in einem derartigen Tempo weggerannt sei, dass Cosimo ihn unmöglich habe einholen können. Sie würde lächelnd zuhören, und er würde lächelnd erzählen. Und zum Schluss würde einer von ihnen sagen: »Ist doch nicht so schlimm, es war ja bloß ein Hund.« Und nach dem Abendessen würden sie ein bisschen fernsehen, Karten spielen und sich Bücher und Zeitschriften mit Naturaufnahmen ansehen, bis sie kaum noch die Augen offen halten konnten und ins Bett mussten.

Schweigend fuhren die beiden Männer stadtauswärts. Wie oft hatte Cockroft auf dem Rückweg von Rom schon dieses lähmende Gefühl von Verlust empfunden. Er hatte genug Männer und Jungs zum Flughafen gebracht und ihnen an der Passkontrolle Lebwohl sagen müssen, ohne Abschiedskuss, wohl wissend, dass er sie nie mehr wiedersehen würde. Wie oft war er das ganze Wochenende durch die Bars gezogen, um sich nach Ersatz für den verlorenen Hausgenossen umzuschauen, und schließlich doch mit leeren Händen wieder heimgefahren. Und wenn er noch an all die vielen Wochenenden dachte, die er und der Junge mit den silbernen Shorts zusammen in der Stadt verbracht hatten, bevor der Junge endlich zu ihm gekommen war, all die Ausstellungen, die sie zusammen besucht hatten, die Spaziergänge zwischen den Ruinen, die flüchtigen, verstohlenen Küsse in den Katakomben. Sogar die glücklichen Erinnerungen waren traurig.

»Weißt du, ich glaube nicht, dass du versichert bist«, sagte Cockroft und schlug mit der Hand aufs Armaturenbrett. Dann trank er den letzten Schluck Whiskey aus und schlief ein.

I'd be very happy
to accept something
from Compassion

Teg

Die junge Frau hielt ein Fünf-Pfund-Stück in der Hand. Sie war ohne Mantel, und der leichte, warme Regen durchnässte ihr die Kleider, was sie jedoch kaum merkte, es war ihr auch egal. Seit sie die Geschichte zum ersten Mal gehört hatte, träumte sie davon, einmal hierher zu kommen. Sie hatte gelesen, wenn man in einer fremden Stadt zu Gast ist und zum Abschied eine Münze ins Wasser wirft, kommt man ganz sicher wieder, und darum hatte sie sich den ganzen Herbst, den Winter und die ersten Wochen des Frühlings hindurch ständig daran erinnert, wie sie an ihrem letzten gemeinsamen Abend mit Enrico dort gestanden hatte, bevor sie das Flugzeug nach Cardiff nehmen musste, wo ihr Vater oder ihr Bruder sie abholen und nach Hause bringen sollten. Immer wieder hatte sie davon geträumt, wie Enrico sie in den Arm genommen und geküsst und sie beschworen hatte, ganz bald wiederzukommen und nie mehr fortzugehen, einfach in Rom zu bleiben und ihn vielleicht sogar zu heiraten. Aber dass sie allein hier stehen und sich fragen würde, was sie mit der Münze machen sollte, die sie extra mitgebracht hatte, das wäre ihr nicht mal im Traum eingefallen.

Den Sommer davor war sie in Tenby gewesen und hatte sieben Tage die Woche auf einem Campingplatz als Verkäuferin gearbeitet, um Geld fürs Studium zu verdienen. Enrico hatte in derselben Stadt ein paar Wochen in einem Café gejobbt, das irgendwelchen entfernten Verwandten von ihm gehörte. Ein Student, der Englisch übte, indem er den Mädchen erzählte, wie hübsch sie seien. Manchmal ärgerten sie ihn, indem sie Walisisch sprachen und so taten, als verstünden sie kein Wort Englisch. Einmal hatte er sich zu ihr an den Tisch gesetzt und sie höflich gefragt, ob sie etwas dagegen hätte, sich ein bisschen mit ihm zu unterhalten, und da hatte sie sich Knall auf Fall in ihn verliebt. Die letzten Sommerwochen hatten sie zusammen verbracht, und Enrico hatte sich jeden Morgen in aller Frühe aus ihrem winzigen Wohnwagen fortgeschlichen, um rechtzeitig in seinem Café zur Arbeit zu erscheinen. Als er nach Rom zurück musste, hatten sie einander zum Abschied alles Mögliche versprochen und sich mit den ausgefallensten Liebesbeteuerungen getrennt.

Sie trat ihr Studium vorerst nicht an, blieb weiter bei den Eltern wohnen, legte jeden Penny auf die hohe Kante und lernte Italienisch, so gut es mit Büchern und Tonbandkassetten eben ging. Enrico schickte sie ein Walisisch-Lehrbuch. Das sei zwar nicht so wichtig, schrieb sie ihm, weil ihre Freunde und Verwandten durch die Bank auch Englisch sprächen, aber es wäre doch schön, wenn er sich wenigstens ein paar Wörter merken könnte, um ihrer Familie eine Freude zu machen, wenn er sie besuchen käme. Der würde das bestimmt gefallen. Er schrieb zurück, er werde sich die größte Mühe geben. Sie nahmen sich vor, im Frühling einen Monat in Rom zu verbringen, um mal zu probieren, wie sie miteinander auskämen, wenn sie nicht in Tenby waren, und wie ihr seine Stadt gefiel. Sie wusste schon im Voraus, dass sie sich in Rom verlieben und ihr Studium überhaupt nie antreten würde. Sie hatte längst begonnen, sich auf ihren Umzug nach Italien vorzubereiten.

In ihrem Reiseführer stand, sie könnte als Aupairmädchen arbeiten. Da ihr Kinder nicht direkt zuwider waren, würde es wohl nicht allzu schwer werden, eine Stelle und ein Dach überm Kopf zu finden. Außerdem hatte sie gelesen, sie könnte sich etwas dazuverdienen, indem sie Italienern Auffrischungsstunden in Englisch gab. Von Italienern, die Interesse an Auffrischungsstunden in Walisisch hatten, stand nichts in ihrem Reiseführer, aber sie war ganz sicher, dass es in einer Stadt wie Rom, in der vier Millionen Menschen lebten, den einen oder anderen geben musste, der es gar nicht erwarten konnte, ihre Muttersprache zu lernen.

Endlich landete sie auf dem Leonardo-da-Vinci-Flughafen. Enrico holte sie ab. Sie bat ihn, doch etwas auf Walisisch zu ihr zu sagen, aber das Einzige, was ihm einfiel, war *helo, hwyl, iechyd da* und *diolch yn fawr*. Sie fuhren mit der Bahn in die Stadt und blieben während der ganzen Fahrt draußen vor den Toiletten stehen, weil sie dort knutschen konnten, ohne auf die Lautstärke achten zu müssen. Vom Bahnhof aus gingen sie zu Fuß zu einem Hotel in der Via Firenze. Enrico erklärte ihr, das gehe schneller, als auf ein Taxi zu warten. Er trug ihre Reisetasche. Vor zwei Wochen hatte er ihr geschrieben, wo sie wohnen werde und wie man dorthin kam, und seitdem hatte sie sich den Weg wieder und wieder auf dem Stadtplan angeschaut und sich vorgestellt, wie alles werden würde. Die Luft in Rom war heiß und schwül und unverwechselbar italienisch, und alles war mindestens zehnmal besser, als sie zu hoffen gewagt hatte. Die Häuser waren höher, als sie sich vorgestellt hatte, der Verfall war eleganter, und manche Gebäude hatten eine ganz eigenartige Gestalt. Mit Enrico an ihrer Seite fühlte sie sich unbesiegbar, wenn sie die Straßen überquerte, auf denen aus beiden Richtungen Fiats und Daimlers heranrasten und sie nur um Haaresbreite verfehlten. Das Einzige, was sie kein bisschen überraschte, war, dass sie sich in Rom vom ersten Moment an zu Hause fühlte.

Sie hatte keine Erfahrung mit Hotels, darum konnte sie sich auch keine rechte Vorstellung von dem Etablissement machen, das Enrico für sie ausgesucht hatte. Es war völlig anders, als sie erwartet hatte. Es war kein ganzes Haus, sondern eigentlich nur eine Wohnung. Sie mussten unten klingeln und dann hinaufsteigen bis in den vierten Stock. Dort war alles leicht vergilbt, und hinterm Empfangstresen fuhr ein zirka dreijähriges Mädchen mit Wuschelkopf und riesigen Augen auf einem Plastikdreirad hin und her. Der Raum roch nach Essen und nach alten Leuten. Sie gab einem Mann ihren Pass und schrieb ihren Namen auf ein Formular. Enrico hatte einen Rabatt ausgehandelt, weil sie so lange blieb und keinen Wert auf Frühstück legte. Ganz in der Nähe sei ein kleiner Supermarkt, wo es billiges Brot gebe, erklärte er ihr. In der Pension war es laut. Während sie sich liebten, hörte sie im Nebenzimmer den Fernseher. Eine Unterhaltungssendung oder so was, und danach kamen anscheinend Nachrichten.

Am nächsten Tag zeigte er ihr das Kolosseum und den Petersdom, und dann machten sie noch einen Spaziergang an den zubetonierten Ufern des Tiber. Sie war erst das zweite Mal im Ausland und fand alles toll. Sie genoss es, im Strom der japanischen und katholischen Touristen unterzugehen, und war begeistert von den Sehenswürdigkeiten, die sie besichtigten. Dann ging's zurück ins Hotel. Als sie später in einem hell erleuchteten, an einer ruhigen Straße gelegenen Café zu Abend aßen, fragte sie Enrico, wann er sie denn seiner Familie vorstellen wolle, und da vertröstete er sie auf die nächsten Tage. Erst mal solle sie sich eingewöhnen, und schließlich wollten sie ja auch ein bisschen Zeit für sich alleine haben. Sagte er. Er habe solche Sehnsucht nach ihr gehabt, und jetzt wolle er sie erst mal eine Weile für sich haben und sie nicht mit anderen teilen müssen. Danach gingen sie tanzen. Der Nachtclub war nicht allzu voll, denn es war Dienstag.

An ihrem vierten Tag in Rom rief Enrico sie im Hotel an und ließ ausrichten, dass er heute Abend leider nicht kommen könne; er müsse was für die Uni tun. Sie glaubte, er müsse für seine Examen büffeln, und ging allein ins Kino, um sich eine Sexkomödie anzusehen, die allerdings nicht besonders sexy war und die sie auch nicht besonders komisch fand. Außer ihr waren noch sieben Leute im Zuschauerraum, von denen kein Einziger lachte. Worum es ging, entnahm sie natürlich den Bildern, achtete aber trotzdem auf einzelne Wörter, die sie verstehen konnte. Danach spielte sie noch ein bisschen Fußball mit dem kleinen Mädchen im Hotel und ging früh schlafen.

Enrico musste sehr viel für die Uni tun, jede Menge unvorhergesehene Hausarbeiten und Referate, sodass sie öfter als erwartet alleine blieb – allein mit den Ruinen und dem Brot aus dem Supermarkt. Auf ihren Spaziergängen durch die Stadt vertrieb sie sich die Zeit damit zu raten, wer von den Straßenpassanten Italiener war und wer nicht. Sie wunderte sich darüber, wie verschieden die Italiener aussahen, und fand sich blöd, weil sie sich darüber wunderte. Irgendwie hatte sie angenommen, die Männer würden mehr oder minder alle wie Enrico aussehen, nur nicht ganz so gut, und gegen all die dunklen Mädchen würde sie mit ihrem hellbraunen Haar geradezu goldblond wirken, aber es gab auch schmächtig gebaute junge Männer in Anzügen mit Bauch und Doppelkinn und beginnender Glatze und Mädchen, deren Haar und Haut so hell waren, dass sie, hätte sie sie nicht reden hören, nie und nimmer auf die Idee gekommen wäre, das könnten Italienerinnen sein. Es gab Römer mit Brille und Römer, die hinkten, und mindestens einen Römer, der im Rollstuhl saß.

Ohne Enrico überquerte sie die Straßen entschieden vorsichtiger. Selbst wenn die Ampel grün war und *Avanti* sagte, passte sie gut auf, denn die Autos mit den jaulenden Motoren kamen unheimlich aggressiv angebraust. Manchmal suchte sie den Windschatten einer Nonne, weil sie wusste, dass sie dann in Sicherheit war. Sie überlegte, was sie tun müsste, um katholisch zu werden. Die Kirchen fand sie klasse, und jede Menge Kinder wollte sie auch haben. Allzu schwierig konnte das ja nicht sein. Wahrscheinlich würde sie einfach irgendwann die Pille absetzen müssen. Jedes alte Haus, an dem sie vorbeikam, sah nach einer Sehenswürdigkeit aus. Wenn sie eins sah, das ihr von außen besonders gut gefiel, das sie aber nicht in ihrem Reiseführer finden konnte, rätselte sie, wie alt es war und wozu es dort stand und ob man Eintritt zahlen musste oder nicht. Wenn sie müde war, ging sie heim in ihr Zimmer. In der Pension war immer Lärm. Die Rohre sangen, von unten drangen seltsam grummelnde Geräusche herauf, entweder schrien sich die Wirtsleute gegenseitig an oder alle brüllten gleichzeitig, und jedes Mal, wenn jemand vorne durch die Eingangstür kam, brummte böse der Summer. Er klang genau wie ihr Wecker zu Hause und riss sie jedes Mal hoch, wenn sie gerade am Einschlafen war. Und wenn sie überhaupt nicht schlafen konnte, las sie in ihrem Sprachführer oder spielte mit dem kleinen Mädchen, das still und lieb war und Rosita hieß.

Enrico konnte sich nur zu den merkwürdigsten Zeiten um sie kümmern, manchmal kam er morgens von acht bis halb zehn, manchmal tauchte er erst nach Mitternacht auf. Wenn sie zusammen waren und sich gegenseitig die Kleider vom Leib schälten, hatte sie immer das Gefühl, als gingen draußen vor ihrem Zimmer pausenlos irgendwelche Leute auf und ab. Es kam ihr fast so vor, als hörte sie diese Leute atmen, aber manchmal musste sie einfach schreien, und da machte es ihr nichts aus, wenn jemand sie hörte. Trotzdem war es nicht das Gleiche wie in Tenby, wo sie ihren Wohnwagen für sich gehabt und alles um sich herum vergessen hatten, aber wenn sie Enrico bei sich hatte, war sie so glücklich, dass ihr alles andere egal war.

Inzwischen waren zwei Wochen vergangen. Als sie wieder einmal nachmittags zusammen im Bett lagen, fragte sie ihn erneut, wann er sie denn seiner Familie vorstellen wolle. Da sagte er, nie, seine Familie habe nämlich überhaupt keine Ahnung von ihrer Existenz, und außerdem habe er schon eine Freundin, die seine Eltern und Geschwister richtig ins Herz geschlossen hätten und die er wohl heiraten werde. Er legte dem Mädchen aus Wales die Hand auf die Hüfte, gab ihr einen Kuss auf den Mund und sagte, er finde sie wunderschön und er liebe ihre kleinen weißen Brüste und ihr hellbraunes Haar, aber ihre Affäre dürfe auf keinen Fall bekannt werden. Sie überlegte einen Moment, dann holte sie aus, knallte ihm mit voller Wucht die Faust ins Gesicht und schob ihn aus dem Zimmer. Und Rosita, die gerade auf ihrem Dreirad vorbeikam, plärrte vor Schreck los, denn es war das erste Mal, dass sie einen halb erigierten Penis sah. Enrico trommelte mit den Fäusten an die Tür und verlangte Einlass. Rosita hörte auf zu heulen und guckte fasziniert zu, wie der Pimmel sich veränderte, wie er schlaff hinuntersackte und schrumpelte. Als sich die Tür einen Spaltbreit öffnete und Enrico ein Bündel Klamotten an den Kopf kriegte, war Rosita schon wieder ganz fröhlich.

Sobald die junge Frau sicher war, dass Enrico die Pension verlassen hatte, zog sie sich an und ging ins erste beste Reisebüro und buchte für den nächsten Morgen einen Flug nach Hause. Danach kehrte sie in die Pension zurück, packte ihre Sachen und heulte. Als sie sich ausgeheult hatte, ging sie zum Brunnen.

Sie setzte sich ans Wasser und ließ die Münze in der Hand kreisen. »Ist das vielleicht eine Scheiße hier«, murmelte sie vor sich hin, »so eine total verfickte Scheiße!« Sie guckte sich den Brunnen an, den riesigen bärtigen Reckskerl da oben, der wohl Gott sein sollte, die beiden großen steinernen Schlampen und das ganze blöde Wasser, das aus den bescheuertsten Winkeln rausgeschossen kam. Das sieht ja aus wie die Fassade vom Kaufhaus Homebase, dachte sie, bloß größer und irgendwie abgekupfert. Es wimmelte von Touristen. Darunter viele Pärchen, die so verliebt waren, dass sie gar nicht merkten, wie es regnete. Andere, vor allem Jugendliche, drängten sich in Gruppen zusammen und schmissen ihr Geld ins Bassin. Die junge Frau verstand überhaupt nicht, warum hier so viele Menschen waren und sich etwas anguckten, das doch, wenn man mal richtig drüber nachdachte, der letzte Müll war. Die Leute knipsten einen Mann, der mit einem Pferd rang, und manche waren so verzückt, dass sie kipplig auf dem Brunnenrand standen und von Polizisten runtergepfiffen wurden. An einer Seite der Piazza gab es ein Geschäft, wo Schuhe und Taschen verkauft wurden, und auf der anderen Seite gab es ein Geschäft, wo Taschen und Schuhe verkauft wurden. Sie fragte sich, welcher Idiot sich wohl in diesen Läden Schuhe oder eine Tasche kaufen würde. »So eine total beknackte, bescheuerte, verfickte Scheiße aber auch«, sagte sie.

Sie holte eine Tafel von dieser ekelhaften italienischen Schokolade aus der Handtasche. Als sie sie auswickelte, kam ein Hund an und setzte sich vor sie hin. Er sah sie erwartungsvoll an.

»No«, sagte sie auf Englisch.

Sie sah seinen gierigen Blick.

»No«, sagte sie, diesmal auf Italienisch, brach ein Stück Schokolade ab und steckte es sich in den Mund. Der Hund hatte weder auf die eine noch auf die andere Sprache reagiert, und darum versuchte sie es noch einmal auf Walisisch: »Na, chei di ddim.«

Der Hund rutschte näher heran. Sie sah ihn an, er hielt den Kopf schräg. »Na gut. Ein Stück.« Sie warf es in die Luft, und der Hund sprang auf und fing es. Er erinnerte sie ein bisschen an Teg, den Hund, den sie zu Hause hatte. Die Schokolade schmeckte ihr überhaupt nicht, aber sie wusste, wie wichtig Süßigkeiten sind, wenn man Kummer hat. Schokolade essen sei mit Sex vergleichbar, hatte sie gelesen. Das hatte irgendwas mit Chemie zu tun. Sie dachte eine Weile darüber nach. Schokolade essen war wahrscheinlich besser als Sex mit ihrem früheren Freund, aber gegen Sex mit Enrico war Schokolade essen gar nichts. Der Sex mit Enrico in Tenby war das Tollste gewesen, was sie je erlebt hatte. Sie brach noch ein Stück Schokolade ab und steckte es in den Mund. Doch, irgendwie tat ihr das gut. Sie hatte ja noch nie richtig Liebeskummer gehabt und wunderte sich über die Heftigkeit ihrer Gefühle. Als ob in ihrem Bauch ein Frettchen säße, das verzweifelt rauszukommen versuchte. Sie hatte immer gedacht, wenn die Leute von

Schmerz sangen, dass sie damit seelischen Schmerz meinten, aber der Schmerz, den sie jetzt empfand, war auch körperlich, der ganze Körper tat ihr weh, so weh, wie er noch niemals wehgetan hatte. Sie spürte den Schmerz hinter den Augäpfeln, und das erinnerte sie daran, was für sonderbare Dinger doch die Augen waren, und das war etwas, worüber sie nicht mehr nachgedacht hatte, seit sie so ungefähr sechs Jahre alt gewesen war. Sie spürte den Schmerz in den Zähnen und um die Schultern herum und verblüffenderweise auch in den Schienbeinen. Die fühlten sich an, als ob sie splittern wollten, als ob sie einfach zerbröseln würden, wenn sie aufstand. Das musste der Schmerz sein, von dem die Leute sangen. Er brannte ganz tief innen. »Wie geht es deinen Schienbeinen«, fragte sie den Hund. »Alles in Ordnung mit deinen Schienbeinen?«

Sie brach das nächste Schokoladenviereck ab. Der Hund beobachtete ihre Hand und schnappte sich sein zweites Stückchen.

»Ach, könnte ich doch mit dir tauschen«, sagte sie. Ein Rosenverkäufer kam vorbei. Und machte instinktiv einen Bogen um sie. Sie teilte sich die ganze Schokolade mit dem Hund, bis nichts mehr übrig war. Sie stellte sich vor, wie traurig ihr Freund daheim gewesen sein musste, als sie ihn aus Tenby angerufen hatte, um ihm zu sagen, sie habe über ein paar Dinge nachgedacht. Jetzt verstand sie, warum er geweint und ihr lange Briefe geschrieben hatte, in denen stand, was sie für ein verdorbenes Luder sei. In einem dieser Briefe hatte er ihr in allen Einzelheiten ausgemalt, wie er sich die Zukunft erträumte. Sie kam darin vor und zwei Jungen und zwei Mädchen und ein Labrador namens Jumbo Jet und ein kleines Haus am Meer. Es war zum Heulen. Sie fröstelte und verspürte auf einmal das Bedürfnis, ihm zu sagen, dass es ihr Leid tat. Sie strich dem Hund über den Kopf. »Oes angen bwyd arnat ti o hyd? Oes e? Ich hab einen Bärenhunger«, sagte sie. »Komm mit, wir suchen uns was zu essen.« Als sie aufstand, tat ihr alles weh.

In einem Bistro kaufte sie zwei belegte Brötchen. Eins für sich und eins für den Hund. »Da, bitte«, sagte sie und warf ihm eins hin. Den Salat ließ er größtenteils liegen, der Rest aber schien ihm zu schmecken. Als sie ihres aufgegessen hatte, ging sie wieder rein und kaufte nochmal zwei, eins ohne Salat. Dafür langte ihr Italienisch.

»Ich«, sagte sie zu dem Hund, während er sein zweites Brötchen fraß, »ich bin dein bester Freund.« Sie strich ihm über den Kopf. »Du kannst gar nicht genug kriegen von mir. Du liebst mich.«

Dann ging sie weiter, bog in eine dunkle Straße ein, und er kam ihr nach. Sie hatte gewusst, dass er ihr nachkommen würde. »Hast du Tollwut?«, fragte sie ihn. »Oder was? Du willst mich doch nicht etwa beißen? Oder wie seh ich das? Du wartest wohl bloß auf eine günstige Gelegenheit, dass du dich auf mich stürzen kannst? Na los, mach schon.« Sie blieb stehen und streckte ihm den Arm entgegen. »Beiß zu.« Er schnupperte, und da lächelte sie. »So, das mit der Tollwut hätten wir auch geklärt«, sagte sie.

»Ich bin ja klatschnass.« Das fiel ihr jetzt erst auf. »Davon verstehst du nichts. Dich stört die Nässe nicht. Du bist ja auch ein Hund.«

Außerdem merkte sie, dass das Brennen, das sie in der rechten Hand spürte, nichts mit dem Trennungsschmerz zu tun hatte, sondern mit dem Schwinger, den sie Enrico verpasst hatte. Sie hatte noch nie jemanden geschlagen, aber ihr Bruder hatte immer mit ihr Boxen geübt. Er hielt ihr ein Kissen hin und sagte, das sei das Gesicht von Amanda

Jones, und sie solle ordentlich reinschlagen. »Noch doller«, sagte er jedes Mal. »Du musst dir vorstellen, es ist fünfzehn Zentimeter weiter weg, als es in Wirklichkeit ist, und dann musst du zielen. Dadurch kriegt deine Faust die nötige Beschleunigung. Das ist wie beim Hundertmeterlauf, da darfst du auch nicht vor der Ziellinie langsamer werden.« Er hatte ihr beigebracht, ihr ganzes Gewicht in den Hieb zu legen, und ihr gezeigt, welche Stellen im Gesicht sie treffen musste. Er kenne zig verschiedene Kampftechniken, hatte er ihr immer erklärt, aber sie als Mädchen brauche ja nicht so viele. Er fand es beruhigend, dass er seiner Schwester gezeigt hatte, wie sie jemandem wirklich wehtun konnte, wenn es sein musste. Die besagte Amanda Jones war übrigens ungeschoren geblieben, irgendwie hatte sie sich an die dann doch nicht rangetraut, aber als sie Enrico eins in die Fresse gehauen hatte, war urplötzlich alles wieder da gewesen, was sie im Training gelernt hatte. Der Schlag hatte gesessen. Ihr Bruder wäre stolz auf sie gewesen. Nicht ganz so stolz wäre er gewesen, wenn er gewusst hätte, dass sie ohne Unterwäsche auf dem Monte Palatino herumspaziert war, oder wie sie's einmal beinah lautlos mit ihrem Römer beim Chinesen auf dem Klo getrieben hatte, aber darauf, dass sie diesem Drecksack eine reingehauen hatte, so richtig mit voller Wucht, darauf wäre er garantiert stolz gewesen. Sie nahm sich vor, ihm davon zu erzählen, wenn sie wieder zu Hause war. *Wedi cael ei guro gan ferch.* Zusammengeschlagen von einem Mädchen.

Der Hund dachte gar nicht daran wegzugehen. »Du liebst mich tatsächlich, stimmt's? Und weil ich ein netter Mensch bin, jag ich dich auch nicht fort. Sondern erwidere deine Liebe. Und zum Beweis meiner Liebe geb ich dir jetzt noch mehr zu fressen.« Bei dem Mann an der Ecke kaufte sie ein Tütchen von diesen braunen Dingern, vermutlich waren das Kastanien, und als sie abgekühlt waren, machte sie mit dem Hund halbe-halbe, und zusammen futterten sie nach und nach die ganze Tüte auf. Sie setzte sich dazu auf eine Bank, und der Hund machte zu ihren Füßen Sitz und schaute zu ihr hoch. Besonders scharf war er nicht auf die Maroni, aber fressen tat er sie doch. »Jetzt muss ich ja nicht mehr auf meine Linie achten. Jetzt, wo mich eh keiner liebt. Außer dir natürlich. Du liebst mich.«

Sie spielte mit seinen Ohren. »Wie heißt du eigentlich?«, fragte sie. Der Hund sah sie an und wedelte mit dem Schwanz. »Ich könnte dich Teg nennen. Aber das tu ich nicht. Teg ist Teg, und morgen sehe ich ihn wieder. Vielleicht nenne ich dich Huw.« Huw war ihr bester Freund, dem sie alles erzählen konnte. Sie hatte Sehnsucht nach Huw. Das mit Enrico hatte sie ihm noch eher als ihrem Freund gesagt. Ihrem Freund hatte sie, offen gestanden, überhaupt nichts von Enrico gesagt. Dem hatte sie erzählt, es gebe keinen anderen, das Problem sei nur, sie habe das Gefühl, dass sie und er sich in verschiedene Richtungen entwickelten. Und während sie jetzt hier auf dieser Bank saß und die Hundeohren zwischen ihren Fingern spürte, da kam sie zu dem Schluss, dass Huw ihr von allen Menschen am liebsten war, er war derjenige, den sie zu Hause als Ersten anrufen würde. Sie dachte an all die Nachmittage, die sie bei ihm im Zimmer gehockt und Videos geguckt und Cider getrunken hatten, bis sie nur noch mit Mühe aufstehen konnten, und wie sie gequatscht und gelacht hatten, bis ihnen fast die Luft weg blieb. Er hatte nie versucht, sie zu küssen, nicht mal, wenn sie echt betrunken waren, und das fand sie irgendwie komisch. Von Zeit zu Zeit las sie ihm die Leviten, so nach dem Motto »Folge deinem Herzen«, und redete ihm gut zu, nach Bristol oder sonst wohin zu gehen, wo's nette Jungs gab, und sich einen Freund zu suchen. Dann warf er mit dem Kopfkissen nach ihr. Sie hatte ihm eine Karte vom Vittorio-Emanuele-Monument geschickt und draufgeschrieben, dass er sich das bestimmt irgendwann mal selber ansehen wollen würde, denn es sei bei weitem das offen schwulste Bauwerk, dass sie je gesehen habe. Die Karte hatte sie in einen Umschlag gesteckt, damit seine Eltern sie nicht lasen. Plötzlich merkte sie, dass sie schon mehrere Minuten hintereinander nicht an Enrico gedacht hatte.

»Ich bin entliebt«, sagte sie und gab dem Hund einen Kuss auf den Kopf. »Ich bin entliebt, und das verdanke ich nur dir.« Aber dann fingen ihre Schienbeine wieder an wehzutun, und sie dachte an Enrico und wie er sie im Arm gehalten hatte und musste weinen.

Sie beschloss, den Hund doch Teg zu nennen. Sie wusste selber nicht, warum, aber im Grunde war's ja auch egal. An einem Kiosk kaufte sie noch viel mehr Schokolade und eine Flasche Champagner. Eigentlich wollte sie gar keinen Champagner trinken, sie wollte einfach irgendwas Alkoholisches und hatte keinen Korkenzieher bei sich, und für echten Champagner war das Zeug sowieso viel zu billig, also sah es auch nicht so aus, als ob sie feiern würde. Sie setzte sich auf ein Mäuerchen, beobachtete die Leute, die in die Nachtclubs gingen, und pfefferte den Korken ein Stück die Straße runter. Teg rannte hinterher und brachte ihn zurück, was sie sehr beeindruckend fand. Zur Belohnung kriegte er ein Stück Schokolade. Irgendwann hockte er sich hin und machte Anstalten, mitten auf den Gehweg zu scheißen; sie konnte ihn gerade noch im letzten Moment mit einem Fußtritt an den Straßenrand befördern. Ihre Sachen waren unterdessen wieder einigermaßen trocken, aber noch nicht ganz. Die Wolken hatten sich verzogen. Es war ein kalter Abend. Sie fühlte sich nicht wohl und überlegte allmählich, wann sie in die Pension zurückmusste. Ihr Flug ging am nächsten Vormittag um halb elf, also am besten so gegen sieben. Bis dahin wollte sie draußen bleiben und sich einen abfrieren. Sie fragte sich, was sie machen würde, wenn Enrico dort wäre. Sie malte sich aus, wie er, außer sich vor Sorge, in der Via Firenze wartete, um ihr zu sagen, dass er mit der anderen Schluss gemacht habe und dass er sie unsagbar liebe und für ihn gar nichts anderes mehr wichtig sei, als mit ihr zusammen zu sein. Sie dachte darüber nach, ob sie zu ihm zurückkehren würde. Schwer zu sagen. Sie hatte keine Ahnung. O doch, sie hatte sehr wohl eine Ahnung. Selbstverständlich würde sie zu ihm zurückkehren – mit fliegenden Fahnen.

Sie machte sich Sorgen, was die ganze Schokolade mit Tegs Eingeweiden anstellen würde. Sie überlegte, woher sie nachts um zwei in Rom Hundekuchen kriegen konnte. »Na komm«, sagte sie. »Du brauchst doch ausgewogene Kost.« Sie gingen weiter. Als sie die Straße überquerten, hielt sie ihn am Nackenfell fest, obwohl er von selber bei Fuß ging und auch gar nicht so viele Autos da waren, die ihn hätten überfahren können.

Hundekuchen war nirgends zu bekommen, aber sie dachte sich, dass einfache Pringles und Popcorn eine ähnliche Wirkung hätten, und die gab's am Kiosk. »Alle lieben Pringles«, sagte sie und schüttete die Hälfte der Kartoffelchips aus der langen runden Schachtel auf den Gehweg.

Dann ging sie weiter und warf Teg ab und zu ein Bröckchen Popcorn hin, und er sprang jedes Mal hoch, um es zu fangen. Sie überlegte, ob sie sich das Rauchen angewöhnen sollte. Darüber hatte sie schon ziemlich oft nachgedacht, seit sie in Rom war, aber nicht weil sie wirklich rauchen wollte, sondern weil es sie einfach reizte, eine Zigarette in diesem ganz bestimmten Winkel zu halten, wie die italienischen Mädchen es taten. Jetzt aber wollte sie wirklich rauchen, weil sie es auf einmal gar nicht mehr so blöd fand, jung zu sterben.

Sie kamen am Pantheon vorbei. Da war sie schon zweimal drin gewesen, einmal als die Sonne schien und sie durch das Loch oben im Dach die Wolken sehen konnte, und dann noch einmal bei Regen. Sie hatte sich ausgemalt, wie sie mit zwei aufgeregten Kindern dort wäre, einem Jungen und einem Mädchen, und wie die beiden ihre kleinen halbitalienischen Hände ausstreckten, um die Regentropfen zu fangen. Aber Enrico hatte ihre Kinder umgebracht. Er hätte ihnen genauso gut einen Felsbrocken auf die schönen, zarten Händchen werfen können. Als sie sich den Bau jetzt ansah, erinnerte er sie an einen Gasometer. Kein Mensch weit und breit. Knatternd flog eine Plastiktüte über die Rotunda, das Geräusch erschreckte sie, aber wirklich Angst einjagen konnte es ihr nicht, denn Teg war ja bei ihr.

Kurz vor sieben machten die beiden sich auf den Weg zurück zur Pension. Unterwegs dachte das Mädchen darüber nach, was sie tun würde, wenn sie wieder in Wales war. Sie wusste, ihre Mama würde sie in Watte packen und ihr Suppe einflößen, als ob sie erkältet wäre, und sobald Mama aus dem Zimmer wäre, würde Dad kommen und ihr einen Brandy nach dem andern einschenken und sagen: »Immer schön auf Ex trinken.« Und dann würde sie wieder arbeiten gehen und sich so nach und nach darauf vorbereiten, weiterzustudieren. Und im Studentenwohnheim würde sie sich ein Foto von dem italienischen Teg an die Pinwand pappen, und die Leute würden darauf zeigen und fragen: »Ist das dein Hund?«, und dann würde sie ihnen erzählen, dass der Hund nicht ihrer war. Sie würde ihnen erzählen, dass sie in Rom gewesen war und was sie da Schreckliches erlebt und wie sie ihre letzte Nacht dort mit einem Hund verbracht hatte, der ihr überallhin gefolgt war. Sie hätte ihn ja so gern mitgenommen, würde sie sagen, aber ihr sei von Anfang an klar gewesen, dass das nicht ginge, jedenfalls nicht ohne Geld.

Sie kam zur Via Delle Quattro Fontane und wusste gleich, welche Straßen zu ihrer Pension führten. Sie konnte gar nicht mehr verstehen, warum sie so begeistert gewesen war, als sie die vier Fontänen das erste Mal gesehen hatte. Vier hässliche Menschen in liegender Position, was sollte denn da dran so großartig sein? Sie war schließlich einen ganzen Sommer lang in Tenby gewesen. Da hatte sie Hunderte hässliche Menschen in liegender Position gesehen.

Vor der Pension bückte sie sich zu Teg hinunter. »Hör zu«, sagte sie. »Du bleibst jetzt hier draußen, und ich geh rauf und hole meine Kamera. Ich bin gleich wieder da, zwei Minuten, nicht weglaufen, okay?« Sie schüttete den letzten Rest Popkorn auf den Gehweg, rannte hinauf in ihr Zimmer und griff sich den Fotoapparat vom Nachttisch. Ihr fiel ein, dass da lauter Bilder von Enrico drin waren; wenn sie den Film vom Entwickeln abholte, würde sie ihren Bruder bitten müssen, die alle auszusortieren und in die Mülltonne zu schmeißen und nur die, wo der Hund drauf war, übrig zu lassen. Es war ein Sechsunddreißigerfilm. Vier Aufnahmen hatte sie noch.

Sie lief wieder runter auf die Straße. Das Popcorn war verschwunden, Teg ebenfalls. Sie raste die Straße hinunter, rannte fast die Leute um und rief seinen Namen. Sie lief bis zur Via Nazionale, dort hielt sie nach beiden Richtungen Ausschau. Er war nicht da. Und ihr war klar, dass sie ihn auch nicht mehr finden würde. Also ging sie zurück zur Pension. Dort wollte sie sich ein Taxi zum Flughafen rufen lassen und warten, bis es kam.

Im Empfangsraum holte sie den Fotoapparat aus der Tasche und machte die Klappe hinten auf. Sie zog den Film aus der Patrone und setzte ihn dem gelblichen Licht aus. Sie warf ihn in einen Aschenbecher. Er rollte über die Ränder. Hoffentlich geht's Teg gut, dachte sie.

Der war schon ein paar Straßen weiter und rannte mit sechseinhalb Stundenkilometern in südlicher Richtung.

Cockroft wachte auf; sein dehydriertes Hirn schlackerte, es war ein bisschen klein für seinen Schädel. Er war in voller Montur und roch sich selber. Mühsam hievte er sich hoch und torkelte in die Küche, wo er sich ein großes Glas Wasser eingoss. Er trank es in einem Zug aus und goss sich noch ein zweites ein. Sein Blick fiel auf Timoleon Vietas Sessel, und da fiel ihm alles wieder ein, was sie letzte Nacht getan hatten.

»Ach, dem passiert schon nichts«, sagte er sich, während er mit geröteten Augen die platt gedrückten Kissen anstarrte, die voller Haare waren. »Keine Sorge, Timoleon Vieta. Dir passiert schon nichts.«

Er nahm sein Glas und ging zurück ins Schlafzimmer und schlief mit Schuhen an den Füßen ein.

Irgendwas Chinesisches

Der Hund rannte durch die Straßen, den Bauch dicht am Boden, immer ganz nah an den Hauswänden entlang, überquerte blitzschnell verkehrsreiche Fahrbahnen und machte von Zeit zu Zeit Halt, um hastig irgendwas zu fressen, was die Menschen weggeworfen hatten. Sein Schwanz hing schlaff herunter.

Mais Vater, der Mann von May, liebte seine Frau und seine Tochter so sehr, dass er andauernd an sie denken musste. Bei der Arbeit hatte er stets ein laminiertes Foto von ihnen bei sich, und wann immer er eine ruhige Minute hatte, holte er es aus der Brieftasche und betrachtete die zwei – seine Frau, die auf das Baby in ihren Armen hinabsah, und das zahnlose Baby, das zu ihm hinauflächelte, voll in die Kamera. Er liebte die beiden so sehr, dass ihm jeder Augenblick seines Lebens vergällt war, weil er ständig das Gefühl hatte, nicht genug für sie zu tun. Zwar hatte er es bereits zum Vorarbeiter bei einer großen Baufirma gebracht und verdiente mittlerweile sogar schon ganz ordentlich, aber trotz allem wurde er das Gefühl nicht los, dass seine Frau schönere Kleider und noch ein paar moderne Geräte mehr für ihren kleinen Haushalt verdient hätte und dass seine Tochter größeres und bunteres Spielzeug haben müsste. Und darum hatte er, wenn er sich an den Spieltisch setzte, jedes Mal wieder diese Vision vor Augen: May trug einen dicken

Wintermantel, und Mai sauste wie der Wind auf einem bunten Plastikdreirad die Straße rauf und runter, in der sie wohnten, und trat tüchtig in die Pedale mit ihren kurzen Beinchen. Er spielte gut und gewann immerzu, und es dauerte nicht lange, da hatte er genug Geld gewonnen, um allmählich auch einmal größere Einsätze zu wagen. Und eines Tages spielte er nicht mehr nur mit seinen Freunden, sondern suchte sich Leute, bei denen es ernsthaft zur Sache ging und die um größere Beträge spielten. Das tat er so lange, bis seine Schulden schließlich derart hoch waren, dass seine einzige Chance, sie jemals zurückzuzahlen, darin bestand, immer weiterzuspielen und die Hoffnung nicht aufzugeben, dass er ja irgendwann auch wieder mal eine Glückssträhne haben müsse. Darum setzte er sich stets von neuem an den Spieltisch und glaubte fest daran, dass er das alles nur für seine Frau und seine Tochter tat. Von einem hellem Lichterschein umglänzt, wie zwei Engeln gleich, so sah er sie vor sich, als er eines Nachts in einem Städtchen unweit der großen Stadt in einer stillen Seitenstraße gefesselt und geknebelt und mit einem Baseballschläger totgeschlagen wurde.

Der Professor war schon das vierte Mal in Schanghai. Seine Arbeit dort war nicht besonders schwierig. Vier Monate lang hielt er an einer der dortigen Universitäten Vorlesungen und Seminare über alle möglichen Aspekte der europäischen Kultur und Geschichte, besonders über das Römische Reich und den Zweiten Weltkrieg, während gleichzeitig ein chinesischer Professor den Studenten in Italien etwas über Geschichte und Kultur Chinas erzählte. Finanziell brachte ihm dieser Austausch zwar keinen Gewinn, aber er wurde immer überaus freundlich behandelt, und so sagte er jedes Mal sofort zu, wenn wieder eine Einladung kam, was alle zwei bis drei Jahre der Fall war. In Italien hatte er niemanden zu versorgen, und die Universitätsbibliothek von Schanghai war einfach zu verlockend. Unterrichten musste er nur zwei, drei Stunden am Tag; den Rest der Zeit verbrachte er zwischen den Bücherregalen, bereitete seine Vorlesungen vor, studierte alte und neuzeitliche chinesische Dialekte und stöberte in der chinesischen Geschichte nach Dingen, die für seine Studenten oder die Kollegen daheim in Rom von Interesse waren. Wenn er nach Hause kam, brachte er immer reichlich Material für einen Aufsatz mit, und so stand er mittlerweile in dem Ruf, die herausragende Kapazität auf seinem Gebiet zu sein.

Am zweiten Dienstag seines diesmaligen Aufenthalts ging er am späten Vormittag, nachdem er seine Vorlesung gehalten hatte, in die Bibliothek, um nach einem alten Buch über die Zeit der Sechs Dynastien zu suchen, auf das er die Studenten tags zuvor hingewiesen hatte. Aber der Band war nicht da. Er sah die ganze Reihe durch, ob ihn etwa jemand falsch zurückgestellt hatte, und merkte plötzlich, dass er nicht allein war. Neben ihm stand eine kleine kurzhaarige Frau von etwa dreißig Jahren.

»Suchen Sie das hier?«, fragte sie flüsternd und streckte ihm das Buch entgegen.

»Ja, aber ich kann auch etwas anderes lesen, bis Sie damit fertig sind.« Er hatte sich recht gut in den einheimischen Dialekt eingehört und sprach ihn auch ganz ordentlich. Immer wenn er im Lande war, nahm er ein paar Auffrischungsstunden, um schlechte Angewohnheiten auszumerzen, die sich womöglich in der Zwischenzeit eingeschlichen hatten. Mit seinen Kollegen redete er in ihrer Sprache, und damit er nicht den Kontakt zur alltäglichen Ausdrucksweise der einfachen Leute verlor, legte er großen Wert darauf, sich in den billigen Garküchen mit den Leuten über das Essen und mit den alten Männern im Park über das Wetter zu unterhalten. Diese Gespräche nahmen fast immer einen interessanten Verlauf, und den Dolmetscher, der ihm für die Vorlesungen zur Seite stand, brauchte er dabei fast überhaupt nicht.

»Nein, bitte nehmen Sie es.« Die Frau schaute sich ängstlich um. »Ich hab hier nämlich gar nichts zu suchen. Tut mir Leid.«

»Ach, arbeiten Sie denn nicht hier?« Wie eine Studentin sah sie nicht aus, darum hatte er sie für eine Bibliothekarin gehalten.

»Doch, ich arbeite hier, aber nicht als Bibliothekarin. Als Putzfrau. Ich bin immer schon ganz früh in der Universität, und nach der Schicht müsste ich eigentlich heimgehen. Aber die Bibliothekarinnen drücken ein Auge zu, wenn ich mich jeden Tag ein paar Stunden hier aufhalte und lese, nur mitnehmen darf ich die Bücher nicht, sonst kriege ich Ärger, weil sie ja von den Dozenten und Studenten gebraucht werden, also bitte …« Wieder hielt sie ihm das Buch hin. »Ich muss jetzt sowieso nach Hause.«

Der Professor hätte sich gern weiter im Flüsterton mit ihr über das Buch unterhalten, für das sie sich ja offenkundig beide interessierten, aber inzwischen stöberte noch jemand anderes in dem Gang, in dem sie standen, herum, und darum nahm er ihr das Buch aus der Hand und stellte es ins Regal zurück. »Ich begleite Sie bis zur Tür«, sagte er.

Er überredete sie, einen Tee mit ihm trinken zu gehen. In derselben Straße, in der die Bibliothek war, nur ein paar Häuser weiter, gab es ein Café. Die Studenten, die draußen vorübergingen, schauten neugierig durch die Fenster hinein zu dem weißhaarigen europäischen Professor, der sich dort drinnen intensiv mit einer Frau unterhielt, die, nun ja, ganz sicher waren sie sich nicht, aber irgendwie hatte diese Frau Ähnlichkeit mit einer der in der Universität beschäftigten Putzfrauen. Die beiden waren so versunken in ihr Gespräch über Dinge, die vor Hunderten von Jahren stattgefunden oder auch nicht stattgefunden hatten, dass sie gar nicht merkten, wie sie angestarrt wurden. Der alte Mann war erstaunt und ein bisschen verlegen, als er merkte, dass sich die junge Frau mit der Epoche zwischen der Han-Dynastie und der Sui-Dynastie besser auskannte als er selbst. Ihr Wissen darüber, welche Provinzen Chinas wann von wem regiert wurden, deckte sich zwar mit seinem, aber darüber hinaus konnte sie auch noch seitenlang Gedichte von Cao Cao, Cao Pei und Cao Zhi auswendig aufsagen und machte ihn auf gewisse politische Anspielungen zwischen den Zeilen aufmerksam. Nach einer Weile entschuldigte sich die Frau. Sie werde zu Hause erwartet, sagte sie.

Zwei Tage später trafen sie sich wieder in der Bibliothek, unweit des Regals, vor dem sie sich das erste Mal begegnet waren, und wieder setzten sie ihre Unterhaltung im Café fort, am selben Tisch wie letztes Mal. Nach etwa einer halben Stunde hörten sie auf, über die ferne Vergangenheit zu reden. Sie erzählte ihm von ihrer dreijährigen Tochter und ihrem Mann, der vor fast einem Jahr plötzlich verschwunden war, und dass man die Leiche nie gefunden hatte. Sie mache sich keine Illusionen, erklärte sie dem Professor, sie sei nicht so romantisch, sich vorzustellen, dass er eines schönen Tages mit einem dramatischen Auftritt wieder in ihr Leben zurückkehren könnte. Sie wisse, dass er tot sei, jeder wisse das, sagte sie, und er fehle ihr ja auch, aber andererseits sei ihr immer klar gewesen, dass er nicht besonders intelligent gewesen war. Er habe sich alle Mühe gegeben, ihr seine Spielsucht zu verheimlichen, genau wie seine Freunde, die ihren Frauen auch verheimlicht hatten, dass sie Spieler waren, aber sie habe natürlich die ganze Zeit Bescheid gewusst. Nur wie tief er in der Tinte saß, das habe sie erst erfahren, als es zu spät gewesen sei. Sie habe geglaubt, er spiele immer noch mit seinen Freunden Karten um ein bisschen Kleingeld fürs Bier, aber nachdem er verschwunden war, hätten seine Freunde ihr erzählt, er habe schon seit Monaten nicht mehr mit ihnen gespielt, sondern mit Leuten, die sie selbst nicht kannten. Wahrscheinlich sei er wie in einem schlechten Hongkong-Film gestorben, meinte sie, die Kerle, denen er Geld schuldete, hätten ihn wohl vor den Augen einer versteinerten Menge von Spielern umgebracht, die noch eine reale Chance hatten, ihre Schulden zu begleichen, als abschreckendes Beispiel sozusagen. Sie sei dankbar, dass die, denen er zum Opfer gefallen war, wenigstens sie und ihre kleine Tochter verschont hatten. Vermutlich hätten sie gewusst, dass bei ihr nichts zu holen war. Sie erzählte dem alten Mann, sie wohne jetzt mit ihrer Tochter bei ihrem Cousin und seiner Familie, dort teilten sie sich mit vier anderen Leuten ein kleines Zimmer in einem Plattenbau mit acht Geschossen, und obwohl sie ja durch ihre Arbeit immerhin etwas zum Haushalt beisteuere, wenn auch nicht viel, fühle sie sich mehr und mehr als Eindringling, weil die anderen Kinder in der Wohnung immer größer würden und immer mehr Platz beanspruchten. Sie hoffe, demnächst mehr Stunden in der Universität arbeiten zu dürfen, sagte sie, um nach und nach ein wenig unabhängiger leben zu können. Sich anderswo Arbeit zu suchen, dazu sei sie zu schüchtern, und außerdem hätte sie dann ja nicht mehr die Bücher in greifbarer Nähe. Sie hätte auch gern studiert, sagte sie, habe es sich aber nicht leisten können, und außerdem habe sie ja jung geheiratet. Sie habe einfach den ersten besten Job nehmen müssen, erklärte sie. Eines Tages wolle sie ihrer kleinen Tochter alles beibringen, was sie selbst gelernt habe; darauf freue sie sich schon. Sie lese jeden Tag stundenlang in den Büchern, und dabei habe sie stets ein schlechtes Gewissen, weil doch die Leute, die auf Mai aufpassten, glaubten, sie würde immer gleich nach der Arbeit nach Hause rennen. Manchmal suche sie sich aufs Geratewohl irgendein Buch aus, und manchmal stoße sie auf etwas, das sie interessiere, und dieser Spur gehe sie dann wochenlang nach. Eine Weile habe sie sich mit nichts anderem beschäftigt als mit dem Erlernen der englischen Sprache. Sie habe gute Fortschritte gemacht, das Lesen und das Schreiben sei ihr auch nicht schwer gefallen, aber sie habe niemanden, mit dem sie üben könne, und darum wisse sie nicht, wie die Wörter klingen, deshalb habe sie es aufgegeben. Jetzt spiele sie mit dem Gedanken, Italienisch zu lernen.

Der alte Mann kam sich beinah wie ein Kind vor, als er ihr von seinem Leben in Italien erzählte – von all den vielen Jahren, in denen er sich in Bibliotheken verkrochen, Vorlesungen gehalten und hin und wieder einen wissenschaftlichen Aufsatz oder ein sehr spezielles Fachbuch veröffentlicht hatte. Es gab wirklich nicht viel zu erzählen.

»Ich finde es merkwürdig, dass Sie nie verheiratet waren«, sagte sie.

»Ja«, erwiderte er. »Ja, das ist tatsächlich merkwürdig.«

Aber es dauerte nicht lange, und die Unterhaltung wandte sich wieder der Vergangenheit zu. Es wunderte ihn nicht, dass er über gewisse Aspekte der jüngeren Geschichte

Chinas besser Bescheid wusste als sie, denn schließlich hatte er Zugang zu Dokumenten, die man im Lande selbst nicht ohne weiteres einsehen konnte, und außerdem hatte er die Entwicklungen Zeit seines Lebens eingehend verfolgt. Wenn sie über diese Dinge sprachen, senkten sie jedes Mal die Stimme, auch wenn niemand in der Nähe war. Die Gespräche mit ihr gaben ihm viel mehr als die mit anderen Universitätsgelehrten, deren Ansichten wie in Stein gemeißelt waren und die Bücher geschrieben hatten und auf ihre Reputation bedacht sein mussten und ihre Meinung wie den letzten Tropfen Wasser in der Wüste verteidigten. Ihm war durchaus bewusst, dass auch er sich schon gelegentlich so verhalten hatte. May dagegen konnte urplötzlich vom Thema abschweifen und die wildesten Spekulationen anstellen, und irgendwie ergab das am Ende immer einen Sinn, oder sie wechselte von einer Sekunde auf die andere ihre Haltung zu dem Thema, über das sie gerade redeten, mitunter sogar in ein und demselben Satz.

*

Mit der Zeit gingen sie öfters zusammen in Museen und Galerien. Nach einer Weile brachte May auch ihre Tochter mit zu diesen Treffen. Anfangs hatte Mai Angst vor dem alten Mann und versteckte sich immer hinter ihrer Mutter, wenn sie ihn sah, aber das war nur die ersten paar Mal so, danach mochte sie ihn richtig gern. Der alte Mann hob sie hoch und hielt sie beinebaumelnd vor die Vitrinen, damit sie die Ausstellungsstücke besser sehen konnte. Das machte ihr solchen Spaß, dass sie vor Vergnügen quietschte und ihr Gegickel durch die gewölbeartigen Räume hallte.

Nach dem Besuch einer Ausstellung über Keramik des

neunzehnten Jahrhunderts machten sie, ohne groß darüber nachzudenken, aus, dass sie sich das nächste Mal nicht in der Bibliothek oder an irgendeinem kulturell bedeutsamen Ort treffen, sondern in den Hongkou-Park gehen wollten, wo Mai herumrennen und Krach machen konnte, so viel sie wollte, und wo sie ihr Süßigkeiten kaufen und auf dem See mit ihr Boot fahren konnten.

Ein paar Tage später saßen sie in einer Garküche und aßen Nudeln, und da mussten sie plötzlich über sich selber lachen – der alte Mann aus einem fernen Land und die junge Witwe. Als sie genug gelacht hatten, fühlten sie sich wie zwei Teenager ein paar Sekunden vorm ersten Kuss und wussten beide nicht, was sie tun oder sagen sollten.

Die Verwandten des Professors, die eine kalte, berechnende Schönheitskönigin erwartet hatten, waren überrascht, was für ein freundliches Wesen seine Frau hatte und wie unauffällig sie aussah; sie staunten über ihre schlichte Kleidung und ihren beinah männlich wirkenden Haarschnitt. Sie wunderten sich und waren beeindruckt, wie schnell sie die Grundbegriffe der italienischen Sprache lernte. Die vierjährige Tochter war still, und sie fanden es durchaus angenehm, wie schön sie für sich allein spielte. Sie konnten zwar immer noch nicht so recht verstehen, was in den alten Mann gefahren war, in seinem Alter noch zu heiraten, und zwar zum allerersten Mal, aber da sie weder an seiner Frau noch an seiner Stieftochter etwas auszusetzen hatten, gaben sie es schließlich auf, sich über ihn Gedanken zu machen. »Am besten, wir lassen ihn einfach in Ruhe«, sagten sie, wenn sie miteinander telefonierten.

Der Professor ging weiter seiner Arbeit nach und seine Frau kochte, erledigte die Einkäufe, spielte mit ihrer Tochter, lernte Italienisch und verschlang sämtliche chinesischen Bücher in seinen Regalen. Am Wochenende unternahm er etwas mit seiner Familie, sie besichtigten Ruinen und Museen, machten Picknicks im Park und fuhren ans Meer. Der alte Mann war ganz vernarrt in Mai. Er liebte es, ihr zuzusehen, wenn sie still für sich allein spielte, hatte aber Schwierigkeiten, sich mit ihr zu verständigen. Las er ihr im Beisein ihrer Mutter Gutenachtgeschichten vor, brauchte May nur hin und wieder ein klein wenig zu helfen, doch wenn er sich mit ihr über ganz alltägliche Dinge unterhalten wollte, dann wusste er oft nicht weiter. Er hatte keine Ahnung, worüber kleine Kinder gerne reden, und wenn sie ihm Sachen erzählte, die er schon wusste, fiel es ihm schwer, Interesse zu heucheln, denn er konnte einfach nicht begreifen, wieso sie meinte, ihm berichten zu müssen, dass sie einen Turm aus Plastikbausteinen gebaut hatte oder dass sie ein rotes T-Shirt trug. Er hatte doch schließlich Augen im Kopf. Die technischen Details der Kindererziehung überließ er seiner Frau. Sie war diejenige, die Mai zu essen gab, wenn sie Hunger hatte, und ihr die Nase putzte und das Kinn abwischte. Der alte Mann konnte es nicht ertragen, der Kleinen beim Essen zuzuschauen. Wenn er sah, wie ihr der Brei aus dem Mund lief, musste er an Kotze denken, und dann war ihm gründlich der Appetit verdorben; darum konzentrierte er sich beim Essen krampfhaft darauf, bloß nicht ihr verschmiertes Gesicht anzugucken. Und wenn Mai bockig war und brüllte, ging er aus dem Zimmer und wartete, bis ihre Mutter sie wieder zur Räson gebracht hatte, was sie stets auf Italienisch tat. Auf Chinesisch unterhielten sie sich meistens erst, wenn das Kind im Bett war. Dann arbeiteten sie zusammen an Beiträgen für verschiedene wissenschaftliche Zeitschriften; als Erstes schrieben sie einen Aufsatz über politische Anspielungen in den Gedichten von Cao Cao, Cao Pei und Cao Zhi. Wenn May zu ihrem Italienischunterricht ging, kam Maria, die im Haus vis-à-vis wohnte und deren Kinder schon erwachsen waren, herüber, um auf Mai aufzupassen. Maria erzählte dem Professor jedes Mal, was für ein Vergnügen es sei, die Kleine zu hüten – so ein wohlerzogenes, fröhliches, sanftmütiges Kind.

May fand sich erstaunlich schnell in ihrem neuen Leben zurecht. Ihr Italienisch wurde von Tag zu Tag besser, nach und nach kriegte sie auch den Dreh mit der italienischen Küche raus, und wenn sie die anderen Mütter aus der Nachbarschaft traf, lobte sie deren Kinder so überschwänglich, dass es nicht lange dauerte, bis die Leute sagten, man könne glatt denken, sie würde schon immer in Italien leben. Und alle, die sie kannten, waren aufrichtig erschüttert, als eines Tages – sie war gerade unterwegs zu ihrem Italienischunterricht – an einem Lieferwagen ein Hinterreifen platzte und der Fahrer die Kontrolle über sein Fahrzeug verlor und auf den Gehweg geriet und May gegen eine Hauswand drückte und sie zerquetschte.

Danach ging der alte Mann nie mehr zur Arbeit. Mit achtundsechzig Jahren plötzlich allein erziehender Vater einer sechsjährigen Tochter geworden, wusste er nicht ein noch aus und bat Maria, das Mädchen jeden Morgen zu wecken und für die Schule fertig zu machen, abends für sie beide zu kochen und die Kleine zu baden und ins Bett zu bringen. Er las wie ein Wilder Bücher über Kindererziehung und gab sich redlich Mühe, aus all den widersprüchlichen Ratschlägen irgendwie schlau zu werden. Und ständig machte er sich Sorgen um das Mädchen.

Als Mai zur Schule kam, brachte er sie morgens immer

ans Gartentor und winkte ihr nach. Dann ging er wieder ins Haus und fing augenblicklich an, sich auf ihre Rückkehr vorzubereiten – er lernte die Regeln irgendwelcher kindischen Brettspiele und dachte sich Mittel und Wege aus, wie er sie beschäftigen und sie für die Welt, in der sie lebte, begeistern konnte.

Wenn Mai in der Schule war, freute sie sich immer auf zu Hause, wo sie Dinge erzählt bekam, die viel interessanter waren als alles, was sie in der Schule lernte, und wo ihr niemand Krammen aus zusammengerollten Papierfetzen an den Hinterkopf schoss oder ihre Schultasche umkippte und sie auslachte, wenn sie auf dem Boden herumkroch und ihre Federhalter und Bleistifte wieder einsammelte, oder ihr sagte, sie habe ein plattes Gesicht. Daheim stürzte sie sich mit Feuereifer aufs Lernen und war so begeistert bei der Sache, dass sie den alten Mann nur ganz selten bat, Spiele mit ihr zu spielen. Er erklärte ihr Naturerscheinungen, erzählte ihr von fremden Ländern und von Ereignissen, die sich vor langer Zeit zugetragen hatten. Und zu allem, was er ihr beibrachte, dachte er sich stets lustige Geschichten aus. Sie staunte immer wieder, denn es schien kein Gebiet zu geben, auf dem er sich nicht auskannte. Ganz gleich, was für eine Frage sie ihm stellte, er hatte jedes Mal eine interessante Antwort parat. Je älter sie wurde, desto mehr war sie von den Lehrern in der Schule enttäuscht, die eben nicht aus dem Effeff sagen konnten, wie viele Köpfe die Hydra zu dem Zeitpunkt hatte, als sie von Herkules getötet wurde, wie das Wetter in den Tagen unmittelbar vor der Belagerung von Lissabon gewesen war oder worin die Unterschiede zwischen der Mercalliskala und der Richterskala im Einzelnen bestanden.

Der alte Mann regte sie auch zum Zeichnen und Malen

an. Ganz egal, was er ihr beibrachte, irgendwann saß sie immer mit ihren Buntstiften, ihren Wachsmalstiften oder ihrem Tuschkasten am Küchentisch und brachte alles zu Papier. Der alte Mann liebte ihre Bilder und wusste bei jedem ganz genau, was es darstellen sollte. Bald hingen alle Wände im Haus voll mit Kartoffelkäfern in Acryl, der Mata Hari in Wachskreide, Christenmenschen in Löwenrachen, Rossini bei der Arbeit am *Barbier von Sevilla*, El Lute, einer Eisernen Lunge, den Kriegsgräbern in Flandern und so weiter und so fort. Und mit jedem neuen Bild wuchs die Überzeugung des alten Mannes, dass das Mädchen ein echtes Wunderkind sei.

Standen Besuche bei Verwandten an, so wurde Mai instruiert, ihnen als Geschenk eines ihrer Kunstwerke mitzubringen. Sobald die Tür aufging, streckte die Kleine seiner Schwester oder dem Cousin unter dem wohlgefälligen Blick des stolzen Professors einen Querschnitt eines Wikinger-Langschiffs oder eine Karte des Baskenlandes entgegen oder auch eine Zeichnung mit einem vorm Feuer hockender Cro-Magnon-Hirten darauf oder eine Darstellung des Angkor Thom zur Zeit Indravarmans III. inklusive nackter Frauen beim Bade und gewaltsam um ihre Gallenblase gebrachter Männer.

Vor seiner Heirat hatte sich das gesellschaftliche Leben des Professors in engen Grenzen gehalten und war nach einem denkbar einfachen Muster abgelaufen: Er stellte ein paar höfliche Fragen, ohne in irgendeiner Weise auf die Antworten einzugehen, die man ihm gab, aß, was auf den Tisch kam, erzählte nuschelnd irgendwas, was eh kein Mensch verstehen konnte, über den Forschungsgegenstand, mit dem er gerade befasst war, blieb noch eine Weile sitzen und guckte Löcher in die Luft, bis ihm plötzlich einfiel, dass er dringend weg musste; dann verabschiedete er sich mit dem Versprechen, bald wieder vorbeizuschauen, was jedoch, wie jeder wusste, monate- und mitunter auch jahrelang nicht passieren würde. Jetzt aber, in dem Bestreben, Mai in dem Bewusstsein aufzuziehen, dass sie Teil einer großen, ihr in Liebe zugeneigten Familie sei, verwandelte sich der alte Mann in einen außerordentlich geselligen Menschen, der wie ein Schmetterling von Blüte zu Blüte taumelte und mindestens einmal in der Woche Verwandte oder Bekannte besuchte. Und dann redete er wie ein Wasserfall, erzählte, was die Kleine alles in der Schule gelernt und was er ihr daheim beigebracht hatte, und schwärmte, wenn sie außer Hörweite war, davon, wie außergewöhnlich intelligent und begabt sie doch sei.

Er hatte so viel über Mais Zukunft nachgedacht, dass ihm diese schon genauso real vorkam wie ihr gegenwärtiges Leben. Die Ergebnisse dieses Nachdenkens behielt er freilich weitgehend für sich. Sie sollte sich ja schließlich nicht unter Druck gesetzt fühlen, zumal er ohnehin der festen Überzeugung war, dass sie die gesteckten Ziele auch aus eigener Kraft erreichen würde. Er hatte beschlossen, dass Mai sich im Malen immer weiter verbessern und sich nach der Schule an einer Kunstakademie weiterbilden und gleichzeitig an der Universität Meteorologie oder Zoologie oder irgendein anderes Fach, das sie interessierte, studieren sollte. Und da sie ihren Altersgenossen sowieso bei allem, was sie anfasste, meilenweit voraus war, würde sie später auch eine Arbeit finden, die ihr Freude bereitete, und nebenher würde sie nach und nach Ausstellungen machen und ihre Gemälde verkaufen. Vielleicht würde er ihr sogar helfen, eine eigene Galerie zu eröffnen. Zwischendurch würde sie heiraten – aber keinen Geisteswissenschaftler, denn er kannte nicht einen einzigen Universitätsgelehrten, der ihrer wert gewesen wäre, sondern eher einen erfolgreichen, hoch angesehenen jungen Arzt. Ihr Mann würde sie wahnsinnig lieben und sie nie im Stich lassen, und ein Jahr nach der Hochzeit würde sie ein Baby bekommen. Ob Junge oder Mädchen, war dem Professor einerlei. Nicht lange, nachdem er das Kind zum ersten Mal im Arm gehalten und seine Stirn und die dicken, runden Wangen mit Küssen bedeckt hätte, würde er in seinem Sessel im Garten hinterm Haus einschlafen und nie mehr aufwachen. Das würde an einem warmen Aprilabend geschehen. Er hatte alles bis ins kleinste Detail geplant. Dann wäre er siebenundachtzig.

Schon eine Woche vor Mais dreizehntem Geburtstag hatte der alte Mann mehrere Geschenke für sie gekauft und die Sachen in seinem Zimmer versteckt: ein lebensgroßes Skelett aus Plastik, eine Staffelei und einen Malkasten, Noten fürs Klavier, denn sie lernte gerade Klavier spielen, und einen Stapel Bücher.

»Was möchtest du denn an deinem Geburtstag gerne machen?«, fragte er sie beim Frühstück.

»Nichts.«

»Aber wir machen doch immer irgendwas. Du könntest zum Beispiel deine Freundinnen einladen; ich kann Maria bitten, dass sie eine kleine Party für dich organisiert. Das würde dir doch ganz bestimmt gefallen, nicht wahr?«

»Ich sag doch, ich will keine Party.«

»Na schön, dann gehn wir eben irgendwohin. Wohin möchtest du?«

Mai schüttelte den Kopf. »Ich will nirgendwohin gehen. Ich will überhaupt nichts machen. Hör endlich auf«, fuhr sie ihn an. »Lass mich in Ruhe.«

So hatte der alte Mann sie noch nie erlebt. Sein Atem beschleunigte sich, und in der Stille des Zimmers konnte er sein Herz klopfen hören. Er hatte das Gefühl, etwas sagen zu müssen. »Aber Mai, was hast du denn bloß?«

Da sagte sie ihm, was sie hatte. Er sei nicht ihr richtiger Vater, sagte sie, und werde auch nie ihr richtiger Vater werden, und wenn er nicht gewesen wäre, dann könnte ihre Mutter, an die sie sich kaum noch erinnerte, heute noch am Leben sein, und sie würde nie eine richtige Italienerin werden, aber eine richtige Chinesin sei sie auch nicht mehr, und alles, was er ihr erzählt hatte, habe sie immer nur gelangweilt, und es kotze sie an, ständig irgendwelche Bilder malen zu müssen, und sie habe überhaupt gar keine Freundinnen, und sie hasse ihn, und im Grunde wäre es das Beste, sie wäre nie geboren worden. Und dann schnappte sie sich ihre Tasche und ging zur Schule.

Wie durch einen Wattepfropf hindurch, wie von weither, wie in einem Hörspiel nahm er das Knallen der Tür wahr. Der alte Mann schnappte nach Luft. Als er aufstehen wollte, musste er sich am Tisch festhalten. Um ihn herum schwankte alles, er rannte ihr hinterher, wollte sie einholen, sich bei ihr entschuldigen, weil er ihr mit seinen blöden Vorträgen und Geschichten die Zeit gestohlen hatte, weil er sie aus China fortgeschleppt hatte, weil er sich solche Mühe gegeben hatte, ihr ein Vater zu sein, und damit ihr ganzes Leben zerstört hatte.

Er torkelte hinaus auf die Straße, seine Beine waren schwer wie Blei. »Verzeih mir, Mai«, sagte er, versuchte sie zu rufen, falls sie noch in Hörweite war, doch es kam nur ein heiseres Flüstern. Er hielt nach ihr Ausschau, aber sie war schon weg. Er ging in Richtung Schule, und die Häuser zu beiden Seiten der Straße wurden immer dunkler, bis sie ganz schwarz waren, hässliche Mietshäuser, die sich rings um ihn herum zusammendrängten, bis er nichts mehr sah und nichts mehr spürte als den Schmerz in seiner Brust, als hätte ihm jemand einen Dolch zwischen die Rippen gestoßen und würde die Klinge hin und her drehen.

Am Vormittag tauchte auf einmal Maria in Mais Schule auf. In dem kleinen Zimmer, in das die Kinder immer geschickt wurden, wenn ihnen schlecht war und sie meinten, sie müssten brechen, saß Mai und hörte sich an, dass man ihn auf der Straße gefunden habe; die Ärzte hätten alles getan, aber leider sei jede Hilfe zu spät gekommen.

»Das passiert ganz oft bei alten Leuten«, sagte Maria und drückte das zitternde Mädchen fest an sich. »Manchmal hört das Herz einfach auf zu schlagen, und nichts auf der Welt kann es wieder in Gang bringen.«

Mai war das einzige Kind auf der Beerdigung, und sie war die Einzige, die weinte, als der Sarg des alten Mannes in die Erde gesenkt wurde. Alle anderen, seine ganzen Verwandten und seine ehemaligen Kollegen, schauten trockenen Auges und mit ausdrucksloser Miene zu. Sie redete sich ein, niemand außer ihr habe ihn wirklich gekannt und niemand außer ihr habe ihn wirklich geliebt, und dadurch wurde der Gedanke noch unerträglicher, dass sie an allem schuld war und dass er noch am Leben sein könnte, wenn sie nicht wäre und wenn sie ihn nicht so gemein behandelt hätte.

Als sie sich die Tränen abwischte, sah sie durch eine Lücke zwischen den am Grab versammelten Erwachsenen einen Hund, der ungefähr sechzig, siebzig Meter von ihr entfernt an der Peripherie des Friedhofs entlangstreunte.

Selbst auf diese Entfernung konnte sie sehen, wie traurig er aussah und wie schön er war, und plötzlich hatte sie das Verlangen, zu ihm zu gehen, mit den Fingern durch sein langes Fell zu fahren und ihm die Ohren zu kraulen. Sie dachte, dass sie sich vielleicht mit ihm anfreunden könnte, und wenn der Besitzer nicht auffindbar wäre, dürfte sie ihn sogar behalten. Sie überlegte, wer eigentlich zu entscheiden hatte, ob sie das dürfte oder nicht. Sie würde ihm einen Namen geben, irgendwas Chinesisches. Leise stahl sie sich davon. Als sie etwas Abstand zwischen sich und die Trauergemeinde gebracht hatte, rannte sie los, dorthin, wo der Hund war. Niemand bemerkte ihr Verschwinden, bis sie über die Ecke einer Grabplatte stolperte und man den Aufschlag hörte und den schrillen Schrei, mit dem sie ungeschickt zu Boden stürzte. Eine der Frauen ging nachsehen, ob sie sich etwas getan hatte, die anderen machten sich im Stillen Gedanken, was wohl jetzt aus diesem merkwürdigen kleinen Mädchen werden sollte, das mit dem alten Mann aus China hergekommen war und das so schweigsam war und all diese schrecklichen Bilder gemalt hatte.

Durch die entstandene Unruhe aufgeschreckt, rannte der Hund zurück in die Richtung, aus der er gekommen war. Er bewegte sich sicher und entschlossen, als hätte er sich verlaufen und sich plötzlich wieder daran erinnert, welche Route er nehmen musste. Mit hoch erhobenem Schwanz verließ er den Friedhof und überquerte die Straße. Er hielt sich im Großen und Ganzen nördlich.

1974 hatte Cockroft den Trailer und die Eingangsmusik für eine TV-Comedy-Serie mit dem Titel *Unsre lieben Türken* geschrieben. Es ging darin um einen türkischen Einwanderer, der mit Frau und Kindern in eine stille Vorstadtstraße gezogen war. Jede Woche gab es eine Folge, und in jeder dieser Geschichten wurde gezeigt, wie der Türke einem Nachbarn helfen oder einen Einbrecher verjagen oder sich sonst irgendwie für die Gemeinschaft nützlich machen wollte, aber seine guten Absichten wurden jedes Mal auf komische Art und Weise missverstanden. Und am Ende stand er stets allein da, befand sich nicht selten sogar in Polizeigewahrsam und wunderte sich lautstark, warum er der Gesellschaft nicht beweisen konnte, dass er ein anständiger Mensch und ein guter Nachbar war.

Die Serie war unheimlich beliebt, und ganz England lachte über den Standardsatz des Türken: *Aber ich wollte doch nur helfen*, nur leider war das politische Klima ziemlich gereizt, und es gab Kräfte, die Rassismus witterten und den Machern vorwarfen, unverantwortlich zu handeln. Cockroft, der damals bereits ein bekannter Bandleader und Bonvivant war, sowie der Produzent und der Star der Serie wurden zu einer Diskussionsrunde auf BBC 2 eingeladen, um sich öffentlich mit ihren Kritikern auseinander zu setzen. Die Debatte wurde live übertragen, und zunächst ging auch alles gut. Der Star, selber Sohn türkischer Einwanderer, erklärte zu Beginn, dass die Komik in dieser Serie natürlich zum großen Teil auf rassistischen Haltungen beruhe, allerdings würden diese Haltungen ironisch aufs Korn genommen und keinesfalls unterstützt, sondern wirkungsvoll bloßgestellt. Der Produzent sprach eine ganze Weile darüber, was er unter gesellschaftlicher Verantwortung verstand, und dann war Cockroft an der Reihe. Ihn hatte man in letzter Minute eingeladen, weil der Drehbuchautor eine Blinddarmentzündung hatte, aber er war schon oft bei Rundfunkdiskussionen mit von der Partie gewesen und hatte eine Menge Erfahrungen mit Liveübertragungen, sodass er sicher und entschlossen das Wort ergriff. Natürlich sei die Serie rassistisch, räumte er ein, allerdings sei das ein liebevoller Rassismus. Als man ihn aufforderte, doch bitte zu erläutern, was er unter *liebevollem Rassismus* verstehe, fing Cockroft, der, um in Schwung zu kommen, vor der Sendung eine Dreiviertelflasche Brandy geleert hatte, an, seine Meinung darzulegen.

Er erklärte, Großbritannien sei natürlich, wohl oder übel, in gewisser Weise so etwas wie eine multikulturelle Gesellschaft, und die Dinge, die ein Teil der Leute, die aus anderen Gegenden der Welt nach Großbritannien gekommen seien, eingebracht hätten, begrüße er durchaus, besonders die Restaurants und die hübschen Straßenfeste. Als der Moderator nachhakte, erklärte er, seiner Ansicht nach sollten die Einwanderer, die bereits im Lande seien, auch bleiben dürfen, wenn sie das wirklich wollten, aber nur unter der Bedingung, dass sie bereit wären, sich restlos in die britische Gesellschaft zu integrieren. Des Weiteren konstatierte er, dass sie allesamt in einer rassistischen Nation lebten und dass Enoch Powell doch völlig Recht hatte, als er sagte: »Was *genug ist, ist genug.*« Wenn noch mehr Ausländer ins Land kämen, würde es tatsächlich bald das eine oder andere Blutbad geben. Die Türken würden auf die Griechen losgehn, die Juden auf die Ägypter, die Nigerianer würden sich auf offener Straße mit den Iren in die Haare kriegen. Und zu guter Letzt beteuerte er mit tief dunkelrot angelaufenem Gesicht und geballten Fäusten, er selber sei mit einer ganzen Reihe von Laden- und Restaurantbesitzern aus Bangladesch und Uganda sehr gut befreundet, und sogar mit ein paar Türken. »Ich habe nichts gegen Ausländer, egal, wo sie herkommen«, verkündete er mit Stentorstimme. »Aber wir müssen doch praktisch an die Sache herangehen, und darum müssen wir zu ihrem eigenen und zu unserem Besten sagen: ›*Was genug ist, ist genug.*‹ England muss englisch bleiben, und das heißt, wir müssen die Zugbrücke hochziehen und, ich sage es frank und frei, so viele von diesen Leuten, wie nur irgendmöglich, bestärken, dorthin zurückzugehen, wo sie hergekommen sind.«

Der Moderator dankte allen für ihre Beiträge und leitete über zur nächsten Sendung. Die zweite Staffel von *Unsre lieben Türken*, die kurz vor der Fertigstellung stand, wurde abgesetzt, ebenso die Begleitserie *Das kommt mir aber spanisch vor.* Und Cockroft kriegte nie wieder einen Auftrag.

»Das war schrecklich«, sagte er zu dem Bosnier, der dasaß und Löcher in die Luft guckte. »Die ganzen Aufträge, die sonst ich bekommen hätte, haben andere gekriegt. Nicht solche Rassisten wie ich. Ich hab versucht, denen das zu erklären, aber niemand hat mir zugehört. Ich wollte mich entschuldigen. Ich hab die Zeitungen angerufen, aber die wollten mich entweder lebendig begraben oder zur Witzblattfigur machen, alles andere hat die überhaupt nicht interessiert. Ich wollte ihnen sagen, dass das doch alles nicht so gemeint war, aber ich konnte ihnen ja schlecht erzählen, dass mich ausgerechnet an diesem Morgen ein marokkanischer Geschäftsmann grausam verlassen hatte und ich gewissermaßen in einer persönlichen Krise steckte. Ich war sozusagen Rassist für einen Tag. Irgendwann im Leben ist jeder mal Rassist für einen Tag. Das war doch nicht so gemeint, was ich da gesagt hab«, fuhr er mit brüchiger Stimme fort. »In Wirklichkeit bin ich nämlich eher liberal eingestellt.« Er drückte seine Zigarre auf dem Boden aus. »Ich sage immer: *Liebe deinen Bruder.*« Er sah den Bosnier an, der nach wie vor Löcher in die Luft starrte. »Herrgott nochmal, ich war betrunken. Wenn man betrunken ist, sagt man halt manchmal Sachen, die nicht so gemeint sind, das geht doch jedem so, oder etwa nicht?« Der Bosnier starrte weiter vor sich hin. »Erzähl mir bloß nicht, du hast noch nie, wenn du betrunken warst, irgendwas gemacht, was dir hinterher Leid getan hat.« Cockroft trank noch einen Schluck Wein. »Erzähl doch keinen Scheiß«, lallte er.

»Und weißt du, was das Schlimmste war? Einen Tag nach der Sendung bin ich auf einen Maskenball gegangen. Ich hatte ja keine Ahnung, was ich für eine Lawine losgetreten hatte. Ich hatte keine Zeitung gelesen, und es hat auch kein Mensch angerufen und mir Bescheid gesagt, dass ich plötzlich der Staatsfeind Nummer eins war. Ich ging als Heinrich VIII. Heinrich VIII., du liebe Scheiße. Kannst du dir das vorstellen? Ich komme also da an, natürlich mit gehöriger Verspätung, stürze in den Raum und rufe: *Man schlage ihr den Kopf ab! Rübe runter!* Und was passiert? Die Musik hört auf. Jemand hat den Stecker von der Stereoanlage rausgezogen. Dann geht das Licht an, und alles schreit durcheinander. *Verzieh dich, Cockroft. Selber Rübe runter, du Wichser.* Und dann schüttet mir einer ein Glas Wein ins Gesicht. Süßen Weißwein. Liebfrauenmilch. Irgendwelche Arschlöcher, irgendwelche Liebfrauenmilch-Säufer, die denken, sie sind was Besseres. Und dann schubsen sie mich raus auf die Straße. Kein Taxi weit und breit, also nehm ich den Bus. Sitz da in meinem Heinrich-VIII.-Kostüm und heule mir die Augen aus, und das ganze Oberdeck stinkt nach diesem süßen Weißwein.« Durch die Kombination von Alkohol und Ärger fiel er wieder einmal in den Westcountry-Dialekt seiner Kindheit, was ihm öfter passierte. Er trank jetzt direkt aus der Flasche. »Heinrich VIII., du liebe Scheiße. Und wer hat mir die Stange gehalten? Wer ist aufgestanden und hat gesagt: *Der Cockroft ist kein schlechter Kerl, kommt, Leute, wir geben ihm noch eine Chance*? Kein Einziger von diesen Arschlöchern. Nicht einer. Die ganze Branche war sich einig, dass sie mich sowieso noch nie leiden konnten. Plötzlich hatten sie vergessen, dass sie andauernd bei mir zu Hause auf meinen Partys rumgehockt hatten, sie hatten vergessen, dass sie bei mir im Gästezimmer ihre aus dem Maul stinkenden Stricher vögeln durften und ich immer schön diskret den Mund gehalten habe. Allerdings hab ich eine Hand voll Briefe gekriegt, größtenteils von irgendwelchen Kreisorganisationen der Rechtsnationalen, die mich einladen wollten, auf ihren Kundgebungen zu reden. Aber aus der Branche hat sich nicht einer gemeldet, nicht die kleinste Geste der Freundschaft. Nur ein Typ, der Eric Clapton hieß, schrieb mir einen begeisterten Wisch, in dem stand, er ist mit allem einverstanden, was ich im Fernsehen gesagt hab, und er findet auch, dass Großbritannien überfüllt ist. Auf dem Wisch war noch was drauf, irgendwas, das aussah wie Kotze. Ich weiß bis heute nicht, ob das der echte Eric Clapton war, aber ich hab für alle Fälle an sein Label geschrieben, er soll sich seine *Slow Hand* in den Arsch stecken. Und dass ich in Wirklichkeit gar kein Rassist bin, sondern bloß einen schlechten Tag hatte.«

Der Bosnier guckte immer noch Löcher in die Luft und tat so, als ob der Alte gar nicht da wäre.

»Das war's«, sagte Cockroft, der sich allmählich wieder beruhigte. »Das war das Ende. Gerade war ich noch der Größte, und im nächsten Moment war ich erledigt. Finito. Und alles bloß, weil ich in dieser dämlichen Diskussionsrunde war, die sich doch eh kein Schwein angeguckt hat.« Er hatte das alles schon tausend Mal in der Erinnerung wiedererlebt.

»Der große Cockroft, der Schwarm aller Hausfrauen, sitzt da mit seiner breiten Blümchenkrawatte um den Hals und wettert gegen die Mohammedaner.«

Den ganzen Tag war es drückend schwül gewesen, kein Lüftchen hatte sich geregt, und Cockroft hatte schon zum vierten Mal das Hemd gewechselt. Jetzt zogen Wolken auf, und es fing an zu regnen. Die beiden Männer gingen ins Haus.

Giuseppe oder Leonardo da Vinci

Timoleon Vieta tötete Ratten und Kaninchen und alte, behäbig gewordene Hasen und fraß sie auf. Er durchstöberte die Mülltonnen draußen vor den Häusern nach Fressbarem, kippte sie tief in der Nacht um und schlug sich hastig den Bauch voll, bevor wütende Menschen kamen und ihn verjagten. Wenn er keine Mülleimer umschubste, war er fast wie ein Geist, schlich nahezu unbemerkt durch die Straßen, den ausgemergelten Bauch immer dicht an der Erde. Aber er gab nicht auf, sondern ging weiter Richtung Heimat. Müde, hungrig und allein.

Aurora saß an dem einen Ende der Bank und war schon bis Seite zweihundertzwanzig gekommen in dem Buch über Wirbelsäulenverletzungen, das sie in der Stadtbibliothek entdeckt hatte. Es war vor neunzehn Jahren erschienen, zwei Jahre vor ihrer Geburt. Sie wusste natürlich, dass vieles, was dort stand, inzwischen überholt war, aber trotzdem fesselte das Buch ihre Aufmerksamkeit, und hin und wieder schrieb sie etwas daraus in ihr Notizbuch. Sie wollte nämlich später Medizin studieren.

Am anderen Ende der Bank saß ein Junge, den sie sofort wiedererkannte. Stundenlang hatte sie mit ihrer Großmutter über die schrecklichen Dinge diskutiert, die er angeblich getan hatte. Die alte Dame hatte ihr erzählt, jetzt sei er wegen einiger Bagatelldelikte in Schwierigkeiten geraten, und dabei wisse doch jeder, dass er noch ganz andere Sachen auf dem Kerbholz habe als diese verzeihlichen Jugendstraftaten, bei denen er auf frischer Tat ertappt worden war. Soweit sie gehört habe, gehe es um Motorraddiebstähle, Schlägereien, Vandalismus und alle möglichen anderen unappetitlichen Vergehen, die sie so ekelhaft fand, dass sie ihrer Enkelin am liebsten gar nichts davon erzählt hätte, es aber dennoch tat. Der Bursche sei aalglatt, meinte sie – als ob er die Fähigkeit habe, sich exakt für die Zeit unsichtbar zu machen, die er brauchte, um etwas anzustellen und abzuhauen. Aurora war eingeschärft worden, sich von ihm fern zu halten.

Er beobachtete ein Haus auf der anderen Straßenseite. Er hatte erfahren, dass die Familie, die dort wohnte, am nächsten Tag bei einer Beerdigung in Montevardi sein musste, und jetzt wartete er, dass die Leute endlich abfuhren, damit er durchs Küchenfenster einbrechen und alles, was nicht niet- und nagelfest war, mitnehmen konnte. Er rechnete zwar nicht mit einer großen Beute, ein Videorecorder vielleicht, ein paar CDs und etwas Schmuck, aber er war trotzdem sicher, dass die Mühe sich lohnte. So was hatte er im Gefühl. Die Typen brauchten anscheinend ewig, um ihre Autos voll zu packen. Mindestens drei Generationen rannten unablässig rein und raus.

Er sah, dass das Mädchen mit einem Zettel zu ihm rüberwedelte.

Er nahm ihn. *Wie spät ist es?*, hatte sie geschrieben. Er zeigte ihr seine Armbanduhr und wandte sich wieder der trauernden Familie zu, die ohne Ende Zeug in ihre beiden Autos packte. Er hatte gehört, es handele sich um die Beerdigung eines neunjährigen Mädchens, das an einer Blutkrankheit gestorben war.

Er merkte, dass ihm schon wieder ein Zettel hingehalten

wurde. Er riss ihn ihr aus der Hand, denn er war wütend, weil sie ihn ablenkte, und überhaupt wollte er, dass sie verschwand. *Danke*, las er und stopfte sich den Zettel in die Hemdtasche.

Als die Leute da drüben all ihre tausend Koffer und Taschen eingeladen hatten, fuhren sie aber immer noch nicht los nach Montevardi zu dem toten Kind, sondern gingen wieder ins Haus und machten die Tür zu. Jetzt, wo es nichts mehr zu beobachten gab, wurde der Junge auf einmal unruhig. Er zog den Zettel mit dem *Danke* aus der Tasche, drehte ihn um und nahm dem Mädchen den Kugelschreiber aus der Hand.

DU BIST TAUB, schrieb er auf die leere Seite und gab ihr den Stift zurück. Und dann fiel ihm wieder ein, wie er und seine Kumpels ihr vor drei oder vier Jahren einmal nachmittags gefolgt waren und ihr alle möglichen gemeinen Sachen hinterhergerufen hatten, wohl wissend, dass sie nicht hören konnte.

Sie las, was er geschrieben hatte, und schrieb darunter: *Ich weiß*. Sie gab ihm den Zettel zurück.

Er nahm ihr Notizbuch, blätterte es durch und schrieb auf eine leere Seite ziemlich weit hinten: *GEHST DU AUF DIE TAUBENSCHULE?*

Sie rückte näher heran und sah zu, wie er langsam die großen Buchstaben malte. Er spürte ihren Atem an seinem Hals. Als er fertig war, nahm sie ihm Kugelschreiber und Notizbuch ab. *Ja*, schrieb sie. *Tauben- und Blindenschule. Sie haben uns zusammengelegt, weil sie dachten, wir kommen gut miteinander aus.*

MAGST DU BLINDE?

Im Allgemeinen ja. Die sind okay.

Sie unterhielten sich über ihre Schule und über sein

schlechtes Benehmen, über dies und das. Es war seit Jahren das erste Mal, dass es ihm Spaß machte, sich mit jemandem zu unterhalten. Er benutzte sogar Wörter, die er noch nie zuvor geschrieben hatte. Sie strich die Zoten durch und übersah die Schreibfehler. Aurora verspätete sich immer mehr zum Abendessen, und die Autos fuhren unbemerkt nach Montevardi, denn die zwei frisch gebackenen Freunde hatten sich so viel zu sagen.

Nach fünf Seiten hatten sie einander feierlich geschworen, dass sie sich liebten. Zum Schluss verabredeten sie sich für den nächsten Tag und gingen auseinander, jeder in eine andere Richtung.

Als er später wie benommen durch die Straßen lief, traf er den Mann, dem er das Diebesgut aus dem leeren Haus hätte übergeben sollen. Mit großartigen Summen hatte er nicht gerechnet, aber er hatte gewusst, dass er einen fairen Preis für die Sachen kriegen würde, die er geklaut hatte. Er kannte den älteren Mann schon eine ganze Weile, die zwei hatten Vertrauen zueinander.

»Und?«, fragte der Mann.

»Wie und?«

»Warst du jetzt in dem Haus?«

»Ach, das meinst du.« An das leere Haus hatte er überhaupt nicht mehr gedacht.

»Nö, war ich nicht.«

»Und warum nicht?«

»Ach, weißt du.« Er seufzte und schaute hinauf zu den Sternen. »Ich mach so was nicht mehr.« Er ging davon.

Sie trafen sich jeden Tag. Wenn sie nach der Schule zum Bus ging, wartete er auf sie. Meistens lehnte er ein paar

Schritte von der Bushaltestelle entfernt an einer Hauswand. Sobald sie eine ebene Fläche gefunden hatten, wo sie sich hinsetzen konnten, unterhielten sie sich über alles, was ihnen gerade in den Sinn kam. Kein Thema war ihnen zu erhaben oder zu trivial. Manchmal schrieben sie beide auf derselben Seite. Wenn er vor ihr fertig war, was oft vorkam, malte er Bildchen und brachte sie damit zum Lachen. Nach fast zwei Wochen ging er mit ihr an einen Ort, wo sie sich küssen konnten, ohne gesehen zu werden. Sie merkte bald, dass er jede Menge Orte kannte, wo sie sich küssen konnten, ohne gesehen zu werden.

Hübsche Mädchen fingen an, Aurora scheel anzusehen. Ausgerechnet die Gehörlose, die sie nie als Konkurrenz angesehen hatten, mit der sie sogar Mitleid gehabt hatten, ausgerechnet die hatte sich jetzt unerklärlicherweise zu ihrer Rivalin erhoben. Aurora wusste, dass ihre Liebe in der Kleinstadt, in der sie lebten, großes Aufsehen erregen würde, und dass es nicht lange dauern konnte, bis jedermann im Bilde war, selbst ihre Großmutter. Darum beschloss sie, die Flucht nach vorn anzutreten und zu beichten.

Als die Befunde da waren, die bestätigten, dass die neugeborene Aurora an schwerster Taubheit litt, hatte ihre Großmutter ganz genau gewusst, was zu tun war. Da die Eltern mit den fünf älteren Geschwistern schon genug um die Ohren und einfach nicht die Zeit hatten, sich auch noch um ein taubes Kind zu kümmern, nahm sie die Kleine zu sich und zog sie auf. Weil die Oma nur zwei Straßen weiter wohnte, konnte das Mädchen seine Familie jeden Tag sehen, und die Großmutter war bereit, sich Zeit für ihre Enkelin zu nehmen und die Gebärdensprache zu erlernen. Und weil sie irgendwie immer wusste, was zu tun war, wurde in dem Haus, das sie allein bewohnte, ein Zimmer hergerichtet.

Sie genoss jeden neuen Trick und jeden Koller ihrer Enkeltochter und lernte begeistert weiter die Gebärdensprache. Und als das Kind dann so weit war, die Sprache auch zu lernen, war sie ihr immer einen Schritt voraus.

Abends war Aurora stets bei ihrer Familie zum Essen. Alle gaben sich große Mühe, sie in ihr Geplauder einzubeziehen, aber niemand konnte das so fließend wie die Großmutter. Die alte Dame war der einzige Mensch außerhalb der Schule, dem sie sich absolut verständlich machen konnte, ohne Dinge aufschreiben, zeigen oder mit Händen und Füßen darstellen zu müssen. Durch die Intimität ihrer Gespräche entstand zwischen den beiden eine beinahe schwesterliche Beziehung, sie vertrauten einander alles an, klatschten und tratschen auch mal und entwickelten sogar ihren eigenen Jargon.

Als sie klein war, hatte Aurora manchmal geweint, wenn sie daran dachte, dass die alte Dame eines Tages sterben würde und wie still und einsam die Welt dann für sie wäre. Aber je älter sie selber wurde, desto jünger schien ihre Großmutter zu werden, und bei aller Zuwendung, die sie ihrer Enkelin angedeihen ließ, schaffte sie es trotzdem noch, täglichen Kontakt mit dem großen Kreis ihrer Freundinnen zu halten, die alles, was in der Stadt und in der Umgebung vor sich ging, mit Argusaugen beobachteten und ihre Wahrnehmungen ständig untereinander austauschten. Noch bevor Aurora alt genug war, um zu verstehen, was ihr erzählt wurde, war sie so etwas wie ein Sammelbecken für all die kleinen Klatschgeschichten, die ihre Oma von anderen gehört oder selbst herausgefunden hatte. Sie hatte das Gefühl, dass sie über all die persönlichen Malaisen der Stadtbewohner bis ins kleinste Detail Bescheid wusste – über die unglücklichen Ehen der Leute, über ihre gynäkologischen oder urologischen Probleme und über ihre missratenen Kinder. Und so sehr sich Auroras Vokabular in der Schule auch verbesserte, die Großmutter hielt immer Schritt. Als sie vierzehn war, hatte sie einmal im Streit – es ging um ihr neues Hobby, sich allzu stark anzumalen – einen unanständigen Ausdruck gezeigt, und der Ärger, den sie daraufhin bekam, hätte nicht größer sein können, wenn sie das Wort ausgesprochen hätte. Wo ihre Oma so ein böses Zeichen verstehen gelernt hatte, war ihr schleierhaft, und obwohl sie auch weiterhin heimlich in ihrer Federtasche irgendwelche billigen Kosmetika mit in die Schule nahm, schämte sie sich aufrichtig für ihre freche Ausfälligkeit und verehrte ihre Großmutter von da an nur noch mehr. Ihr war klar, dass es nicht mehr lange dauern konnte, bis die alte Dame mitbekam, dass sie ihre ganze Freizeit mit dem Jungen verbrachte, über den sie so oft zusammen getratscht hatten.

»Großmutter«, sagte sie. »Ich hab einen neuen Freund.«

»Ich weiß.« Ihre Großmutter machte nicht mal ein böses Gesicht. »Ich weiß, dass du einen Freund hast, du armes Mädchen.«

Und dann sprachen sie sich über den Küchentisch hinweg miteinander aus.

Aurora erzählte ihrer Großmutter, wie sie den Jungen kennen gelernt hatte, worüber sie sich mit ihm unterhalten hatte, dass er ihr versprochen hatte, sich eine feste Arbeit zu suchen, nicht mehr zu fluchen und sich insgesamt anständig zu benehmen. Sie erzählte von ihren Zukunftsplänen und natürlich davon, wie sehr sie sich liebten. »Du müsstest ihn mal sehen, Großmutter, dann würdest du merken, was er für ein gutes Herz hat und dass es ihn überhaupt nicht mehr reizt, zu stehlen und sich zu prügeln.«

»Gewiss doch. Er ist mit einem Mal der anständigste Junge in der ganzen Stadt, und das alles bloß aus Liebe zu dir.«

»Mach dich nicht lustig über mich. Wart nur, bis du ihn kennen lernst, du wirst schon sehen.«

»Ich mache keine Witze«, sagte die alte Dame mit ernster Miene. »Ich glaube dir.«

»Wirklich? Aber wie kannst du mir denn glauben, nach all den schrecklichen Dingen, die du mir über ihn erzählt hast?«

Die alte Frau schüttelte seufzend den Kopf und schaute ihre Enkeltochter gedankenverloren an. Sie wusste, diesem Jungen liefen Schauer über den Rücken und er hörte die Glocken läuten und musste mit den Tränen kämpfen, weil er so überwältigt war, wenn er ihre kleine Aurora sah, die doch für jeden anderen ein ganz normales junges Mädchen war. »Ich hatte gehofft, er würde die Hübsche, Fröhliche vom anderen Ende der Stadt nehmen, die mit der Beinprothese links. Aber ich glaube, im Grunde meines Herzens hab ich immer gewusst, dass du es sein wirst – du mit deiner Intelligenz, deinem lieben, freundlichen Benehmen und deinem Traum, später einmal über die Grenzen unserer kleinen Stadt hinaus Erfolg zu haben.«

»Aber Großmutter«, sagte Aurora, »über was redest du denn da?«

»Na, über das alles eben. Du und dieser Junge, ihr spielt doch beide einfach nur eure Rollen in einer Liebesgeschichte, die so alt ist wie die Welt.« Sie schüttelte den Kopf. »Und da kann nichts und niemand was dran ändern.«

Und dann erklärte sie es ihrer Enkelin: »In jeder Stadt in diesem Teil Italiens spielt sich in allen Generationen ein ums andere Mal die gleiche Geschichte ab. Ein liebes, kluges Mädchen von bestem Ruf – so eine wie du – lernt den Bösewicht des Ortes kennen und ist im Handumdrehen stürmisch und hoffnungslos in ihn verliebt. Es ist immer die, von der man es am wenigsten erwarten würde, ein sehr höfliches, eher schüchternes Mädchen, eine, die ein bisschen … ein bisschen anders ist als alle andern. Wie du mit deinen Ohren, die nicht richtig funktionieren. Immer ist es die mit dem großen Muttermal mitten im Gesicht oder mit den Ellbogen, die im Babyalter zu wachsen aufgehört haben, also wirklich die Letzte, bei der man erwarten würde, dass sie eine leidenschaftliche Romanze mit einem berüchtigten jungen Verbrecher anfängt.« Dass ihre Großmutter den Jungen, den sie liebte, als Verbrecher bezeichnete, ließ Aurora empört aufheulen. »Ihre Liebe zu ihm ist so explosiv und wird so leidenschaftlich erwidert, dass niemand die beiden trennen kann, die nun, halb von Sinnen, im gestreckten Galopp ihrer Hochzeit entgegenrasen.«

»Heißt das, wir werden heiraten?«, fragte Aurora.

»Na ja, vielleicht irre ich mich ja auch. Vielleicht ist eure Romanze ja auch eher zu Ende, als man glauben möchte. Aber das glaube ich eigentlich nicht. Die alten Leute beobachten euch zwei nämlich schon seit Jahren, den kleinen Langfinger, der trinkt und flucht, Autoantennen umknickt und an Haustüren oder in Blumenbeete uriniert, und dich, die fleißige Schülerin, die mit stummem Ehrgeiz ihrer Taubheit trotzt. Sie rechnen schon seit etlichen Jahren damit, dass es passiert, und jetzt ist es eben passiert, aufs Stichwort sozusagen. Es muss jetzt neunzehn oder zwanzig Jahre her sein, dass dergleichen hier in unserer Stadt zum letzten Mal passiert ist, und das ist der normale Zeitabstand. Ich hab mich immer mit ihnen gestritten. ›Ach was‹, hab ich gesagt, ›guckt doch mal, was für ein missratener Junge das ist, und dann dagegen dieses stille Mädchen‹, aber im Grunde meines Herzens hab ich wahrscheinlich immer gewusst, dass es diesmal dich treffen wird.

Natürlich hab ich es sofort erfahren«, sagte die alte Dame. »Schon als ihr zwei da auf der Bank gesessen und euch Liebesbriefchen geschrieben habt, ist es mir zugetragen worden.«

»Aber wie geht es mit den beiden weiter, wenn sie erst mal verheiratet sind?«, fragte Aurora. »Hat er dann bald genug von mir und fällt wieder zurück in seine alten Gewohnheiten?«

»O nein. Diese Paare sind immer sehr glücklich miteinander. Er beendet seine Kriminellenlaufbahn, die beiden heiraten, kriegen Kinder und leben und arbeiten wie alle anderen auch.«

»Aber was ist denn daran so schrecklich? Warum hast du denn dann solches Mitleid mit mir?«

»Ach, weißt du, schrecklich ist daran überhaupt nichts. Es ist halt bloß so eine … Enttäuschung. Für die Familie des Mädchens.« Die alte Frau schloss die Augen, biss sich auf die Unterlippe und schüttelte den Kopf. »Dir ist natürlich klar, dass du jetzt nicht mehr Ärztin werden kannst.«

»Was? Wieso nicht?« Aurora war ganz erschrocken. »Warum sollte mich das denn davon abhalten?«

»Weil das nun mal so ist. Du genießt dein häusliches Glück, und der Drang, an der Universität und im Beruf zu zeigen, was du kannst, ist plötzlich nicht mehr da. Du freust dich, dass du verheiratet bist, und hast gar nicht mehr das Bedürfnis, Medizinerin zu sein.«

»Aber ich kann doch beides machen. Ich kann ihn doch lieben und gleichzeitig arbeiten.«

»Ich sag dir ja bloß, was ich weiß. Vergiss nicht, es ist eine alte Geschichte, und sie ist immer gleich. Manchmal, wenn du einen nachdenklichen Augenblick hast, wirst du fragen, was für eine Richtung dein Leben wohl genommen hätte, wenn du ihm nie begegnet wärst, aber ein Lächeln von einem deiner Kinder oder eine Umarmung von deinem Mann wird solche Gedanken gleich wieder vertreiben.«

»Warten wir's ab«, sagte Aurora. Die alte Frau langte über den Tisch und griff nach der Hand ihrer Enkelin.

»Aber wenn deine Freundinnen das alles so genau gewusst haben, wieso hast du mir nie was davon erzählt?«

»Ja, vielleicht hätte ich das tun sollen. Wahrscheinlich habe ich einfach gehofft, dass alles bloß Zufall ist oder das dumme Geschwätz von ein paar alten Klatschbasen, wie ich eine bin. Aber, weißt du, ich glaube, wenn ich's dir erzählt hätte, dann wäre das Überraschungsmoment weg gewesen. Und nun ist es zu spät. Weißt du, für die Liebenden ist das immer wie ein Schock. Keiner von beiden denkt auch nur eine Sekunde lang daran, dass er sich in den anderen verlieben könnte, und plötzlich sind sie nur noch für einander auf der Welt. Ohne das Überraschungsmoment ist die Geschichte nicht diese Geschichte, und es ist eine Geschichte, die so alt ist wie die Erde unter unseren Füßen. Und außerdem«, sagte sie, »ich weiß ja gar nicht, was passiert wäre, wenn ich dir's vorher erzählt hätte. Das hätte ja wer weiß was für ein Unglück bringen können. Vielleicht hättest du irgendeine Dummheit gemacht. Du weißt doch, ich hab's mir nicht verkneifen können, dich vor ihm zu warnen, aber alle Mädchen hier in der Stadt sind vor ihm gewarnt worden. Und manchmal ist es am besten, wenn Leute wie ich einfach den Mund halten. Du kannst dir gar nicht vorstellen, wie schwer das war«, sagte sie, »aber jetzt ist es ja vorbei.«

Die alte Frau war so froh, dass sie endlich all diese Geschichten mit Aurora teilen konnte. Noch nie hatte sie sich in ihrer Großmutterrolle so wohl gefühlt. »Weißt du«, begann sie zu erzählen, »in Tarano hat vor ein paar Jahren ein hübsches Mädchen ein Hackmesser genommen und sich sämtliche Finger der rechten Hand abgehackt, um die Aufmerksamkeit eines Jungen zu erregen, den man dabei erwischt hatte, wie er in einer Leichenhalle den Toten die Goldzähne zog.«

»Und hat's funktioniert?«, fragte Aurora. »Hat er sich in sie verliebt?«

»Nein. Natürlich hat er sich nicht in sie verliebt. Das meine ich doch gerade. Sie hatte die Geschichte gehört, wahrscheinlich von ihrer allzu redseligen Großmutter, und hatte sich verzweifelt gewünscht, dass ihr das auch passieren sollte, aber wenn das Überraschungsmoment nicht dabei ist, und zwar für beide Liebenden, dann ist die Geschichte nicht die Geschichte. Der Junge war kaum wieder aus dem Gefängnis raus, da hat er sich in ein ruhiges Mädchen mit leiser Stimme verliebt, das von Geburt an kein einziges Haar am Körper hatte. Sie hörte am liebsten Klaviermusik und spielte auch selbst sehr schön. Wenn alte Männer draußen an dem Haus vorbeikamen, in dem sie mit ihrer Familie wohnte, blieben sie stehen und hörten zu, wie sie Chopin oder Satie spielte oder auch zarte Weisen – ihre eigenen Kompositionen. Und während die Musik durch die Straße wehte, flüsterten sie untereinander: *Sie hat kein einziges Haar. Keine*

Wimpern, nichts. Glatt wie ein Ei ist sie, von oben bis unten. Bloß gut, dass sie ihr Klavier hat, um sich zu trösten, denn die wird nie einen Mann finden. Bevor sie den Zahndieb kennen lernte, ganz zufällig, in einer Musikalienhandlung, in der sie war, um eine Klavierpartitur von Toru Takemitsu zu bestellen, während er eine Trompete stehlen wollte, hatte es geheißen, sie gehe nach Mailand und werde Sphärenmusik für Film und Fernsehen schreiben. Binnen drei Monaten waren sie verheiratet, und mittlerweile haben sie vier Kinder.«

»Und spielt sie noch Klavier?«

»Ja. Aber nicht mehr mit der gleichen Leidenschaft wie früher. Sie gibt auch Klavierstunden, für ihre eigenen Kinder und für die der Nachbarn, aber das Komponieren hat sie aufgegeben, soweit ich weiß, und sie hat auch gar kein Verlangen mehr danach.«

»Hält diese Liebe denn für immer, Großmutter? Ist es noch nie vorgekommen, dass sie bloß ein Strohfeuer war und nach einer gewissen Zeit erloschen ist?«

»Nein, es ist immer wahre, dauerhafte Liebe, eine Liebe, die größer ist als jede andere wahre alte Liebe. Ihre wechselseitige Ergebenheit ist so tief, dass sie die anderen Ehepaare der Stadt damit regelrecht beschämen. Das Mädchen hat den Jungen komplett eingewickelt. Er denkt den ganzen Tag nur immerzu an sie, sorgt sich um sie und arbeitet wie ein Wilder für sie und die vielen kleinen Sprösslinge, die sie haben. Und sie ist ihm natürlich genauso ergeben wie er ihr und gehört mit Leib und Seele ihrem Mann. Sie schenkt ihm Kinder und sorgt dafür, dass er sich zu Hause wohl fühlt und ist dabei ganz glücklich und beklagt sich nicht. Am Anfang schütteln die Leute den Kopf und reden und sagen, es sei doch eine Schande, dass diese junge Frau, die der personifizierte Triumph über alle gesellschaftlichen Vorurteile hätte sein können und so weiter und so fort, dass die in einer ganz normalen Ehe erloschen ist. Aber nicht lange, und man vergisst, dass sie so ein viel versprechendes junges Mädchen war und er so ein wüster, allseits gefürchteter Bösewicht. Abgesehen von ihrer außergewöhnlich tiefen wechselseitigen Ergebenheit sind sie genauso ein Paar wie jedes andere auch, kümmern sich um ihre eigenen Angelegenheiten, meistern ihren Alltag und freuen sich daran, ihre Kinder glücklich und gut erzogen aufwachsen zu sehen.«

Den ganzen Abend lauschte Aurora den Geschichten, die ihr die Großmutter erzählte, Geschichten aus ihrer Heimatstadt und aus Collevecchio und Forano und Vacone und Casperia, ja sogar aus Contigliano. Doch so fasziniert sie von diesen Geschichten auch war, irgendwie wusste sie, dass keine davon auf sie zutraf, denn sie hatte sich zwar in einen bekehrten Taugenichts verliebt und würde ihn ewig lieben, aber in die Falle gehen wie all die anderen Mädchen, das würde sie nicht. Deren bodenlose Liebe zu Männern, die früher einmal vom Pfad der Tugend abgewichen waren, und deren Wunsch, diesen Männern Kinder zu schenken, konnte Aurora nachvollziehen, aber gleichzeitig wusste sie, dass sie ihren Traum niemals aufgeben würde. Sie malte sich aus, wie sie in ein paar Jahren nach einem langen, erfolgreichen Arbeitstag im OP abends nach Hause eilte, in die Arme ihres wartenden Mannes und zu den strahlenden Gesichtern ihrer Kinder. Aurora wusste, dass ihre Oma keine Ahnung hatte, wie schnell sich die Welt veränderte, und dass die Liebe bald schon nicht mehr wiederzuerkennen wäre, verglichen damit, wie sie noch vor ein, zwei Generationen gewesen war.

Sie unterhielten sich bis weit nach Mitternacht. Und als die alte Frau ihrer Enkelin den Gutenachtkuss gab, war ihr klar, dass sie demnächst die Männer in der Familie würde besänftigen müssen, damit das junge Paar in Ruhe heiraten und weiter seine Rolle in der ältesten Liebesgeschichte der Welt spielen könnte.

Aurora und ihr Freund füllten Notizbücher, Schulhefte, Schreibblöcke und jedes Stück Papier, das ihnen in die Hände fiel, mit ihren Wörtern. Und alles wurde aufgehoben, vom allerersten Gespräch an – jedes Geständnis, jede traurige Geschichte, jede glückliche Erinnerung, jede noch so banale Bemerkung. Worte, die andere Paare, kaum gesagt, schon wieder vergessen hatten, bewahrten sie auf wie Museumsstücke. Manchmal hatten sie nur einen Fetzen Papier für ihre Unterhaltung zur Hand, und dann wurden auch diese Fetzen sorgsam abgeheftet oder ins Gesprächsbuch eingeklebt. Das Einzige, was sie nicht aufschrieben, war das, wofür es keine Worte braucht. Oft blätterten sie zurück und lasen ihr Geschriebenes von früher, und jedes Mal, wenn sie dabei auf einen durchgestrichenen Kraftausdruck stießen, zog Aurora ihrem Liebsten neckisch die Ohren lang. Beim Einkleben der Zettel wechselten sie sich regelmäßig ab, und so wurde der Stapel ihrer Gesprächsbücher immer höher und höher.

Der Junge fand einen Job bei seinem Onkel auf dem Schrottplatz, wo er Autowracks zerlegen und wieder neu zusammensetzen musste. Er war tüchtig und lernte schnell, und sein Onkel war sehr zufrieden mit ihm, denn die Autos, die er aus den alten Teilen zusammenbaute, waren so gut, dass der Onkel sie verkaufen konnte. Nach einer Weile durfte Auroras Freund sogar in einer kleinen Bretterbude auf dem Schrottplatz wohnen. Zwischen all den Autoteilen träumte er den ganzen Tag nur von Aurora, von ihren Haaren, ihren Augen und was sie tat und was sie sagte. Sie träumte auch von ihm, von seinen Küssen und seinem schönen Gesicht. Ihre Konzentrationsfähigkeit ließ nach, ihre Zensuren sackten in den Keller, und zu ihrer Schande wurde sie sogar zur Direktorin zitiert. Da begriff sie, dass sie neuerdings all die Zeit, die sie früher mit Lernen verbracht hatte, damit verplemperte, sich mit ihrem Freund über irgendwelches belangloses Zeug zu unterhalten, von ihrer gemeinsamen Zukunft zu träumen und sich von ihm, wenn sie hundertprozentig sicher war, dass niemand sie sehen konnte, in den Ausschnitt fassen zu lassen.

»Und?«, fragte die Direktorin.

»Ja. Es tut mir Leid. Ich werde mir mehr Mühe geben. Und die schlechten Noten, die gleich ich wieder aus.« Aber die Direktorin glaubte ihr nicht so recht.

Als Aurora an diesem Nachmittag mit dem Bus nach Hause fuhr, machte sie sich Sorgen, dass sie wirklich so werden könnte wie das Mädchen aus Großmutters Geschichte. Sie fand, dass sie jetzt wahrhaftig genug Zeit damit verbracht hatte, sich vorzustellen, wie sie ein Baby im Arm halten und mit ihrem treu ergebenen Mann ihr kleines, aber trautes Heim genießen würde. Am Abend traf sie sich mit ihm, schlug ihn beim Backgammon, küsste ihn und erlaubte ihm, die Finger über ihre Brüste wandern zu lassen, schob aber seine Hand mit einer routinierten Bewegung beiseite, als sie zwischen ihren Schenkeln hochwandern wollte. Allerdings verabschiedete sie sich früher als sonst von ihm und zog sich zurück in ihr Zimmer, um in ihren Schulbüchern zu lesen und Dinge daraus abzuschreiben, und gab sich redlich Mühe, endlich wieder mal an etwas anderes zu denken als an die Liebe.

Und siehe da, sie stellte fest, dass ihr das nicht annähernd so schwer fiel, wie sie befürchtet hatte.

Die alte Dame hatte es übernommen, Auroras Eltern von der Romanze zu unterrichten. Deren Zorn darüber, dass ihre Tochter sich ausgerechnet mit diesem stadtbekannten Rüpel eingelassen hatte, dämpfte sie, indem sie ihnen anhand zahlreicher Beispiele die älteste Liebesgeschichte der Welt erzählte – anhand von Fällen, die sich in anderen Städten ereignet hatten, und solchen, die in der Vergangenheit in ihrer eigenen Stadt geschehen waren. Als die Eltern den Jungen kennen lernten, arbeitete er so tüchtig und hatte ein so gutes Benehmen und war so offensichtlich der Junge aus Großmutters Geschichte, dass er sogleich ein gern gesehener Gast in ihrem Hause war und fast jeden Abend zu ihnen zum Essen kam. Sie freuten sich, dass ihre arme taube Tochter einen Mann gefunden hatte, der sie wirklich liebte und bereit war, bis in alle Ewigkeit für sie zu sorgen.

Auch der Junge unterhielt sich stundenlang mit der alten Dame über die Geschichte. Sie schien einen unerschöpflichen Vorrat an Beispielen zur Hand zu haben. Er hörte, diese Jungen hätten das Gefühl, dass in ihrem Innern durch die Begegnung mit dem Mädchen eine ganz neue Saite angeschlagen worden sei, wodurch eine ganz neue Empfindsamkeit und Intelligenz bei ihnen geweckt werde, von der sie vorher überhaupt noch nichts geahnt hätten; in jedem bekehrten Rabauken erkannte er sich selbst – aufgewachsen bei seinen Onkeln, die ihn nur widerwillig aufgenommen hatten, enttäuscht von der Schule und dann, fast zwangsläufig, in die Kleinkriminalität hineingeschlittert –, und in jedem unglückseligen Engel sah er Aurora. Er und die alte Dame, die er mittlerweile Großmutter nennen durfte, lachten über Auroras wiedererwachte Begeisterung für die Schularbeiten, denn beide wussten, es war nur eine Frage der Zeit, bis sie die Schule um der Liebe willen sausen ließe. Und wenn sie genug gelacht hatten, dachten sie sich zusammen Namen für die Kinder aus, die das junge Paar einmal haben würde.

Inzwischen lernte Aurora fleißig. Ob morgens auf dem Weg zur Schule oder nachmittags auf dem Nachhauseweg, sie büffelte fortwährend, und selbst wenn sie abends schlafen ging, nahm sie ein Lehrbuch mit ins Bett. Sie las alles, was sie lesen musste, und noch eine ganze Menge mehr. Bei Klassenarbeiten kletterten ihre Noten wieder auf das frühere Niveau, und nach und nach fing sie auch wieder an, sich vorzustellen, wie sie an der medizinischen Fakultät studieren und wie sie später einmal mit höchster Konzentration Operationen am offenen Herzen ausführen würde. Und mit jedem Tag fühlte sie sich dem Mädchen aus Großmutters Geschichte weniger ähnlich.

Eines Nachmittags, als die Großmutter ihre Freundinnen besuchen gegangen war und sie das ganze Haus für sich hatten, rammelten die beiden jungen Leute wie zwei Straßenköter, die die Sommerhitze geil gemacht hat. Bis die alte Dame heimkam, waren sie längst wieder ordentlich angezogen und saßen am Küchentisch und spielten Backgammon, aber es roch förmlich nach Sex, und darum beschloss die Großmutter, dass es nun höchste Zeit sei, konkrete Hochzeitspläne zu schmieden.

Für Aurora war das der letzte Versuch gewesen, Liebe zu empfinden. Am nächsten Tag, ihr Freund war kaum zur Tür herein, gab sie ihm den Brief, an dem sie den ganzen Tag geschrieben und gefeilt hatte. Sie wollte dabei sein, wenn er ihn las. Er weinte nicht. Er sah sie nicht an. Er biss sich bloß auf die Unterlippe und ging hinauf in ihr Zimmer und holte sich den Stapel mit den Gesprächsbüchern. Dann ging er. Sie fand, er habe es ganz gut aufgenommen, und hoffte, dass sie mit der Zeit Freunde werden könnten.

Wieder in seiner Bude, las er sich noch einmal ihre ganzen Gespräche durch. Vom allerersten an. Immer, wenn er eine Seite zu Ende gelesen hatte, riss er sie raus, hielt sein Feuerzeug, das unbenutzt geblieben war, seit er sich auf Auroras Wunsch das Rauchen abgewöhnt hatte, unten an eine Ecke und verbrannte sie. Er sah zu, wie die Flamme die Wörter auffraß, bis sie nach seinen Fingern schnappte, dann ließ er das, was übrig war, zu Boden fallen und trat das Feuer mit der Stiefelsohle aus. Als sein Onkel morgens zur Arbeit kam, war er noch nicht einmal mit der Hälfte fertig. Am frühen Abend, sobald sein Onkel gegangen war, verkroch er sich abermals in seine Bude und vertiefte sich in die Gesprächsbücher. Eine Seite nach der andern gesellte sich zu dem Haufen Asche zu seinen Füßen.

Die dritte Nacht war schon weit fortgeschritten, als er die letzte Seite ihres letzten Gesprächs verbrannte. Danach ging er hinaus auf den Schrottplatz und setzte sich ins Führerhaus eines alten Lastwagens, übergoss sich mit Benzin und zündete mit romantischer Bedeutungsschwere den Brief an, in dem Aurora erklärt hatte, sie habe viel nachgedacht, sie sei fest entschlossen, Medizin zu studieren, sie könne sich, realistisch betrachtet, nicht vorstellen, für den Rest des Lebens mit ihm zusammenzubleiben, und wenn sie sich sowieso irgendwann trennen müssten, sei es doch besser, dies jetzt gleich zu tun und nicht bis später zu warten, ihre Großmutter habe schon immer eine blühende

Phantasie gehabt, das Ganze sei doch nur eine typische Kleinstadtromanze gewesen, die nie und nimmer funktioniert hätte, und beim Nachdenken über all diese Dinge sei sie zu der Erkenntnis gelangt, dass sie ihn im Grunde nie geliebt habe.

*

Manche sagten, es sei ein Wunder, dass er noch am Leben war, als man ihn fand, und andere sagten, es wäre besser für ihn, wenn er tot wäre. Manche sagten, Gott habe ihn errettet, andere sagten, wahrscheinlich habe er bloß nicht genug Benzin genommen oder die Flammen konnten in dem geschlossenen Führerhaus des Lastwagens nicht so arg wüten, wie sie es bei mehr Sauerstoffzufuhr getan hätten. Jedenfalls war er in aller Munde, und alle, ausnahmslos alle, redeten und redeten nur davon, dass er bloß noch ein verbrannter Klumpen Fleisch war, dass seine Kleider geschmolzen und am rohen Fleisch kleben geblieben waren und dass er in den Flammen das Augenlicht verloren hatte, was ein Segen sei, weil er nun wenigstens nicht mehr sehen müsse, was noch von ihm übrig war. Und alle, ausnahmslos, waren sich einig, dass an diesem Unglück einzig und allein seine Freundin schuld sei.

Als er nach mehreren Monaten aus dem Krankenhaus entlassen wurde, kehrte er in seine Bretterbude zurück. Sein Onkel stellte ihn als Nachtwächter ein. Er hatte die Aufgabe, draußen zu sitzen und bei jedem Geräusch, das sich nach einem Einbrecher anhörte, *Hey!* zu rufen. Und weil es auf dem Schrottplatz nichts zu stehlen gab, war klar, dass ihm der Onkel den Job nur gegeben hatte, weil er ihm diskret etwas Gutes tun wollte. Mitunter hörte der Junge irgendwas klirren und rief *Hey!*, aber er wusste schon, es war bloß eine Katze oder auch der Onkel selbst, der gucken wollte, ob sich sein Neffe Kost und Unterkunft auch redlich verdiente. Wenn wirklich jemand eingebrochen wäre, hätte der menschliche Wachhund übrigens kaum viel ausrichten können. Bis er von seinem Stuhl aufgestanden wäre und sich langsam mit seiner Krücke in Bewegung gesetzt hätte, wären die Diebe längst über alle Berge gewesen, mitsamt den Fensterkurbeln, Radkappen oder Michelinmännchen, auf die sie es abgesehen hatten. Trotzdem gab er sich Mühe und horchte angestrengt auf jedes Geräusch, das die Nachtluft zu ihm herüberwehte. Wenn es regnete, hatte er einen Regenmantel an, und dann horchte er noch ein bisschen angestrengter.

Jeden Dienstagnachmittag saß er auf der Bank, wo alles angefangen hatte. Die erste Zeit brachte sein Onkel ihn hin, aber nach einer Weile hatte er gelernt, den Weg allein zu finden. Manchmal besuchte ihn die alte Dame. »Hallo, Großmutter«, sagte er, wenn er ihre schlurfenden Schritte hörte und ihm der Altfrauengeruch in die Nase stieg, der sie umgab. Sie setzte sich neben ihn und redete davon, dass das Mädchen ganz bestimmt zu ihm zurückkommen werde, und er hörte zu.

»Sie muss einfach zurückkommen, sie hat gar keine anderer Wahl«, sagte die Großmutter zum Beispiel. »Die Geschichte wird ja durch das alles nur noch besser. So eine romantische Geschichte, findest du nicht auch? Aurora in ihrer lautlosen Welt, und du so zugerichtet – blind und ganz und gar verkohlt.«

Sie sprach nie davon, was ihre Enkeltochter machte, und er fragte nie danach. Sie redete immer nur von der gemeinsamen Zukunft der beiden, von der Hochzeit und den vielen kleinen Kindern und wie glücklich sie miteinander sein würden. »Die Geschichte«, sagte sie, »wird weit über unsere Stadt hinaus die Runde machen.«

»Ich weiß«, erwiderte er. Und wenn sie genug geredet hatte, sagte sie Auf Wiedersehen, bis sie eines Tages fortging und nie mehr wiederkam.

An einem Dienstagnachmittag, es wehte ein leichter Wind und er roch den Duft der Blumen, konnte aber ihre Farben nur erraten, spürte er Auroras Hand auf seinem Knie. »Schön, dass du wieder da bist«, flüsterte er, obwohl er wusste, dass sie ihn nicht hören konnte. Er legte seine Hand auf ihre. Sie war behaart und feucht und kalt. Sie schnupperte. Sie leckte seine Hand, sein Gelenk. Sie winselte. Es war gar keine Hand, sondern die Schnauze eines Hundes, der sich offenbar was zu Fressen erhoffte. Der Junge hätte ihm gern etwas gegeben, aber er hatte nichts Essbares in der Tasche, und darum stieß er den Hund mit seinem Stiefel weg. Er hatte schon gewusst, dass es nicht sie war, aber es hatte ihm gut getan, einen Moment lang in Illusionen zu schwelgen. Ihm war natürlich klar, dass sie nicht zu ihm zurückkommen würde.

Tatsächlich merkte er, dass er immer seltener an sie dachte. Am Anfang hatte sich alles immer nur um Aurora gedreht, und er hatte immerzu Sehnsucht nach ihr gehabt. Wenn sein Onkel morgens zur Arbeit kam, war er in seine Bretterbude gegangen und hatte bitterlich geweint vor Liebeskummer. Aber allmählich war auch die Erinnerung an andere Mädchen wieder erwacht und hatte Aurora in den Hintergrund gedrängt. Und mit der Zeit keimte in ihm der Gedanke auf, dass sie vielleicht ganz Recht gehabt hatte, ihre Romanze an diesem Punkt zu beenden, und dass sie ja wirklich zu wenig Gemeinsamkeiten hatten, um darauf eine lange, glückliche Ehe zu begründen, und dass die Geschichte, die die alte Frau erzählt hatte, nichts als blühender Unsinn war, und dass er mit einem von den vielen süßen Mädchen, die ihm vor seiner Begegnung mit Aurora hinterm Supermarkt einen geblasen hatten, genauso glücklich geworden wäre. Nette Mädchen waren das gewesen, brave Mädchen, und die hätten ihn genauso dazu bringen können, sich einen Job zu suchen und das Stehlen sein zu lassen, und die hätten auf der Stelle eine Familie mit ihm gegründet. Die mussten sich nämlich nichts beweisen, und darum wären sie bestimmt nicht auf die Idee gekommen, ihm den Laufpass zu geben und lieber Ärztin zu werden. Und jetzt, wo er nichts mehr weiter tun konnte, als sich Gedanken über alles das zu machen, kam er zu dem Schluss, dass Aurora ihn in Wahrheit gar nicht vor der Verbrecherlaufbahn bewahrt hatte. Hätte er sich in irgendein anderes Mädchen verliebt, und er war sicher, dass es mit der Zeit dazu gekommen wäre, dann wäre er nämlich auch irgendwann ruhiger geworden und hätte nach und nach gelernt, sich anständig zu benehmen.

Der Hund lief weiter die Straße hinunter und überließ den Mann, der nichts für ihn zu fressen hatte, seinem Schicksal. Er lief hinter einem jungen Burschen her, der angeberisch an einer geklauten Zigarette zog.

Nach einer Weile begegneten der Bursche und der Hund einer jungen Frau, die ihre abgesprungene Fahrradkette wieder zu befestigen versuchte. Die junge Frau hatte ganz schwarze Hände von der Schmiere. Der Zigarettendieb wusste sofort, wer sie war, denn sie war stadtbekannt, weil sie ein doppeltes Gebiss hatte. Wenn er früher zufällig an ihr vorbeigegangen war, hatte er schon mal versucht, ihr in den Mund zu gucken, aber ansonsten hatte er sich nie groß Gedanken über sie gemacht. Das Einzige, was er wusste, war, dass sie sehr zurückgezogen lebte, angeblich ausgezeichnet malen konnte und allseits beliebt zu sein schien. Er konnte sich gar nicht erklären, warum er auf einmal Herzklopfen kriegte, als er auf sie zukam, warum er plötzlich so einen trockenen Mund hatte, wieso er so kurzatmig war und woher dieses ohrenbetäubende Glockenläuten kam, das er zu hören meinte. Er verspürte das dringende Bedürfnis, unter Beweis zu stellen, dass er ein mitfühlendes Herz hatte, und als er den mageren Hund bemerkte, der ihm auf dem Fuße folgte, griff er in die Tasche, holte eine große, ebenfalls geklaute Tüte Weingummis heraus und kippte den Inhalt aufs Pflaster. »Er hat so hungrig ausgesehen«, sagte er und versuchte ganz ruhig zu bleiben, während er weiter auf die junge Frau zuging, die ihn erstaunt betrachtete.

»Wie heißt er denn?«, fragte sie mit stockender Stimme.

»Weiß ich nicht. Ist nicht meiner. Aber wir können ihn ja Giuseppe nennen. Oder Leonardo da Vinci«, sagte er eingedenk ihrer Liebe zur Kunst. »Soll ich dir vielleicht helfen mit der Kette da?«

Ihre Hände zitterten dermaßen, dass sie es einfach nicht schaffte, die Kette wieder aufzuziehen. Sie hatte gehört, dass dieser Junge ein hochtalentierter Ladendieb sei, und war ganz schockiert gewesen, als ihr das Gerücht zu Ohren gekommen war, dass es ihm angeblich Freude machte, Katzen zu ertränken. »Ja, gerne«, sagte sie. Das Glockenläuten war so gnadenlos laut, dass sie kaum ihr eigenes Wort verstand.

Giuseppe oder Leonardo da Vinci fraß im Handumdrehen sämtliche Weingummis auf. Die Luft knisterte dermaßen, dass sich ihm regelrecht die Nackenhaare sträubten. Weder der Junge noch das Mädchen merkten, wie er mit all dem Zuckerzeug im Bauch in nördlicher Richtung weiterrannte.

Cockroft schrieb gern Gedichte. Einmal hatte er ein schmales Bändchen mit dem Titel *Briefbomben für die Morris Dancers* herausgebracht. Die Druckkosten hatte er aus eigener Tasche bezahlt und den Käufern obendrein auch noch Rabatt gewährt, weil manche Seiten auf dem Kopf standen. Vier Exemplare hatte er verkauft, eins an seine Finanzberaterin, zwei an seine Tochter und eins an Robin »Rotkehlchen« Robinson. Eigentlich hatte er ihnen allen ein Exemplar schenken wollen, aber sie hatten darauf bestanden, ihm die Bücher zu bezahlen. Zwei hatte er für sich behalten, eins, um darin zu lesen, und eins für alle Fälle, die anderen vierhundertvierundneunzig Stück hatte er an Krankenhäuser, Gefängnisse und öffentliche Bibliotheken geschickt und an ehemalige Freunde, damit sie – hoffentlich – die verschleierten Anspielungen auf jeden an ihm begangenen Treuebruch bemerkten.

Er meinte, alles gesagt zu haben, was er zu sagen hatte, und schwor sich mit hochdramatischer Geste, nie wieder veröffentlichen zu wollen, aber Gedichte schrieb er trotzdem noch gelegentlich. Und so saß er jetzt am Küchentisch, während der Bosnier wieder mal, wie üblich, irgendwo anders war, und hatte einen angeknabberten Kugelschreiber und ein Blatt Papier vor sich liegen. Inspiriert durch die draußen herrschende Dunkelheit, schrieb er:

Timoleon Vieta, heller Stern,
In dunkler Nacht im Wald so fern.

Er legte den Zweizeiler in den Aschenbecher und brannte mit der Zigarre Löcher hinein, bevor er ein Streichholz nahm und das Blatt richtig anzündete. Als die Flamme erloschen war, ging er hinaus und fragte sich, was Timoleon Vieta jetzt wohl tun mochte. Er stellte sich ihn nicht mehr als glücklichen Hund vor, der in den schönen Straßen von Trastevere Jagd auf Katzen macht oder auf der Piazza am Pantheon genüsslich einen matschigen Hamburger verspeist. Nein, vor seinem geistigen Auge sah er ihn in einem Elendsviertel von Rom herumstreunen – mit traurigen Augen, abgemagert, und er sah fette, Hackmesser schwingende Männer mit einer Schürze vor dem Wanst, die ihn von ihren Mülltonnen verjagten. Manchmal konnte er sich des Gedankens nicht erwehren, dass Timoleon Vieta tot war, dass er tot am Rande einer stark befahrenen Straße lag und in der Sommerhitze verfaulte, während die Autos an ihm vorbeirasten, ohne anzuhalten. In Cockrofts Phantasie kam ein Lkw angefahren, und der Fahrer zermalmte den Hund nur so zum Spaß mit seinen gewaltigen Reifen. »Was hab ich nur getan?«, jammerte er und starrte in die Dunkelheit. »O weh, was hab ich nur getan?«

Er fühlte sich elend. Die Nacht war still. »Kehr zurück«, rief er. Zu seiner Überraschung hörte er von irgendwoher ein Echo. Es kam ihm so vor, als sauste seine Stimme durch jeden Winkel Italiens, und vielleicht konnte ihn der Hund ja wirklich hören und konnte tun, was er sagte. »Kehr zurück«, rief er, und Tränen liefen ihm über die Wangen und in den Bart und aufs Hemd. »Timoleon Vieta, kehr zurück.«

Der Bosnier saß in seinem Zimmer und hörte den alten Mann da draußen winseln und lachte sich kaputt.

My master's always
in my mind

Dusty

Timoleon Vieta zog weiter gen Norden, immer weiter über Berg und Tal. Er war ausgedörrt von der Hitze, und seine Erschöpfung wuchs mit jeder Stunde. Manchmal, wenn weit und breit kein Wasser zu finden war, hatte er keine andere Wahl, als sich tagsüber ein schattiges Plätzchen zu suchen und erst nach Sonnenuntergang wieder loszulaufen. Wenn er an einen Fluss kam, kühlte er sich ab, aber nur so lange, wie er brauchte, um durch das sommerlich flache, träge dahinfließende Wasser ans andere Ufer zu schwimmen. Und mit jedem Tag wurde er ein bisschen magerer, und seine Pfoten wurden immer wunder, die Krallen immer mürber, aber er lief weiter, so schnell er nur konnte, und hielt im Großen und Ganzen seinen Kurs in Richtung Norden.

Lucia und Pietro hatten jung geheiratet, aber erst nach dreizehn Jahren Ehe eine kleine Tochter bekommen. Im ersten Moment hatte die Hebamme geglaubt, das Kind sei tot, es habe sich mit der Nabelschnur stranguliert, aber dann gab es doch ein Lebenszeichen von sich. Allerdings nicht das schrille, zornige Geschrei, auf das Lucia vorbereitet gewesen war, sondern nur ein leises, kaum hörbares Wimmern. Hastig brachte man das Baby auf eine andere Station. Später eröffnete der Arzt Lucia und Pietro, dass ihre Tochter aller Voraussicht nach geistig immer auf dem Niveau eines Babys stehen bleiben werde.

Als sie sie endlich mit nach Hause nehmen durften, konnten sie sich gar nicht satt sehen an ihr. Manchmal, wenn Lucia sie stillte und dabei hinuntersah auf die geschürzten Lippen und die prallen, runden Bäckchen, kam es ihr fast so vor, als wäre alles in Ordnung.

Pietro ging wieder zur Arbeit, Lucia aber blieb daheim und bemühte sich, dem Mädchen, das sie Rosa genannt hatten, etwas beizubringen. Manche Leute sagten, das sei doch hoffnungslos, und es wäre für alle Beteiligten besser gewesen, wenn die Kleine gar nicht am Leben geblieben wäre.

Rosa schlief mit bei ihren Eltern im Schlafzimmer, einem ziemlich großen, lichtdurchfluteten Raum im vorderen Teil des Hauses. Als sie größer wurde, überließen Lucia und Pietro ihr dieses Zimmer und zogen um in die kleine Kammer hinten im Haus.

Mit vier Jahren war sie zwar genauso groß wie eine ganz normale Vierjährige und hatte langes, dichtes Haar, musste aber immer noch gefüttert werden, und auch stehen konnte sie nicht ohne Hilfe. Im Gegensatz zu einigen ihrer älteren Verwandten war Lucia nie auf die Idee gekommen, um ein Wunder zu beten, aber dafür schenkte sie ihrer Tochter so viel Aufmerksamkeit, wie sie nur konnte, bemühte sich, ihr Anregungen zu geben, und hoffte auf Fortschritte, und wären sie auch noch so winzig.

Schwer zu sagen, ob Rosa überhaupt wusste, wo sie war und was um sie herum geschah. Blind sei sie nicht, sagten die Ärzte, sie sei bloß nicht in der Lage, ihren Blick auf einen bestimmten Gegenstand einzustellen, und manchmal war Lucia nahe daran, die Hoffnung aufzugeben, dass das Kind jemals reagieren oder irgendetwas Neues tun werde.

Doch eines Morgens, es war ungefähr zwanzig nach zehn, stellte Lucia ihre Tochter hin und hielt sie fest, wie sie es schon so oft getan hatte. Langsam ließ sie los. Und anstatt wie sonst nach hinten umzufallen oder nach der linken Seite zu kippen, blieb Rosa stehen. Sie schwankte zwar, blieb aber etwa eine halbe Minute lang aufrecht stehen, bevor sie nach hinten sank und von der schon wartenden Hand ihrer Mutter aufgefangen wurde.

Als Pietro abends nach Hause kam, erzählte ihm seine Frau ganz aufgeregt, was passiert war. Nun wollte er das Kunststück unbedingt mit eigenen Augen sehen und bat Lucia, es ihm doch noch einmal vorzuführen. Er vermutete einen zufälligen Glückstreffer und staunte nicht schlecht, als er seine Tochter ohne Hilfe aufrecht stehen sah.

Zwei Wochen später machte sie an den Händen ihrer Mutter die ersten unsicheren Schritte.

Mit sieben meldeten Lucia und Pietro Rosa in der Schule an – sehr zur Verwunderung der Lehrer und der anderen Eltern. Sie erklärten, ihre Tochter sei genauso ein Kind wie alle anderen und müsse genauso zur Schule gehen. Man gestand ihr eine zweiwöchige Probezeit zu, und der Direktor war bester Hoffnung, sie in dieser Zeit als Störfaktor entlarven zu können; er wollte Lucia und Pietro empfehlen, ihre Tochter entweder zu Hause zu lassen oder auf eine Sonderschule zu schicken. Am ersten Schultag wurde Rosa in ihre Schüleruniform gesteckt und bekam einen Platz ganz hinten im Klassenzimmer zugewiesen. Dort saß sie, sackte manchmal nach vorn und lehnte sich dann wieder in einer Haltung, die nicht sehr bequem aussah, zurück. Der Platz neben ihr, ganz hinten im Klassenzimmer, blieb frei für Kinder, die sich schlecht benommen hatten, die mussten dann zur Strafe neben Rosa sitzen. Und weil man Rosa keine Streiche spielen konnte, ging der Unterricht danach stets friedlich weiter. Darum war Rosa mit der Zeit bei ihrer Lehrerin richtig beliebt.

In den Pausen, wenn alle draußen spielten, kam Lucia und schaute nach ihrer Tochter. Nach und nach gewöhnten sich die anderen Mädchen aus der Klasse an, mutwillig zu bummeln, und guckten mit großen Augen zu, wie Rosa zur Toilette gebracht oder mit Brei gefüttert wurde. Beinah wie eine Puppe, fanden die Mädchen und fragten, ob sie vielleicht helfen könnten. Zu Hause hatten sie schon eine Schildkröte, und jetzt hatten sie auch noch Rosa.

Weitere Mädchen gesellten sich hinzu, und bald beherrschten sie die Pflegeroutine aus dem Effeff und empfanden dabei nicht den geringsten Ekel und konnten Rosa schließlich ganz alleine versorgen, und Lucia musste nur noch dabeistehen und aufpassen, dass alles glatt ging. Natürlich erzählten die Mädchen das daheim, und einige der Mütter waren beunruhigt. Sie kamen in die Schule, um sich selbst ein Bild zu machen, und waren genauso beeindruckt von den sonderbaren Ritualen wie ihre Kinder. Zu guter Letzt boten auch sie ihre Hilfe an, sodass Lucia nicht mehr jeden Tag in die Schule kommen musste, sondern sich Arbeit suchen konnte. Morgens brachte sie Rosa mit ein paar Plastikdosen, in denen das Essen für den Tag war, bis zum Schultor, und die Mädchen, die jeweils mit der Betreuung dran waren, kamen angerannt und kümmerten sich um sie, brachten sie ins Klassenzimmer und führten sie zu ihrem Platz neben dem leeren Stuhl, der nach wie vor für Störenfriede reserviert war. Dort blieb sie bis zur Pause, dann sorgten sie dafür, dass Rosa sauber war und sich wohl fühlte, und erst wenn das erledigt war, tobten sie mit den anderen

Kindern auf dem Schulhof herum und schrien sich die Seele aus dem Leib, während Rosa still im Schatten saß.

Pietros Großmutter hatte sich wahnsinnig gefreut, als sie von der Schwangerschaft erfuhr, und als man ihr dann sagte, dass ihre Urenkelin zeitlebens ein Baby bleiben würde, war diese wahnsinnige Freude in Hysterie umgeschlagen. Die alte Frau kam Pietro und Lucia regelmäßig besuchen. Bei jeder sich bietenden Gelegenheit erzählte sie den Leuten, wie Leid ihr ihre Urenkelin tat und dass sie für die Kleine bete, sooft sie nur könne. In ihrer Wohnung standen überall Fotos von dem Mädchen herum. Auf jedem sah Rosa ein bisschen anders aus. Mal hatte sie andere Sachen an, mal war ihr langes Haar anders frisiert, ihr Gesicht aber wies kaum Veränderungen auf – der Blick schien auf nichts Bestimmtes gerichtet zu sein, der Mund war immer leicht geöffnet.

Als Rosa neun war, kam ihre Urgroßmutter einmal abends, um auf sie aufzupassen, während Lucia und Pietro ausgegangen waren. Sie saß an Rosas Bett und sang ihr sentimentale Lieder vor. Ihre dünne Stimme wehte durch die Luft, hinaus in den Vorgarten. Mitten in einem Lied fingen Rosas Augen auf einmal an zu leuchten; ihr Blick wanderte durchs Zimmer, und es schien, als nähme sie jede Einzelheit in sich auf, als sähe sie das alles zum allerersten Mal. Einen kurzen Moment lang ruhte ihr Blick auf dem Gesicht der Urgroßmutter. Und auf einmal fing das Mädchen an zu lachen, sie gickelte und kiekste wie ein kleines Kind, und ihre Schultern gingen hoch und runter. Die alte Frau konnte nicht genau sagen, wie lange das dauerte, aber bald darauf war Rosa wieder wie immer, lag still im Bett, und ihre Augen schienen nichts zu sehen, ihr Mund war leicht geöffnet und formlos, ganz so, als hätte sie niemals gelächelt. Seitdem war sich die alte Frau sicher, dass Rosa in Kürze vollkommen gesund werden würde.

Ein paar Wochen später kam Lucia in die Schule, um Rosa abzuholen, und fand die Klasse in höchster Aufregung vor. Die Kinder, die ihre Tochter betreuten, waren völlig aus dem Häuschen, alles schrie wild durcheinander, sie verstand kein Wort. Schließlich fragte sie die Lehrerin, was der Grund für dieses Trara sei.

»Rosa hat im Unterricht gelacht«, sagte die Lehrerin. »Wir sprachen gerade über Vulkane, und plötzlich kam von hinten dieses Gickeln. Alle haben sich umgedreht, und da saß sie und lächelte und lachte und sah uns alle an, guckte von einem zum andern. Mindestens eine halbe Minute hat das gedauert, dann hat sie sich wieder richtig hingesetzt, als wäre nichts passiert. Die Kinder haben Beifall geklatscht. Das war heute Morgen, und sie können sich immer noch nicht darüber beruhigen. Sie warten die ganze Zeit, dass sie es wieder tut. Wie oft macht sie das denn?«

»Eher selten.« Lucia war geneigt gewesen, die Erzählung der Urgroßmutter einer Art von religiösem Wahn zuzuschreiben oder darin die ersten Anzeichen von Altersschwachsinn zu sehen. »Sehr selten sogar.«

Bis früh um zwei Uhr unterhielten Lucia und Pietro sich darüber, wie gern sie ihre Tochter lächeln sehen würden. Nur ein einziges Mal, sagten sie. Und dass es sie für den Rest ihres Lebens glücklich machen würde, Rosa nur ein einziges Mal lächeln zu sehen.

Zenos Vater hatte irgendwas mit Kugellagern zu tun. Darum zog er alle paar Wochen in eine andere Stadt, und seine

Frau und seinen Sohn nahm er mit. Zeno hatte nie so richtig kapiert, warum sein Vater nicht immer in derselben Stadt arbeiten konnte, aber er hatte sich seit langem abgewöhnt, Fragen zu stellen, und so kam er kurz vor seinem zehnten Geburtstag nach Todi. In seine siebzehnte Schule.

Der erste Tag in einer neuen Schule war für Zeno längst kein Grund mehr, Herzklopfen zu haben, sondern einfach ein ganz normaler Schultag, genauso vorhersagbar wie jeder andere auch. Sein Vater stopfte ihm immer massenhaft Kugellager in beide Hosentaschen und setzte ihn so ungefähr hundert Meter vorm Schultor ab. In jeder neuen Klasse, in die Zeno kam, wusste er bereits nach wenigen Minuten, welche Kinder gemein waren und vor welchen er keine Angst haben musste, und hatte stets blitzschnell die Hackordnung kapiert. Er selber nahm in dieser Hackordnung immer einen der untersten Plätze ein.

Er hatte noch nie jemanden kennen gelernt, der keinen Spaß an Kugellagern hatte, der sich die Dinger nicht gerne ansah und sie im Unterricht heimlich zwischen den Handflächen rollte oder sie auf dem Schulhof über den Boden flitzen ließ, wodurch sie zwar ihren Glanz verloren, aber dafür hatten sie dann hinterher diese kleidsamen Kriegsschrammen.

Am ersten Vormittag in einer neuen Schule war er für die Klasse grundsätzlich Luft und wurde allenfalls hier und da argwöhnisch von der Seite angeschaut. Manchmal hatten ein paar Kinder die Anweisung bekommen, nett zu ihm zu sein, aber besonders viel Mühe gaben sie sich dabei nicht. Wenn sie in der Pause runterdurften, stand er jedes Mal alleine an einer erkennbar neutralen Stelle, und die anderen blieben auf Distanz. Er seinerseits achtete stets darauf, dass er ja nicht mit irgendwem Blickkontakt aufnahm, der im Rang noch tiefer unten als er selber war. Denn bevor er sich nicht mit den anderen arrangiert hatte, denen, die einem tagein, tagaus das Leben zur Hölle machen konnten, wollte er auf keinen Fall mit den sanftmütigeren, angenehmeren Kindern in Verbindung gebracht werden. Wenn einer von den Rowdys ihn anmachte und er nicht ausweichen konnte, erwähnte er bei der ersten sich bietenden Gelegenheit, dass er eine Bezugsquelle für Kugellager habe, und drückte dem Betreffenden eins in die Hand. Da konnte keiner widerstehen, und so war es Zeno noch alle Mal geglückt, jeden potenziellen Peiniger zu überrumpeln. Im Nu wussten sämtliche Jungs Bescheid, dass da einer Kugellager zu verschenken hatte. Und wenn sie die Teile dann an abschüssigen Stellen runterflitschen ließen oder sie sich gegenseitig in die Fresse donnerten, gelangten sie so nach und nach zu der Ansicht, dass der Neue eigentlich gar nicht mal so übel war. Auch achtete Zeno stets darauf, dass er die größte Kugel für den größten Rowdy der Schule reservierte, und wenn der erste Tag vorbei war, trat er dankbar in den Hintergrund und blieb dort, bis sein Vater ihn das nächste Mal aufforderte, seine Sachen in Kisten zu verstauen, weil sie morgen in eine andere Stadt zögen, und die Entfernung zwischen dieser und der nächsten war immer gerade groß genug, dass Zeno dort unter Garantie für seinen eben erst mühsam gelernten Dialekt ausgelacht würde.

In einer Schule in Boveglio war Zeno ein besonders hartgesottener Schlägertyp begegnet, der am ersten Tag nach Unterrichtsschluss von ihm verlangt hatte, die Hosentaschen auszuleeren und ihm sämtliche Kugellager zu geben, die er noch übrig hatte. »Wetten, du hast keine Ahnung, wie die Dinger gemacht werden«, hatte Zeno gesagt, als er sie ihm aushändigte, »wetten, dass du nicht weißt, wie sie das machen, dass die so rund werden.«

»Klar weiß ich das«, hatte der Schlägertyp gesagt und war mit seiner Beute abgezogen. Aber am nächsten Morgen hatte er mit finsterer Miene auf Zeno gewartet und ihn leise gebeten, ihm doch zu erklären, wie die Kugellager gemacht wurden. »Eigentlich weiß ich es ja«, hatte der Typ gesagt. »Ich komm bloß grade nicht drauf.« Zeno hatte es ihm erklärt und war nie wieder behelligt worden.

Am ersten Schultag in Faenza hatte sein Vater vergessen, ihm Kugellager mitzugeben. Volle sieben Wochen hatte er sich damals die gemeinsten Spitznamen anhören müssen und war permanent in Angst gewesen.

Und so stand Zeno also an jenem Morgen in Todi auf dem Schulhof, die Hosentaschen voll gestopft mit seinem ganz speziellen Zahlungsmittel und innerlich bereit, jedem, der es hören wollte, die Schrecken und die Wunder der Kugellagerherstellung zu erläutern. Niemand nahm groß von ihm Notiz. Die Leute hier waren alle mit sich selbst beschäftigt. Er lehnte an einer Mauer und betrachtete die neuen Gesichter und überlegte, welche dieser Kinder für eine Kurzzeitfreundschaft in Betracht kämen. Am Ende hatte er nämlich immer eine kleine Clique um sich gehabt. Zwar brach die Verbindung stets radikal ab, wenn er aus der Stadt fortzog, aber in der Zwischenzeit war es gar nicht schlecht, den einen oder anderen Kumpel zu haben.

Er sah ein paar Mädels, die sich um die Schwachsinnige kümmerten, die ihm schon ganz hinten im Klassenzimmer aufgefallen war. Sie brachten sie in ein schattiges Eckchen und setzten sie auf einen Stuhl, und als sie saß, gingen sie ihrer Wege. Er beobachtete das Mädchen. Ihr Kopf sackte nach vorn und pendelte langsam hin und her. Wetten, dass die keinen Schimmer hatte, was um sie herum passierte? Zeno verstand gar nicht, warum so eine überhaupt zur Schule ging, warum die nicht lieber zu Hause blieb. Die hatte ja noch nicht mal was zu schreiben dabei. Er guckte, ob ihn auch keiner sah, holte eins von den kleineren Kugellagern aus der Tasche und warf es heimlich nach der Doofen. Der Wurf ging daneben. Da niemand etwas bemerkt hatte, versuchte er es noch einmal und traf sie voll am Kopf, der daraufhin ruckartig hochschnellte, um gleich wieder in seine ursprüngliche Haltung zurückzusacken. Die dritte Kugel erwischte sie an der Wange und löste genau die gleiche Wirkung aus. Etwas weiter weg stand eine Gruppe von besonders taff aussehenden Jungs, bei denen Zeno unbedingt Eindruck schinden wollte. »Hey«, rief er zu ihnen hinüber. »Guckt mal hier.«

Dann suchte er sich eine mittelgroße Kugel aus und warf damit. Er traf die Schwachsinnige an der Schulter; sie fuhr erschrocken zusammen. Gleich darauf landete er den nächsten Treffer, und wieder fuhr sie zusammen. Diesmal schrie sie gellend auf. Da setzten sich die Jungs in Bewegung und kamen langsam zu ihm rüber. Als Zeno sah, dass sie auf ihn aufmerksam geworden waren, holte er die nächste Kugel raus. Er wollte sie einem von ihnen anbieten, damit der ebenfalls nach dem Mädchen werfen sollte.

Doch ehe er dazu kam, lag er schon am Boden und wurde von allen Seiten mit Fußtritten bearbeitet. Und die Füße, die auf ihn eintraten, waren allesamt von reinster Liebe zu Rosa angefeuert. Die Jungs konnte es einfach nicht ertragen, mit anzusehen, dass einer ihre Mitschülerin quälte, sie kämpften mit den Tränen, und gleichzeitig waren sie außer sich vor Wut.

Wie ein Lauffeuer verbreitete sich die Nachricht auf

dem Schulhof, dass einer Rosa angegriffen hatte, und alle Kinder kamen angerannt und schauten zu, wie die Jungs auf den am Boden liegenden Verbrecher eintraten. Niemand jubelte, niemand brach, wie sonst bei jeder Rauferei, in Hysterie aus. Sie schauten einfach zu, wie der Neue getreten wurde, und hörten sich an, wie er um Gnade flehte und Entschuldigungen stammelte. Ein paar von den Mädchen traten aus der Menge hervor und legten schützend die Arme um Rosa. Sie riefen, es gehe ihr gut, sie weine nicht und auch sonst sei alles in Ordnung mit ihr, und da hörten die Fußtritte nach und nach auf. Als endlich ein Lehrer dazwischenging, war Zeno bereits einen Zahn los und hatte überall blaue Flecke.

Die blauen Flecke wurden nach und nach lila, dann grün, und mit der Zeit verblassten sie. Zeno fand Freunde und führte ein ziemlich normales Schülerleben. Sein Vergehen war mehr oder minder vergessen, aber hin und wieder erinnerten ihn seine neuen Kumpels an den ersten Tag: »Weißt du noch, was du damals mit diesen Kugellagern gemacht hast?«, fragten sie. »Weißt du noch, wie du damit nach Rosa geworfen hast? Und weißt du noch, wie's da Fußtritte gesetzt hat?«

»Ja«, sagte er dann und wurde knallrot vor Scham, weil er das Mädchen gequält hatte. »Ja, das weiß ich noch.«

Nach etwa drei Monaten zog er von Todi nach Priverno. Und zum ersten Mal nahm er sich vor, mit jemandem aus dem Ort, wo er zuletzt gewohnt hatte, in Verbindung zu bleiben. Aus jeder neuen Stadt, in die er kam, schickte er Rosa eine Ansichtskarte an die Adresse der Schule, berichtete ihr, wie es an seinem neuen Heimatort war, und wünschte ihr alles Gute. Einfach so. Und wenn sie die Karten mit nach Hause brachte, hielten ihre Eltern sie ihr hin und lasen ihr vor, was darauf stand. Als ein halbes Dutzend beisammen war, nahmen die Eltern alle Karten, die Rosa im Leben gekriegt hatte, und klebten sie in ein Album.

Rosas Album wurde immer dicker, und Lucia saß oft am Bett ihrer Tochter und blätterte die Seiten um und erklärte ihr die Bilder und las vor, was ihr ihre Freunde geschrieben hatten. Die Karten steckten in durchsichtigen Plastikfächern, sodass sie von beiden Seiten zu sehen waren. Wenn Lucia ihrer Tochter die vertrauten Botschaften vorlas, war sie jedes Mal wieder gerührt über all die Liebe, die aus ihnen sprach. Rosas Freunde wussten doch ganz genau, dass sie nicht lesen und die Worte auch dann nicht verstehen konnte, wenn sie ihr vorgelesen wurden, und trotzdem schickten sie ihr ausführliche Grüße aus fernen Orten, berichteten von den lustigen Sachen, die sie in den Ferien erlebt hatten, und wünschten ihr alles Gute. Bei den Mädchen stand am Ende meistens *Viele Küsse* und bei den Jungen einfach *Ciao*.

»Sieh doch mal, Rosa«, sagte Lucia eines Tages und zeigte auf die Goldene Treppe am Dogenpalast in Venedig. Rosa schien das Bild eingehend zu betrachten und alle Einzelheiten in sich aufzunehmen. Und auf einmal lächelte sie und brach plötzlich in lautes, aufgeregt keuchendes Gelächter aus. Sie richtete sich auf und sah ihre Mutter an. Ihre Blicke begegneten sich. Lucia streichelte ihr die Wange. Und wieder fing Rosa an zu lachen, als wäre der Anblick ihrer Mutter umwerfend komisch. Doch im nächsten Moment wurden ihre Augen wieder stumpf, ihr Mund verlor den Schwung, und sie sank aufs Kopfkissen zurück.

Der Arzt musste den Eltern leider sagen, dass solche Vorkommnisse vermutlich etwas mit dem Nervensystem zu tun hatten, für Lucia aber stand von da an fest, dass der Mann einfach keine Ahnung hatte. Wenn der Rosa so erlebt hätte, wäre er wahrscheinlich genauso von den Socken gewesen wie sie und hätte bestimmt auch angefangen zu heulen, genau wie sie.

Als Pietro nach Hause kam, lief seine Frau ihm aufgeregt entgegen. »Wärst du doch bloß fünf Minuten eher hier gewesen«, sprudelte sie sofort los.

*

Es war nicht zu übersehen, dass Rosa mit ihrem langen, üppig wallenden Haar und ihrer tollen Figur eine Schönheit war, die jedem romantisch veranlagten Jungen das Herz gebrochen hätte, wäre da nicht nach wie vor dieser leere Blick gewesen, dieses Pendeln des Kopfes, diese abrupten, scheinbar unwillkürlichen Bewegungen.

Mitunter geschah es, dass ein Zugereister, der an ihrem Haus vorbeikam, wenn sie draußen im Garten saß, sich beim Anblick ihrer makellosen Haut und ihres glänzenden Haars unsterblich in sie verliebte. Wenn der Mann sich dann in Schale warf und noch einmal an dem Haus vorbeispazierte und ihren offen stehenden Mund und die ins Leere starrenden Augen sah, brach für ihn eine Welt zusammen und er ergriff entsetzt die Flucht. Lucia und Pietro hatten ihren Spaß daran, solche Männer zu beobachten. Sie nannten sie Rosas Galane.

Als die Schulzeit vorbei war, hatte Rosa immer viel Besuch. Abends kamen Mädchen, saßen mit ihr in der frischen Luft, umarmten sie, lasen ihr vor, was in den Klatschspalten der Jugendmagazine stand, oder auch wahre Geschichten von ganz gewöhnlichen Italienern, die irgendetwas Ungewöhnliches taten; sie machten ihr allerlei kunstvolle Frisuren, veranstalteten die gewagtesten Experimente mit ihren Haaren und vertrauten ihr Geheimnisse an, die sie um keinen Preis weiterzusagen geschworen hatten. Auch Jungen kamen, immer zu zweit oder zu dritt, und setzten sich zu ihr; normalerweise redeten sie nicht viel und machten nur hin und wieder eine Bemerkung über das Wetter oder über Dinge, die auf der Straße passierten. Wenn jemand eine Party gab, zog man Rosa hübsch an, setzte sie in einen bequemen Stuhl und sorgte dafür, dass es ihr an nichts fehlte.

Die Ärzte hatten Lucia und Pietro schon bald nach Rosas Geburt gesagt, dass ihre Tochter vermutlich nicht alt werden würde, sondern immer schwach und anfällig sein und eines Tages an irgendeinem herumschwirrenden Erreger sterben werde. Das könne in einer Woche geschehen oder auch später, jedenfalls werde sie mit Sicherheit kein gesegnetes Alter erreichen.

Natürlich waren die Eltern nicht bereit, diese Prophezeiung zu akzeptieren, aber gleichzeitig sahen sie, dass bei ihrer Tochter jede Erkältung ewig dauerte und sie bei jeder Magenverstimmung vor Schmerzen wimmerte – manchmal tagelang. Und je älter sie wurde, desto mehr zogen sich ihre Krankheiten hin.

Der Arzt tat jedes Mal sein Bestes, um ihr zu helfen, und gab sich die größte Mühe, selbst dann noch Optimismus zu verbreiten, wenn es Rosa über viele Wochen schlecht ging und sie gar nicht wieder auf die Beine kommen wollte. Doch irgendwann trat ein Zustand ein, wo mit einer Besserung nicht mehr zu rechnen war und er sich eingestehen musste, dass sie ihren zwanzigsten Geburtstag wohl kaum noch erleben werde. Er sagte zu Lucia und Pietro, wenn sie wollten, könnten sie Rosa ins Krankenhaus am anderen Ende der Stadt bringen, aber helfen könne man ihr auch dort nicht. Da beschlossen sie, ihre Tochter zu Hause zu behalten. Dort konnte sie wenigstens in ihrem eigenen Bett liegen, durchs offene Fenster kam die saubere, frische Luft, an den Wänden hingen die Fotos ihrer Freunde, und das Radio spielte leise Musik.

Lucia und Pietro wollten auf keinen Fall, dass ihr Kind allein war, wenn es starb. Ihre Arbeitgeber, die Rosa kannten, ermöglichten ihnen, sich ihre Zeit so einzuteilen, dass immer einer von ihnen bei ihr sein konnte, um ihr übers Haar zu streichen und ihr die Hand zu halten. Der Gedanke, dass sie ohne die unmittelbare, liebevolle Zuwendung ihrer Eltern sterben könnte, war ihnen unerträglich. Und so saß stets einer von ihnen an ihrem Bett, Tag und Nacht, jede Minute, während das Mädchen immer schwächer und magerer und blasser wurde und immer unregelmäßiger atmete. Sie musste ins Badezimmer getragen werden. Abends kamen Freunde zu Besuch, die strikte Anweisung hatten, ja nicht zu weinen, solange sie bei ihr im Zimmer waren. Und auch wenn noch so viele Freunde an ihrem Bett saßen, Lucia oder Pietro waren stets dabei und ließen Rosa keine Sekunde aus den Augen. Stand eine Freundin im Weg und versperrte ihnen die Sicht, so traten sie ein Stück beiseite, um ihre Tochter wieder richtig sehen zu können. Pietro gab die Hoffnung nicht auf, wenigstens ein Mal erleben zu dürfen, wie Rosa lächelte. Er musste immer daran denken, was Lucia ihm erzählt hatte. Seitdem trug er dieses Bild in seinem Herzen, dieses Bild von einer lächelnden Rosa mit strahlenden Augen und einem Blick, der erfüllt war von Liebe.

An einem stillen, heißen Dienstagnachmittag, als Lucia zur Arbeit gegangen war und Pietro bei Rosa saß und ihre Hand hielt, drang plötzlich das hungrige Winseln eines streunenden Hundes durch das geöffnete Fenster herein, und da war es vorbei mit der Ruhe. Pietro glaubte, dass der Hund sich davonmachen werde, wenn er keine Notiz von ihm nähme, doch der Köter winselte gnadenlos weiter, minutenlang, sodass man meinen konnte, er werde für immer dort draußen stehen bleiben und nie mehr aufhören mit seinem hässlichen Gejaule. Besorgt, dass das Heulen und heisere Bellen Rosa stören könnte, zumal diese ganz leicht die Stirn gerunzelt hatte, trat er ans Fenster und lehnte sich hinaus. Der Hund war dreckig und auf seinen Rippen hätte man Xylophon spielen können. Pietro bleckte die Zähne und knurrte ihn leise an. Da rannte er weg.

Pietro setzte sich wieder an Rosas Bett und strich seiner Tochter übers Haar. Sie hatte die Augen geschlossen und atmete fast unhörbar. Nach einer Weile kam der Hund zurück und fing von neuem an zu winseln. Pietro ging abermals ans Fenster und lehnte sich hinaus. Wieder bleckte er die Zähne und gab ein leises Knurren von sich, doch diesmal rannte der Hund nicht weg. Er blieb einfach stehen, abgemagert, wie er war, und bellte heiser. Da zog Pietro seinen linken Schuh aus und warf ihn nach dem Tier, traf es aber nicht. Der Hund machte ein paar müde Schritte zur Seite. Pietro zog seinen rechten Schuh aus und warf ihn mit aller Kraft, sodass der Hund den Absatz an die Nase bekam. Es hörte sich an, als schlüge Holz auf Holz. Der Hund bellte noch ein letztes Mal und rannte mit eingeklemmtem Schwanz davon.

Als Pietro wieder ans Bett trat, lag Rosa reglos da. Ihre Augen waren geschlossen, und ihr Mund stand weit offen. Und keiner war bei ihr gewesen, um ihre Hand zu halten, sie auf die Stirn zu küssen und ihr ein letztes liebes Wort ins Ohr zu raunen.

Pietro hat Lucia nie etwas von diesem Hund erzählt. Er hat ihr gesagt, er sei die ganze Zeit an Rosas Seite gewesen, in ihren letzten Augenblicken habe sie so friedvoll ausgesehen wie nie zuvor im Leben.

Er hat niemals vergessen, wie der Hund ihn von ihr fortgelockt hatte. Immer wieder lief diese Szene vor seinem inneren Auge ab, doch trotz aller Wut, die jedes Mal wieder in ihm hochkam, wenn er an diesen Köter dachte, der einfach in sein Leben eingedrungen war, konnte er sich eines Anflugs von Mitleid nicht erwehren. Er erinnerte sich an die Augen des Hundes und an den flehenden Blick, mit dem er zu seinem Fenster hinaufgeschaut hatte. Und je mehr er an diese Augen dachte, desto unwirklicher erschien ihm die ganze Begebenheit. Pietro war sich sicher, dass ihm diese Augen im Nachhinein viel schöner vorkamen, als sie in Wirklichkeit gewesen sein konnten.

Er malte sich aus, wie es hätte sein können, wenn der Hund nicht gerade in jenem Moment erschienen wäre. Dann hätten sie sich über ihn gefreut, er und Lucia, und wären glücklich gewesen, ihn füttern zu können. Sie hätten Rosa in den Garten gebracht und die Hand ihrer Tochter auf den Rücken des Hundes gelegt und zugeschaut, wie sie die Finger in seinem Fell vergrub. Sie hätten es nicht über sich gebracht, ihn wieder in die weite Welt hinauszuschicken, sondern hätten ihn bei sich behalten, ihn ordentlich gebadet und ihn *Dusty* genannt, damit er nie vergaß, was er für ein Glück gehabt hatte, dass er ihnen begegnet war. Pietro sah das Bild vor sich, wie sie alle vier zusammen in der Sonne saßen und lachten.

Die meiste Zeit seines Lebens verbrachte Cockroft damit zu bedauern, dass sein Leben nicht anders verlaufen war. Es tat ihm Leid, dass er bei dieser Fernsehsendung damals so den Überblick verloren hatte. Es tat ihm Leid, dass er nicht bei seinem alten Künstlernamen Dudley Salterton geblieben war, oder noch besser bei seinem richtigen Namen. David hörte sich doch ganz annehmbar an. Jedenfalls besser als Carthusians. Er wusste nicht mal mehr, was Carthusians eigentlich bedeutete und warum er sich gerade diesen Namen ausgesucht hatte. Aber irgendwie hatte er ihn dann behalten, weil er gehofft hatte, er werde ihm Glück bringen, und anfangs hatte es ja auch so ausgesehen, denn schon zwei Wochen, nachdem er sich in Carthusians Cockroft umbenannt hatte, war er zum ersten Mal im Fernsehen gewesen und hatte sich unsterblich in Monty »Misty« Moore verliebt, der sich seinerzeit als Pianist durchschlug und zwei Tage, nachdem sie sich kennen gelernt hatten, bei ihm eingezogen war. Damit hatte für Cockroft die produktivste Phase seines Lebens begonnen. Die Melodien waren nur so aus ihm herausgeströmt, und er hatte sie freudig mit seinem hübschen neuen Freund geteilt, der sie allesamt Note für Note auswendig gelernt hatte. Leid tat ihm auch, dass der Junge mit den silbernen Shorts ihn verlassen hatte. Und es tat ihm Leid, dass Robin »Rotkehlchen« Robinson gestorben war. Es tat ihm Leid, dass er dieses arme, verängstigte Mädchen geheiratet hatte, und es tat ihm Leid, dass er einst ein relativ helles Bürschchen gewesen war. Er hatte nämlich rein zufällig ein Stipendium für eine Privatschule unweit seiner Heimatstadt ergattert und war dort jahrelang mit Jungen zusammen gewesen, die sich für die Herren dieser Welt hielten, und auf einige von ihnen sollte das später auch wirklich zutreffen. Jungen, die eines Tages Ländereien in

Rhodesien erben oder fett und faul im Parlament sitzen würden. Jungen, die ihn verachteten, weil er ein Kind aus diesen hässlichen neuen Reihenhäusern in der Stadt war, und deren Eltern es im Stillen empörend fanden, dass so einer wie er überhaupt auf diese teure Schule gehen durfte, auf die sie ihre Cecils, Clives und St. Johns doch extra schickten, damit sie ja nicht mit Kindern aus irgendwelchen hässlichen Neubausiedlungen in Berührung kamen. Selbst die, die eigentlich ganz nett waren, und ein paar nette Jungen gab es immerhin, solche, die Sehnsucht nach ihrer Mutter hatten und sich nicht andauernd wichtig machten, selbst die schnitten ihn. Sie wussten nämlich nicht, worüber sie sich mit ihm unterhalten sollten, und sahen auch keinen Sinn darin, es wenigstens einmal zu probieren. Und was die Sache noch schlimmer machte, war, dass er in seiner Klasse immer zu den Leistungsschwächsten zählte. Die Lehrer hassten und schikanierten ihn, weil sie wussten, es war reine Glückssache gewesen, dass er dieses Stipendium bekommen hatte. Das einzige Fach, in dem er sich hervortat, war Musik, und das war auch der wahre Grund, weshalb ihn die Schule trotz seiner durchschnittlichen Leistungen bei dem Stipedienwettbewerb genommen hatte. Mit dem Musiklehrer verstand er sich hervorragend und durfte in den Pausen und nach dem Unterricht immer zu ihm ins Musikzimmer kommen und nach Herzenslust auf allen Instrumenten spielen. Als er vierzehn war, zog ihn dieser Lehrer, ein liebenswürdiger verheirateter Mann von achtundvierzig Jahren, eines schönen Tages in den Xylophonschrank, wo sie sich eine Viertelstunde lang küssten. Von da an fummelten sie öfter mal ein bisschen, und zum Schluss flehte der Lehrer Cockroft jedes Mal an, ja niemandem etwas davon zu sagen, und stürzte mit schamroter Birne aus dem Xylophonschrank. Selbstredend hatte Cockroft das Geheimnis für sich behalten. Er nahm an, dass der Mann mittlerweile längst tot war.

Während die anderen Jungen im Internat blieben und all die Dinge taten, die er für sein Leben gerne auch getan hätte, musste Cockroft jeden Tag nach dem Unterricht heimgehen. Denn bei aller Angst, die er vor seinen gemeinen Mitschülern hatte, wünschte er sich doch so sehr, dass sie nachts heimlich, still und leise zu ihm kämen und ihn fickten, bis ihm der Arsch wund wäre, und ihn in den Armen hielten und küssten, weil sie ihn viel mehr liebten, als ihnen selber klar war. Stattdessen aber fuhr er jeden Nachmittag mit dem Bus nach Hause und verbrachte den Abend meistens allein in seinem Zimmer oder spielte auf dem Klavier oder auf der Geige, die sich seine Eltern für ihn vom Munde abgespart hatten. Was in den Schlafsälen vor sich ging, wenn das Licht aus war, darüber konnte er nur phantasieren, und das tat er weidlich. Cockroft, das arme Tier mit nur einem Rücken, phantasierte von einem ganzen Meer im Mondenschein zuckender Glieder.

Gern wäre er auf eine ganz normale Schule gegangen, genau wie die anderen Kinder in seiner Straße, die Kinder, die ihn auf dem Weg zur Bushaltestelle oder von der Bushaltestelle nach Hause mit Recht wegen seiner komischen Uniform auslachten. Wahrscheinlich hätte er dann auch nicht die meiste Zeit seines Lebens krampfhaft versuchen müssen, von Leuten akzeptiert zu werden, die entschieden zu viel Geld hatten, und Männern nachzulaufen, die zu viele Namen hatten, Männern, die nicht im Traum daran dachten, ihre Frauen zu verlassen und bei ihm einzuziehen.

»Das war schrecklich«, sagte er nuschelnd zu dem Bosnier, der mal wieder neben ihm im Liegestuhl saß und schweigend Löcher in die Luft starrte. »Die haben mich gehasst. Nie durfte ich bei denen mitmachen. In meinem Jahrgang gab es noch zwei andere Jungs, die ein Stipendium hatten, aber die waren beide gut in Rugby und Kricket und so weiter, und darum waren sie auch allgemein beliebt. Ich dagegen war überhaupt nicht beliebt. Ich armes Schwein – blass, musikalisch, ungeschickt. Ich war immer der Außenseiter, um den tagsüber alle einen Bogen machten und der abends nach Hause gehen musste in sein spießiges kleines Häuschen zu seinen spießigen Eltern.« Er schüttelte seufzend den Kopf und trank seinen Wein aus. »Nie durfte ich mitmachen, wenn die andern Kekswichsen gespielt haben.«

Der Bosnier hatte oft beim Kekswichsen mitgespielt, und er hatte auch oft Mitschüler schikaniert und ausgelacht, die ein Stipendium hatten, denn er war selber einer von den reichen Faulpelzen gewesen, so einer mit gesicherter Zukunft: ein leichter, gut bezahlter Job bei einem Freund der Familie, der eine Firma in der Londoner Finanzwelt hatte, ein paar Erbschaften, und Eltern, die ihm gegebenenfalls unter die Arme greifen konnten. Er hatte seinem Alten nie ganz verziehen, dass dieser blöde Versicherungsbetrug damals aufgeflogen war und sie dadurch so ziemlich alles verloren hatten. Das war passiert, als er vierzehn war. Seine Eltern hatten sich ein Bein ausgerissen, damit ihr Junge ja nicht auf eine staatliche Schule gehen musste, und außerdem waren sie nicht übermäßig scharf darauf gewesen, ihn während der Schulmonate bei sich zu Hause zu haben, darum hatten sie alles, was sie noch besaßen, zusammengekratzt und es irgendwie geschafft, das Schulgeld für ihn zu bezahlen; er aber hatte mit Schrecken erkannt, dass er, wenn er auch nur die Hälfte von dem haben wollte, was die

Welt da draußen zu bieten hatte, fast genauso hart würde arbeiten müssen wie jeder stinknormale Mensch. Seinem Vater war nichts weiter übrig geblieben, als die Wohnung in London zu verkaufen, das Apartment oben in St. John's Wood, wo – darüber waren sich alle längst einig gewesen – der Bosnier so lange wohnen sollte, wie er brauchte, um in der Stadt Fuß zu fassen. Nun würde er wie jeder stinknormale Bürger Miete zahlen müssen, und das hieß, er würde sich Gedanken machen müssen, wie er an Geld kam, und obendrein würde er seine schwer verdienten Kröten wildfremden Leuten geben müssen. Wenn er daran dachte, packte ihn die kalte Wut. Aber mit sechzehn fand er eine Teillösung. Wenn er sich schon seinen Lebensunterhalt selber verdienen musste, dann aber auf keinen Fall mit schweißtreibender Arbeit.

Er fing seine Lehre damit an, dass er sich von den gewaltigen Summen, die seine Mitschüler zur Verfügung hatten, ein Quäntchen abzwackte, indem er ihnen Gras und Ecstasy verkaufte. Zuerst versuchte er es mit Speed und LSD, aber da war die Nachfrage nicht so berauschend (außer bei ein paar *Dark-Side-Of-The-Moon*-Fans, die schon mal hier und da ein Acid einwarfen), weil seine Kundschaft im Allgemeinen der Ansicht war, dass Speed und solche Sachen bloß was für Prolls und New-Age-Abschaum sei. Es dauerte nicht lange, und er hatte rausgefunden, wo richtig Geld zu machen war. So wurde Koks zu seiner Haupteinnahmequelle. Er kaufte das Zeug bei einem Dealer vor Ort und gab es höchst diskret zum doppelten Selbstkostenpreis an die Abenteuerlustigeren unter seinen Mitschülern weiter. Das war ganz leicht, und er wurde nie erwischt. Später studierte er an einer altehrwürdigen Universität, wo er gut betuchte Jungen und Mädels belieferte, die sich den Koks zwar leisten konnten, sich aber nicht zu einem echten Dealer trauten, und nach dem Studium ging er nach London und ließ sich dort als Pulverlieferant für die bessere Gesellschaft nieder – teuer, aber sicher und diskret. Er war äußerst beliebt. Hübsche Mädchen stellten die unglaublichsten Dinge an, um ihn ins Bett zu kriegen.

Zwei bis drei Tage die Woche arbeitete er beim Lifestyle-Magazin eines Freundes, wo er allerdings herzlich wenig tat. Nicht, dass er das Geld nötig gehabt hätte; der Job war ein reines Alibi, damit er seiner Familie erzählen konnte, dass er in Lohn und Brot war, und damit das Finanzamt keinen Verdacht schöpfte. Und außerdem hatte er auf diese Weise Zugang zu gewissen Kreisen, wo die Leute so viel Koks schnieften, wie sie nur kriegen konnten. Da ihm sein eigenes goldenes Ei abhanden gekommen war, schabte er sich was von den goldenen Eiern anderer Leute ab, Typen, deren Väter nicht den größten Teil ihres Vermögens in den Sand gesetzt hatten, Typen, die es gar nicht abwarten konnten, ihr zumeist unverdientes Geld dafür auszugeben, ihr hübsches Frätzchen auf eine möglichst extravagante Weise aus der Welt zu schaffen. London war voll von solchen Leuten, und er verfolgte sie überall hin, zum Beispiel nach Cowes, wo sie ihre Partys feierten und ihre Segelregatten veranstalteten; dort machte er mühelos seine sieben bis acht Riesen die Woche, und wenn er dann wieder in London war, gönnte er sich immer ein langes Wochenende mit jeder Menge Champagner und leichten Mädchen.

Irgendwann nahm er sich vor, sein Geschäft etwas professioneller aufzuziehen, und wechselte die Zulieferer. Sein alter Lieferant wollte sich das nicht bieten lassen, es kam zum Streit, der damit endete, dass ihm wer in einer Scheune irgendwo in Essex in den Arm schoss. Weil er Angst hatte, ins Krankenhaus zu gehen, setzte er sich in seinen Wagen und fuhr heim, nahm seinen Pass sowie viertausend Pfund in bar und eine Reisetasche voll Klamotten und überredete einen Freund, ihn nach Dover zu bringen. Auf der Fahrt wickelte er sich ein paar teure Hemden um den Arm. Der Schuss, der erstaunlich leise gewesen war, hatte eine tiefe Schramme hinterlassen, doch nach einer Weile hatte es aufgehört zu bluten. In Frankreich angekommen, stieg er in einen Zug nach Italien, weil seine Familie dort früher oft Urlaub gemacht hatte, zuerst in ihrer Ferienwohnung an der Riviera, die sie aber dann verkaufen mussten, und später mal hier, mal da in den Villen von Freunden. Dadurch konnte er die Sprache einigermaßen.

Das war vor etwa anderthalb Jahren gewesen. Er hatte sich die Haare abrasiert und angefangen, zur Tarnung in schäbigen Klamotten rumzulaufen. Schon nach wenigen Tagen war ihm klar geworden, dass er bloß als schlechte Kopie eines selbstmordlustigen Björn Ulvæus durch die Gegend rennen musste, um für einen Bosnier gehalten zu werden und vom Mitleid irgendwelcher hübschen Mädels auf Europareise leben zu können, oder sich, wie zurzeit, von einem langweiligen alten Schwachkopf aushalten zu lassen. Er hatte immer wieder die Erfahrung gemacht, dass keiner, dem er seine Balkanstory anvertraute, auch nur die leiseste Ahnung von Bosnien hatte, außer dass es schrecklich sein musste, von dort zu kommen, und dass jeder, der es geschafft hatte, mit einer Schusswunde am Arm dort wegzukommen, es verdient hatte, dass man ihm Mitleid, Geduld und, wenn irgendmöglich, auch schon mal ein bisschen Sex schenkte. Trotzdem machte er sicherheitshalber einen großen Bogen um jeden, der so aussah, als ob er sich irgendwie mit dem Geschehen auf dem Balkan auskennen könnte. Davon gab es freilich nur wenige, allenfalls hier und da mal einen Herrn im leichten Leinenanzug und mit grauen Schläfen.

Einmal im Monat rief er seine Mutter an und erzählte ihr, er unterrichte Englisch oder arbeite in einer Hotelküche, um sein Italienisch zu verbessern, und werde bald wieder heimkommen. Es fiel ihm nicht schwer, sie mit allerlei Anekdötchen von exzentrischen Studenten und neurotischen Chefs voll zu labern, die er irgendwo aufgeschnappt hatte. Sie hörte gleichmütig zu. Hin und wieder sagte sie: »Du bist ja ein richtiger Bohemien geworden«, obwohl sie gar nicht so genau wusste, was das Wort bedeutet, oder: »Das geht ja zu wie bei Orwell«, obwohl sie noch nie was von Orwell gelesen hatte. Er sorgte immer dafür, dass ihm mitten im Satz die Münzen ausgingen. Sie fragte nie genau nach, wann er denn wieder nach Hause käme. Es schien sie nicht besonders zu interessieren, und er wusste es ja auch nicht. Manchmal erzählte sie ihm, was seine Schwestern jetzt so machten, aber die waren die meiste Zeit im Pensionat oder auf der Universität, sodass sie gar nicht wissen konnte, was sie machten, und herzlich wenig von ihnen zu berichten hatte.

Vor den Leuten aus Essex hatte er immer noch Angst. Sie verfolgten ihn bis in seine Träume. Nicht einmal hier in Italien fühlte er sich sicher. Immer wieder stellte er sich vor, dass sie ihm auf den Fersen waren, ihn aufstöberten und die Sache zu Ende brachten, aus Stolz, wie sie es ihm versprochen hatten, damals in der Scheune, als er blutend davongelaufen war. Damals hatten sie zu ihm gesagt, er werde nie mehr wirklich zur Ruhe kommen. Und sie hatten Recht. Er war ständig auf Achse und hatte trotzdem immer das Gefühl, er könnte irgendjemandem begegnen, den er kannte und der seine Tarnung durchschaute. Zwischen die Beine des alten Mannes hatte es ihn getrieben, nachdem er in Florenz herumgelaufen war, wo er sich normalerweise aufhielt, um Mädels aufzureißen, und binnen drei Tagen zweimal rein zufällig Freunde von seinen Eltern getroffen hatte. Er hatte sie mit irgendwelchen Ammenmärchen abgespeist und für den Fall, dass sie daheim von der Begegnung berichteten, die gleichen Lügen mit eingeflochten, die er seiner Mutter am Telefon aufgetischt hatte, und dann hatte er schnell das Thema gewechselt und war auf den Duomo zu sprechen gekommen. Aber ganz wohl war ihm dabei nicht gewesen. Er hatte schließlich genug Filme gesehen, in denen Menschen von irgendwelchen rachgierigen Verbrechern rund um die ganze Welt gejagt wurden, und da war er in Panik geraten. Nach Hause zurückzukehren war zu gefährlich, und in ein Land zu gehen, dessen Sprache er nicht beherrschte und wo man ihm den bosnischen Flüchtling nicht so leicht abnehmen würde, das wäre einem Sprung ins kalte Wasser gleichgekommen. Er hatte Angst vorm Sterben, und der alte Mann bot ihm eine sichere Zuflucht.

Er sagte sich, dass die Zeit bei dem alten Mann im Grunde so was wie ein Glückstreffer war, genau wie damals die Idee mit dem Dealen. Vor allem, wenn man bedachte, wie hart manch einer arbeiten musste, um zurechtzukommen. Sein ganzes Leben lang hatte er sich über Leute mit normalen Jobs lustig gemacht. Er dagegen musste nur einmal die Woche ein paar Minuten ran und ersparte sich damit die Qual, tagelang Teller zu waschen, Lieferwagen zu fahren, Italienern Englisch beizubringen, die Feder zu schwingen, in einem fensterlosen Raum Kisten hin und her zu schleppen, Zahnräder zu verkaufen oder was auch immer andere

Leute taten, die wirklich arbeiten mussten, damit sie ihre Miete und ihre Rechnungen bezahlen und sich was zu essen kaufen konnten. Der Job, den er jetzt hatte, war echt nicht schwer, darum war er ja auch so bereitwillig auf das Angebot des alten Mannes eingegangen. Was er hier zu tun hatte, war einfach und unkompliziert und wahrscheinlich nicht viel anders als das, was man tun musste, wenn man beim Kekswichsen verloren hatte. Womit er sich allerdings nicht so genau auskannte, weil er natürlich nie beim Kekswichsen verloren hatte. Auf jeden Fall war das hier besser als arbeiten. Trotzdem dachte er neuerdings immer öfter daran, seine Sachen zu packen. Klar, er wollte nicht sterben, das Problem war bloß, dass sein Heimweh mit jedem Tag größer wurde.

Timoleon Vieta war fast zu Hause. Er ging zielgerichtet, den Schwanz steil in der Luft, und trippelte eilig mit seinen wunden Füßen auf der Straße dahin, die zum Hause seines Herrn führte. Ihm tat alles weh, aber irgendwie wusste er, dass er bald da wäre und zu Herrchens Füßen sitzen und gestreichelt werden und einen großen Napf voll Futter hingestellt bekommen würde.

Neben ihm hielt ein Wohnmobil. Leute stiegen aus und kraulten ihn und gaben ihm zu fressen. Sie legten ein paar Stücke hartes Brot auf den Boden des Wagens, und er sprang hinein und wollte sich den Bauch voll schlagen. Da knallten sie die Tür zu und fuhren in nördlicher Richtung davon und freuten sich, dass sie einen neuen Hund hatten.

Henri

Der eine machte die Schiebetür auf. Er hielt sich die Nase zu und brummte: »Scheiße.« Die Kackwurst war fein säuberlich zusammengekringelt, wie ein Plastikspielzeug, ihr satter Duft hing in der Luft. Der Typ rief den Hund, der sofort aus dem Wagen sprang.

»Verpiss dich«, sagte der Typ und wies ihm mit ausgestrecktem Arm die Richtung. Der Hund trollte sich mit eingeklemmtem Schwanz; sein dürrer Bauch schleifte fast am Boden. Der Mann lief hinter ihm her, scheuchte ihn und rief immer wieder »Verpiss dich«, bis der Hund ein ganzes Stück vom Wagen weg war. Dann ging der Mann zum Wohnmobil zurück und schaute sich noch einmal um, ob ihm das Mistvieh auch nicht folgte. Das Gegenteil war der Fall. Der Hund machte, dass er wegkam, er rannte die Straße runter, die stadteinwärts führte.

Die Leute drängelten sich vor dem Wohnmobil und guckten durch die geöffnete Tür hinein. Sie hatten keine Ahnung, was sie jetzt tun sollten. Keiner von ihnen wusste, wie man einen Hundehaufen entfernt.

Timoleon Vieta rannte durch die Straßen von Pisa. Manche Leute bemerkten ihn gar nicht, manche ignorierten ihn und manche fluchten, wenn er ihnen vor die Füße lief. Er wechselte mehrmals die Richtung, und einmal wurde er um ein Haar von einem uralten Ape 50 überfahren, der

Blumen geladen hatte. Irgendwann hielt er inne und setzte sich in den Schatten einer kleinen Kirche. Es kamen zwei Menschen vorbei, die nach Fressen rochen. Er stand wieder auf und folgte ihnen. Nicht lange, und er wurde hinter den Ohren gekrault und fraß die Pommes, die seine Aufmerksamkeit angezogen hatten, und bekam Worte aus Frankreich und aus Kambodscha zu hören und aus dem italienischen Sprachführer, den der Zahnarzt in der Tasche hatte.

Malic kauerte unterm Haus im Schatten und hatte die Arme bis zu den Ellenbogen in einem Waschzuber, als sie Sophal kommen sah. Er führte einen von den Büffeln, die seinem Vater gehörten. Das Tier war gefügig, sodass Sophal den Strick lose in der Rechten hielt und mit der Linken seinen Knüppel hinter sich her schleifte. Malics Herz machte beim Anblick des Jungen einen Hüpfer, was es neuerdings immer tat, wenn sie ihn sah. Noch ehe er sie erspäht hatte, rannte sie die hölzerne Treppe hinauf und verschwand im Haus. Sie schnappte sich den Besen und fing an zu fegen, damit ihre Mutter sie nicht untätig neben der halb fertigen Wäsche fand, wenn sie nach Hause kam. Sie fegte wie verrückt, krampfhaft bemüht, sich ganz auf diese Tätigkeit zu konzentrieren und nicht mehr an Sophal zu denken, daran, wie groß er geworden war und wie gut er aussah. Aber es half nichts. Sie zitterte bei dem Gedanken, dass er ganz nah war, und ihr fiel andauernd der Besen aus der Hand.

In ihrer Erinnerung war Sophal einfach nur der beste Freund von Panarith, ihrem großen Bruder. Die beiden waren unzertrennlich gewesen. Sophal war früher oft zu ihnen gekommen, und dann hatten die Jungen zusammen gespielt, bisweilen im Haus, bisweilen auch draußen, und

Malic hatte oft mitgespielt, obwohl sie sie nie dazu aufgefordert hatten. Mitunter hatten sie einfach mit den Nachbarkindern draußen herumgetobt oder waren nach dem Regen hinten im Garten geblieben und hatten aus dem weichen, feuchten Lehm das Angkor Wat nachgebaut. An anderen Tagen aber hatten sie sich, nicht selten von Malic dazu angestiftet, auf abenteuerliche Streifzüge begeben und waren stundenlang über staubige Wege und durch Reisfelder gewandert, manchmal sogar bis zum nächsten Dorf. Und weil sie immer so gute Ideen hatte, störte es die Jungen nicht, dass Panariths kleine Schwester ihnen ständig am Rockzipfel hing.

Am liebsten paddelten sie mit dem Boot von Sophals Onkel den Fluss hinunter, zogen Angelschnüre hinter sich her und fischten das vorübergleitende Treibholz aus dem Wasser. Kamen sie dann wieder nach Hause, schwer beladen mit nassem Holz und Plastikbeuteln voll Wasser, in dem lebende Fische zappelten, wurden Malic und Panarith gelobt, weil sie so wohlgeratene Kinder waren. Und wenn sie Glück hatten, kriegten sie zur Belohnung eine Kokosnuss oder ein Stück Zuckerrohr, und dann freuten sie sich umso mehr, weil sie für ihr Abenteuer auch noch beschenkt wurden.

Damals war Sophal einfach ein Junge wie jeder andere gewesen, ein Freund, der für jeden Spaß zu haben war. Jetzt aber war er sechzehn und arbeitete von früh bis spät auf dem Hof seines Vaters, und Malic musste ihrer Mutter im Haus zur Hand gehen und für ihren Vater alle möglichen Besorgungen erledigen, sodass sie sich nur noch sahen, wenn sich ihre Wege zufällig kreuzten. Und dass er sie mit seinem Lächeln, seiner makellosen Haut, seinem klaren Blick und seinem drahtigen, muskulösen Körperbau derart aus der Fassung brachte, das war erst so, seit sie vierzehn geworden war. Noch kurz zuvor hatte sie ihm unbefangen zugewinkt, wenn er vorbeiging, sie hatten sich ein paar Worte zugerufen, und manchmal hatte sie ihn sogar ein Stück begleitet.

Sobald sie sicher sein konnte, dass er weit genug weg war, stellte sie den Besen in die Ecke und ging wieder nach draußen unters Haus, um die Wäsche fertig zu machen. Bis alle Sachen auf der zwischen zwei der Stützpfähle gespannten Leine hingen, war es dunkel, und die Frösche quakten.

Mittlerweile war auch ihre Mutter heimgekommen und machte Abendbrot, und ihr Vater war ebenfalls aus seiner Motorradwerkstatt zurück, die sich gleich neben dem Haus befand. Er wischte sich die Schmiere von den Händen. Ihre Großmutter war aufgewacht und hustete. Malic wurde zu Tisch gerufen.

Nach dem Essen, als die anderen sich vor dem winzigen, mit Hilfe einer alten Lkw-Batterie betriebenen Fernseher drängten, zog sich Malic in die Nische hinterm Vorhang zurück, die sie sich mit ihrer Großmutter teilte, knipste ohne nachzudenken die Leselampe an und griff nach dem dicken Fotoalbum. Auf dem Einband stand *Morakot in Europa* – einmal auf Französisch und einmal auf Khmer. Sie kannte diese Fotos bis ins kleinste Detail, und die Bildunterschriften, die sie danebengesetzt hatte, konnte sie Wort für Wort auswendig, und trotzdem schaute sie sich das Album jeden Abend von neuem an. Auf allen Bildern war ihre Schwester zu sehen, meistens vor einer berühmten Sehenswürdigkeit. Malic kannte die Fotos so gut, dass sie dem jeweiligen Hauptmotiv schon gar keine große Aufmerksamkeit mehr schenkte. Wenn sie Morakot vor dem Londoner Königspalast betrachtete, bewunderte sie nicht mehr die Soldaten mit den komischen Mützen oder die Fahne, die anzeigte, dass die Königin zu Hause war; sie interessierte sich viel mehr für den Mann, der von links ins Bild gekommen war und ein Stück hinter Morakot stand. Es war der dickste Mann, den sie je gesehen hatte, und er hatte ganz stark hervorquellende Augen, die aussahen, als wollten sie jeden Moment herausspringen und auf dem Erdboden herumkullern. Auf dem Foto, auf dem Morakot in einem ganz, ganz weiten Mantel am Ufer des Genfer Sees stand, lag im Hintergrund ein zerbeultes Fahrrad. In ihren Briefen hatte ihre Schwester vom Schnee in den Bergen geschrieben, von der Schokolade und den Kuckucksuhren, die die reichen Leute so gerne kauften und derentwegen sie ganze Weltreisen unternahmen, für Malic aber war die Schweiz das Land der kaputten Fahrräder.

Sie hatte sich die Bilder so oft angeschaut, dass sie schon beinah das Gefühl hatte, selber an all diesen Orten gewesen zu sein und das zerbeulte Auto am Arc de Triomphe und den netten Hund neben dem halb umgekippten Turm in Italien mit eigenen Augen gesehen zu haben. Am meisten aber liebte sie an diesen Bildern das einzige auf jedem davon wiederkehrende Motiv – ihre Schwester. Die war immer da. Auf manchen war sie dick eingemummelt, um die Kälte abzuwehren, und trug warme Wollmützen, Handschuhe und Jacken. Für Malic, die Morakot von früher nur im Sarong kannte, war es ein merkwürdiger Anblick, sie in Jeans zu sehen. Doch nachdem sie sich einmal daran gewöhnt hatte, fand sie, dass die neuen Kleider ihr sehr gut standen. Sie sah auf jedem Foto schöner aus als die angeblich weltberühmte Sehenswürdigkeit, vor der sie stand.

Manche Fotos waren von anderen Touristen geknipst worden. Auf denen stand Morakots Mann neben ihr und guckte entweder in die Kamera oder schaute seine Frau mit einem Blick an, der, wie Malic fand, vor Liebe glühte.

Später kam ihre Großmutter wie jeden Abend durch den Spalt im Vorhang getappt, kroch unter ihr Moskitonetz und ließ sich auf die Matratze fallen, die aus mehreren Schaumgummistücken zusammengesetzt war. Die Großmutter war kahl und hatte keine Zähne mehr und konnte kaum noch etwas machen außer essen, schlafen und allerlei Geräusche von sich geben, aber Malic teilte sich die Zimmernische gern mit ihr. Laufen konnte die alte Frau auch noch ein bisschen, und manchmal legte sie sich unterm Haus, wo Schatten war, in ihre Hängematte, und schlief augenblicklich ein und schnarchte so laut, dass es durch die ganze Straße hallte. Dann schaukelte Malic sie sachte wie ein kleines Baby.

Mitunter aber schüttelte die Großmutter Malic mitten in der Nacht und riss sie aus dem Schlaf und erzählte ihr eindringlich flüsternd Geschichten, als handelte es sich um wichtige Mitteilungen. »Weißt du eigentlich«, raunte sie dann, »dass ich tausend Jahre alt bin«, und dabei schmatzte sie mit ihrem zahnlosen Mund. Malic fand das lustig und war ihr nie böse, wenn sie sie auf diese Weise weckte. »Was hab ich nicht alles erlebt. Einmal hab ich sogar dem König Jayervarman VII. einen Korb Durianen überreicht.« Die Erinnerung zauberte ein Lächeln auf ihr faltiges Gesicht. »Ich hab ihm gefallen, das hab ich wohl gemerkt. Ich war damals nämlich genauso schön wie deine Schwester Morakot, weißt du, und genauso schön, wie du selber eines Tages sein wirst.«

Als François verkündete, er werde sein drittes Berufsjahr als Zahnarzt in Phnom Penh absolvieren, lachten ihn alle aus.

»Aha«, sagten seine Freunde und fanden sich wahnsinnig witzig, »na, dann wirst du dir wohl eine kambodschanische Frau mitbringen.«

»Eine?«, hatte er grinsend geantwortet, ohne sich seinen Ärger anmerken zu lassen, »drei bring ich mir mit, mindestens. Ihr werdet schon sehn.«

Die Einzige, die ihn nicht auslachte, war seine Verlobte. Sie bewunderte ihn, weil er so ein gutes Herz hatte, und war überzeugt, dass er dort unten hart arbeiten, ihr regelmäßig schreiben und sich grundanständig benehmen würde. Und so war es auch. Am Wochenende zog er manchmal mit seinen Freunden und Kollegen durch die Bars, aber wenn die hübschen Mädchen ihn fragten, ob er sie mit zu sich nach Hause nehmen wollte, lehnte er ab. Die Woche über konzentrierte er sich auf seine Arbeit und war oft weit über die offiziellen Sprechstunden hinaus in der Praxis. Diese befand sich in einem restaurierten Kolonialgebäude unweit des Stadtzentrums. Sie war mit französischem Geld finanziert worden und nicht schlechter ausgestattet als die, in denen er zu Hause gearbeitet hatte. Unter seinen Patienten waren sehr viele Kinder. Die meisten kamen vom Lande, und die Probleme, die sie mit den Zähnen hatten, reichten von Allerweltsbeschwerden bis zu den monströsesten Ungeheuerlichkeiten. Sobald er sich an die Hitze gewöhnt und ein paar Lokale gefunden hatte, wo er abends ein Bier trinken und ein bisschen Billard spielen konnte, war sein Leben in Kambodscha fast schon mondän. Bis zu dem Tag, als die damals zehnjährige Malic in sein Sprechzimmer trat.

Ängstlich betrachtete sie die ganzen glänzenden elektrischen Apparate, ihr Blick schoss zwischen dem Behandlungsstuhl und dem Bohrer und den vielen verchromten

Instrumenten im Raum hin und her. Sie zog ein Gesicht, als befürchtete sie, dass all diese Gerätschaften jeden Moment explodieren könnten, aber ihre große Schwester war mitgekommen, um ihr Mut zu machen. Sie hielt die Kleine im Arm und redete sanft auf sie ein. Verzückt lauschte François der melodischen Stimme der jungen Frau, ihre Anmut und Schönheit ließen ihn erbeben, und plötzlich war ihm klar, dass weder seine Kinderliebe noch der Wunsch, seinen Lebenslauf interessanter zu gestalten, ihn nach Kambodscha geführt hatte. Nein, der wahre Grund war dieses Mädchen. Sie wollte er zu seiner Frau machen und mit nach Hause nehmen. Die Schwestern beobachteten den Zahnarzt und unterhielten sich darüber, wie nett er aussah und wie hübsch er war. Und nach und nach legte sich Malics Angst.

Von einer kleinen Gruppe Studenten umringt, untersuchte und röntgte François ihre Zähne. Das war eine langwierige Prozedur, während der er immer wieder verstohlen zu Morakot hinüberschaute, die im Raum geblieben war, um ihrer Schwester beizustehen. Er versuchte an seine Verlobte zu denken und fragte sich, ob sie wohl ebenso liebevoll und sanft mit einem Kind umgehen würde, und konnte es sich einfach nicht vorstellen, obwohl er wusste, dass das natürlich eine völlig irrationale Überlegung war. Nach der Untersuchung wandte er sich mit Hilfe seines Dolmetschers an Morakot. Er erklärte ihr, Malic habe zwar eindeutig sehr schlechte Zähne und das komplizierteste Gebiss, das ihm je begegnet sei, trotzdem wollten er und sein Kollege, ein Zahnarzt, der über nahezu dreißig Jahre Berufserfahrung verfüge, ihr Bestes tun, um ihr zu helfen. Während er das sagte, ließ Morakot ihren besorgten Blick zwischen ihm und ihrer Schwester hin- und herschweifen. Er erklärte ihr, er müsse sich jetzt noch um einige andere Patienten kümmern, würde sich aber sehr freuen, wenn er sie und Malic am Abend in ein Restaurant einladen dürfte. Beim Essen würde er ihnen dann den ganzen Behandlungsplan ausführlich erläutern. Morakot nickte, und man verabredete sich.

*

Malic war das erste Mal in Phnom Penh. Noch nie zuvor hatte sie so viele Motorräder, Autos, Lkws und Busse gesehen, nicht mal bei ihren Ausflügen nach Battambang, und es kam ihr richtig komisch vor, selbst an all den Orten vorbeizugehen, die sie sonst immer nur im Fernsehen sah, zum Beispiel den Königspalast, das Wat Phnom mit dem gelangweilt dreinschauenden Elefanten davor und die riesige gelbe Kuppel der Markthalle, die aussah wie aus einem Zeichentrickfilm. Und überall waren Ausländer. Die hatte sie bis dahin nur selten erlebt. Manchmal waren welche auf Motorrädern oder mit Jeeps durch ihr Dorf gefahren, und dann hatten Malic und die anderen Kinder ihnen zugewinkt. Einmal hatte ein Weißer ganz in der Nähe ihres Hauses eine Motorradpanne gehabt. Als er das Werkstattschild ihres Vaters sah, hatte der hoch gewachsene Mann mit dem roten Gesicht sein Fahrzeug zu ihnen auf den Hof geschoben. Malic, Sophal und Panarith hatten aus sicherer Entfernung zugeguckt, wie er sich schwitzend auf eine leere Schmieröltonne gesetzt hatte.

In dem Restaurant, in dem sie mit dem Zahnarzt und seinem Dolmetscher verabredet waren, wimmelte es von Ausländern und reich aussehenden Kambodschanern. Wie gebannt beobachtete Malic, was um sie herum geschah, und die neuen Sachen, die sie und Morakot extra für die Reise bekommen hatten, gaben ihr das Gefühl, sich in einer völlig anderen Welt zu befinden. Staunend betrachtete sie die kristallenen Kronleuchter und das große, von innen angestrahlte Bild, auf dem ein Wasserfall zu sehen war, der sich wirklich zu bewegen schien, und hörte gar nicht, was die anderen sagten. Der Zahnarzt hatte binnen weniger Minuten sein ganzes Khmer verausgabt und war auf seinen Dolmetscher angewiesen, einen Jungen, kaum älter als Morakot, der gerade erst sein Studium abgeschlossen hatte. Als Malic ihre Aufmerksamkeit der Unterhaltung zuwandte, registrierte sie, dass es darum ging, wie das Wetter in Frankreich war und wie man in Kambodscha auf dem Dorf so lebte. Malic wunderte sich, dass Morakot einwilligte, als François sie beide einlud, sich am nächsten Abend noch einmal mit ihm zu treffen. Dann fuhren sie mit dem Taxi zu ihrem Quartier.

»Das ist sehr wichtig«, sagte ihre große Schwester, als sie nachher in dem Schlafsaal der an die Praxis angeschlossenen Zahnklinik waren. »Wir müssen ja schließlich über dein Gebiss reden.«

Als die Behandlung dann anfing, musste Malic auf der Station bleiben. Morakot aber ging jeden Tag mit dem Zahnarzt und seinem Dolmetscher essen, und dabei lernten sie sich nach und nach besser kennen. Er erfuhr, dass sie zwanzig war und ihr Vater ein Händchen für Maschinen hatte und einfach alles reparieren konnte; seine Werkstatt lief so gut, dass er sogar genügend Geld gespart hatte, um sie zum Lehrerstudium in die Stadt schicken zu können. Sie erzählte ihm, dass sie noch frei und ledig war, obwohl sie eine Menge Bewerber hatte, und dass sie ihre Zeit damit verbrachte, Bücher aus der Leihbücherei zu lesen und ihren Eltern bei der Hausarbeit zu helfen. Sie wiederum erfuhr, dass der Zahnarzt irgendwo nördlich von Paris wohnte und drei Schwestern hatte, aber keine Freundin mehr.

Eines Abends, als der Dolmetscher von François in die Provinz Kampong Cham gefahren war, um sich das neugeborene Töchterchen seines Bruders anzusehen, saßen sie zusammen in einem teuren Restaurant und schwiegen und fanden nichts dabei. François versicherte sich, dass niemand zu ihnen rüberguckte, und dann langte er über den Tisch und nahm die Hand des Mädchens. Morakot lächelte. Als sie dann mit dem Taxi in die Klinik zurückfuhren, küsste er sie, und Malic lag derweil in ihrem Krankenzimmer und war von quälenden Schmerzen geplagt, und alle Leute sagten: »Da musst du durch. Wer schön sein will, muss leiden.«

Nach fünf Wochen, in denen sie unzählige Male untersucht und geröntgt worden war, durfte Malic endlich wieder heim. Im Zuge der Behandlung waren ihr drei Zähne gezogen worden, die sie in einem Stück Zellstoff aufbewahrte. François hielt es nicht für ratsam, das Mädchen so bald wieder nach Phnom Penh kommen zu lassen, und darum beschloss er, die Nachkontrolle bei ihr zu Hause durchzuführen. Immerhin war sie sein schwierigster Fall. Nachdem Morakot ihm genau erklärt hatte, wie er zu ihnen kam, begleitete er die Schwestern zu dem Wagen, der sie in ihr Dorf bringen sollte. Sie saßen auf dem Rücksitz, Malic mit massenhaft Draht im Mund und einer Klammer um den ganzen Kopf und Morakot mit Walkman, einem Lehrbuch *Französisch im Selbststudium* und einem Packen Hörkassetten. Der Fahrer spielte laut Musik, neun Stunden dauerte die Fahrt, und die ganze Zeit mussten sie immer wieder dieselben Lieder hören.

François sah ihnen nach, bis der Wagen im Verkehr verschwunden war, dann ging er hinunter zum Fluss, wo seine Wohnung lag.

Zwei Wochen später erschien der Zahnarzt mit seinem Dolmetscher bei ihnen im Dorf. Er war schmutzig von der langen Reise, wollte sich aber nicht im Fluss waschen. Er saß ein paar Stunden mit dem Vater der beiden Mädchen zusammen, sie tranken Angkor-Bier und den Cognac, den er aus der Stadt mitgebracht hatte, und irgendwann schlief er im Haus eines Nachbarn unter einem Moskitonetz ein.

Nach einer qualvollen Nacht ohne Ventilator wachte er am Morgen völlig durchgeschwitzt und wie zerschlagen auf, unterhielt sich mit Morakot, die inzwischen schon ein paar Brocken Französisch konnte, sich aber offenbar schämte nachzuplappern, was die Stimme auf der Kassette sagte. Er erzählte allen, dass es Malics Zähnen den Umständen entsprechend gut gehe, und fuhr zurück nach Phnom Penh. Vierzehn Tage später war er wieder da. Das ganze Dorf freute sich, ihn zu sehen. Alle sprachen davon, wie nett er zu Malic war und wie gut er aussah und wie glücklich Morakot wäre, wenn er ihr einen Heiratsantrag machen würde. Was er auch wirklich tat, und zwar am Ufer des Mekong, als die Schwestern nach Phnom Penh kamen, wo Malics Gebiss hoffentlich zum allerletzten Mal geröntgt werden sollte.

Er hatte sich von seinem Dolmetscher beibringen lassen, was er sagen musste, und der Dolmetscher hatte ihm versichert, dass Morakot ganz bestimmt ja sagen werde. Danach verlängerte er seinen Vertrag um ein weiteres halbes Jahr und ging daran, sich um die Papiere zu kümmern.

Von François' Familie kam niemand zur Hochzeit, aber dafür war der Saal in dem Club, den er gemietet hatte, voll von seinen betrunkenen ausländischen Freunden. Die waren alle ganz hin und weg von Malic, schleppten sie über die Minigolfanlage und verwöhnten sie mit Süßigkeiten und Softdrinks. Ein paar von ihnen hatten kambodschanische Frauen und verstanden schon ziemlich gut Khmer.

Das junge Paar wohnte in der Wohnung des Zahnarztes. Während ihr Mann in seiner Praxis war, nahm Morakot Französischunterricht und kochte das Essen. Abends machten sie Pläne für ihren Umzug nach Frankreich und genossen es, zusammen zu schweigen. Bevor er sich eine neue Stelle suchte, wolle er erst mal ein paar Wochen mit ihr durch Europa reisen, sagte er, und dass er sie überall, wo sie hinkamen, fotografieren wolle und dass es kalt werden würde und schön.

Morakot sagte zu ihrer Schwester, sie werde immer an sie denken und ihr so oft wie möglich schreiben. Und weil die Eltern doch beide kaum lesen und schreiben konnten, müsse Malic der ganzen Familie alle Neuigkeiten berichten, die sie ihr schrieb, und sie müsse sie auf dem Laufenden halten, was sich daheim im Dorf und in der Familie ereignete. Malic und ihr Vater kamen zum Flughafen, um Morakot zu verabschieden.

Sophal dachte gern an die Abenteuer zurück, die er mit Panarith und dessen kleiner Schwester Malic bestanden hatte. Es machte ihm Spaß, von den gemeinsamen Bootsfahrten mit dem Kahn seines Onkels zu erzählen und von den langen Wanderungen hinaus in die Reisfelder. Besonders eine Geschichte wollten seine Zuhörer wieder und wieder hören, nämlich die von der Wasserflasche aus Plastik, die sie einmal unweit des Dorfes auf dem Fluss hatten treiben sehen. Sie hatten das Boot angebunden und in einem Kokoshain Fußball gespielt. Sophal hatte sich sogleich für Kambodscha erklärt, noch ehe die anderen überhaupt zum Nachdenken gekommen waren. Panarith war Arsenal gewesen, seine Schwester Laos. Sie hatten um die Wette gekickt, und jeder hatte versucht, die Flasche an sich zu bringen. Malic kämpfte wie eine Wilde für das Land, das sie verkörperte. Das Tor – einen Torhüter gab es nicht – befand sich zwischen zwei Baumstämmen, und die Kleine spielte wirklich nicht schlecht. Als Kambodscha sechs, Laos vier und Arsenal drei Punkte hatte, flog die Flasche nach einem besonders harten Angriff in hohem Bogen weg und landete ein paar Meter von den Spielern entfernt. Arsenal und Laos rannten los; sie waren so dicht beisammen, dass sie beinahe wie ein einziger Körper aussahen, und plötzlich gab es eine Explosion, die beiden flogen durch die Luft, und Fetzen ihrer Haut spritzten durch den Kokoshain.

Sophal schrie um Hilfe, doch niemand kam. Da rannte er zurück zum Fluss und lief am Ufer entlang. Er traf zwei Fischer, die den Knall gehört hatten und gerade nachschauen wollten, was passiert war. Zusammen rasten sie zum Schauplatz zurück. Es waren nur wenige Minuten vergangen, aber Panarith war schon über und über mit schwarzen Ameisen bedeckt. Offenbar war er es gewesen, der auf die Mine getreten war, denn Sophal sah, dass seinem Freund beide Beine auf der Hälfte der Oberschenkel abgerissen waren.

Sophal erzählte jedem, der es hören wollte, wie sie sich überzeugt hatten, dass Panarith tot war, und den Leichnam vorerst liegen gelassen hatten, um sich zunächst um die bewusstlose Malic zu kümmern, wie sie sie zum Fluss geschleppt und fortgebracht hatten, erst mit dem Boot, dann auf der Ladefläche eines Lkw, und wie keiner geglaubt hatte, dass sie den Weg bis zum Arzt schaffen würde. »Aber sie hat noch gelebt. Das halbe Gesicht war weg, Nase ab, und auch der Mund zum größten Teil verschwunden. Darum hat sie da jetzt lauter Löcher.« Er steckte zwei Finger jeder Hand in den Mund und schob die Lippen zurück, um Malics Gesicht nachzumachen. »Sieht aus, als ob sie Lepra hat. Fast keine Zähne, bis auf ein paar, die vereinzelt rumstehen, hier mal einer, da mal einer, wie's ihnen gerade passt. In Phnom Penh ist sie gewesen und hat sich das Gebiss richten lassen, aber das hat nicht viel gebracht – richtig sprechen kann sie immer noch nicht. Ich kann sie ja ganz gut verstehn und ihre Familie natürlich auch, aber wer sie nicht kennt, der kriegt kaum mit, was sie sagt, weil sie ja fast keine Lippen mehr hat, nur noch so Hautlappen, die noch nicht mal richtig zusammenpassen. Und ihre linke Hand hat sie auch verloren. Da ist bloß noch ein Stumpf übrig, und am Oberkörper hat sie lauter Narben. Die Ärzte sagen, es ist ein Wunder, dass sie nicht verblutet oder an einer Infektion gestorben ist.«

Der Bauer konnte sich gar nicht erklären, wieso er selber oder sein Vieh die Mine nicht längst zur Explosion gebracht hatte. Er ist da bestimmt schon tausend Mal drübergegangen, hat er gesagt. »Wenn ihr Malic sehen wollt, sie wohnt unten am Fluss, da, wo die Motorradwerkstatt ist. Aber ich warne euch, sie ist nicht gerade eine Augenweide. Die sieht aus wie …« Und dann steckte er abermals die Finger in den Mund und zog die Lippen zurück, damit die Leute eine Vorstellung davon hatten, wie Malic aussah.

Morakot schrieb Malic mindestens zweimal die Woche einen Brief. Manchmal dauerte es drei, vier Wochen, bis ihre Briefe ankamen, manchmal sogar Monate, und manchmal kamen sie auch gar nicht an. Manchmal kamen sie einzeln, manchmal kam ein ganzer Packen, und fast immer kamen sie in der falschen Reihenfolge. Malic las sie sich viele Male durch und erzählte ihren Eltern und der Großmutter ganz genau, was Morakot geschrieben hatte. Morakot berichtete ihrer Schwester so viel davon, wie es in Frankreich war, dass Malic das Gefühl hatte, sie hätte gar nichts mehr zum Staunen, wenn sie selbst einmal dorthin käme. Und jeder Brief endete damit, dass Morakot sagte, wie glücklich sie sei und wie sehr sie sich nach ihrer Familie sehne und dass sie und ihr Mann so bald wie möglich zu Besuch kommen würden. Der Zahnarzt hatte ein Bankkonto für ihre Angehörigen eingerichtet und schickte ihnen hin und wieder ein paar amerikanische Dollars, und darum hielten sie ihn für außerordentlich wohlhabend. Von dem Geld kaufte ihr Vater Farbe, um das Treppengeländer und die Fensterläden blau zu streichen, ersetzte das alte Holzdach durch eins aus Wellblech und goss den Fußboden in der Werkstatt mit Beton aus. Malic hatte immer hübsche Sarongs an und bekam ein eigenes Motorrad, das ihr Vater so hergerichtet hatte, dass sie es bequem mit einer Hand lenken konnte, wenn sie für ihn Besorgungen machen musste. Sie schrieb Morakot, wie es der Familie ging und was im Dorf los war und was für Neuigkeiten sie aus der näheren Umgebung gehört hatte. Sie berichtete ihrer großen Schwester von der Nachbarin, die vor lauter Schulden keinen anderen Ausweg mehr gesehen hatte, als sich mit Insektengift das Leben zu nehmen, und von der Siebenjährigen aus dem übernächsten Dorf, die man mit dem Gesicht nach unten im Bewässerungsgraben gefunden hatte – vergewaltigt und erwürgt, und ihre goldenen Ohrringe waren weg, und niemand hatte eine Ahnung, wer der Täter war.

Einmal schrieb Morakot an Malic, der Zahnarzt habe gesagt, wenn sie älter sei, wolle er ihr ein Flugticket nach Europa schenken, und dann werde er zwei Wochen Urlaub nehmen und ihr all die Orte zeigen, die sie von den Fotos her am meisten mochte.

Die Zukunft, die Malic sich wünschte, lag daheim in ihrem Dorf. Von den Nachbarskindern sehnten sich viele nach einem Leben in Amerika oder in Frankreich, sie aber wollte in der Nähe ihrer Eltern bleiben, wo der Fluss war und die lehmigen Wege, die sie so gut kannte. Doch den Gedanken, gleichsam in die Fotos einzutreten und einmal selber dort zu stehen, wo ihre Schwester gestanden hatte, fand sie trotzdem ungeheuer aufregend. Morakot kam nie mehr auf die Einladung zurück, aber Malic träumte ständig von der Reise. Sie malte sich aus, wie die Fotos von ihr aussehen würden. Wenn sie wieder nach Hause käme, würde sie sie alle in ein Album kleben, und vorne drauf würde sie schreiben *Malic in Europa, Zweitausendsoundso.*

Als der Brief ankam, in dem Morakot mitteilte, dass sie schwanger war, trank ihr Vater vor lauter Freude so viel Bier und Palmwein, dass man ihn nach Hause tragen musste. Drei Tage dauerte es, bis er seinen Rausch ausgeschlafen hatte, und sobald er wieder klar sehen konnte, machte er sich an die Arbeit und baute aus verschiedenen in der Werkstatt herumliegenden Teilen einen Wagen für sein Enkelkind. Er werkelte heimlich vor sich hin, und obwohl längst alle Bescheid wussten, durfte niemand gucken, solange der Wagen nicht fertig war. Immer, wenn er zwischen zwei Aufträgen etwas Zeit übrig hatte, verkroch er sich und bastelte an dem guten Stück, und als es nach vierzehn Tagen fertig war, kamen die Leute an und wollten es sehen. Und dann lachten sie ihn aus, aber gleichzeitig bewunderten sie sein Werk, denn so ein Gefährt hatten sie noch nie gesehen. Das Gehäuse bestand aus einer entsprechend verformten Lkw-Tür. Es hatte vier Räder und ein Verdeck aus Segeltuch, damit die helle Haut des Babys vor der Sonne geschützt wäre.

Die Dorfbewohner scharten sich um den Wagen und stellten sich vor, dass darin ein großes, dickes, halb französisches Baby spazieren gefahren wird, dass es auf dem alten Hondasitz sitzt und sich zum ersten Mal das Heimatdorf seiner Mutter anschaut. Als die Leute das *Babymobil*, wie sie es nannten, genug bewundert hatten, schob der stolze Erfinder es in eine Ecke seiner Werkstatt und deckte es mit einer alten Plane zu, damit es bereit wäre, wenn das Kleine käme. Malic schärfte er ein, Morakot ja nichts davon zu schreiben. Es sollte eine Überraschung sein.

Malic gab zu, dass sie aufgeregt war, und beteiligte sich an dem allgemeinen Rätselraten darüber, wie das Baby heißen und ob es ein Junge oder ein Mädchen werden würde.

Das Baby wurde Laetitia genannt. Morakot schickte Fotos. Stundenlang betrachtete Malic das pausbäckige Gesicht der Kleinen, ihre bunten Kleidungsstücke und ihr dichtes schwarzes Haar und versuchte verzweifelt glücklich zu sein. Es fiel ihr unendlich schwer. Ihre Sehnsucht nach dem Kind war so groß, dass sie es kaum ertragen konnte. Sie wünschte sich so sehr, dass sie Laetitia im Dorf herumtragen oder sie mit dem Babymobil durch die Gegend kutschieren könnte und die Leute herbeikämen und sich das süße Pummelchen ansähen und sich daran freuten, wie zufrieden es dreinschaute. Sie wollte die Kleine im Arm halten und mit ihr zum Fluss hinuntergehen und sie im Wasser hin und her schwenken und ihr die Haare waschen und vorsichtig ausspülen, damit sie keine Seife in die Augen kriegte. Und die Kleine würde in dem lehmig braunen Wasser herumplanschen und ihre liebe Tante Malic ansehen und genauso lächeln, wie sie auf den Fotos lächelte, mit Augen, die vor Liebe strahlten.

Morakot schrieb, der Zahnarzt wolle mit einem Besuch in Kambodscha noch warten, bis das Baby ein ganzes Stück größer wäre. Er mache sich Sorgen wegen der Krankheitserreger, erklärte sie.

Malics Lieblingsfoto war das, wo ihre Schwester vor diesem kippligen Turm da in Italien stand. Neben ihr saß ein struppiger Hund und schaute sehnsüchtig zu ihr hoch. Morakot hatte ihr geschrieben, dass der Hund ihnen von ihrer Pension aus gefolgt war; er war so lieb und freundlich gewesen, dass sie es nicht über sich gebracht hatten, ihn fortzujagen. Sie hatten ihn Henri genannt, nach einem Freund, den der Zahnarzt in Phnom Penh gehabt hatte. Den ganzen Tag war der Hund bei ihnen geblieben und hatte sich von ihnen mit Keksen und Schokolade füttern lassen.

Struppige Hunde gab es viele in dem Dorf, in dem Malic wohnte, aber der Hund auf dem Foto war anders, und darum konnte sie ihn lange nicht vergessen. Immer wieder stellte sie sich vor, dass er sie auf ihren Wegen begleitete und liebevoll mit seinen schönen Augen zu ihr hochblickte. Sie malte sich aus, dass er noch da wäre, wenn sie eines Tages nach Italien käme, und sie ihn mit Keksen und Schokolade füttern würde.

Doch mit der Zeit dachte sie immer seltener an Henri. Inzwischen kreisten ihre Tagträume um andere Dinge, zum Beispiel um Laetitia oder um Sophal. Manchmal ertappte sie sich dabei, wie sie sich fragte, was Sophal wohl empfinden würde, wenn er sie in den Arm nähme und sie ganz fest hielte und sie so sanft küsste, dass sie das Gefühl hätte, ihr müsste schier das Herz zerspringen vor lauter Liebe.

Nachdem die Leute, die ihn gefüttert hatten, in ihrer Pension verschwunden waren, drehte sich der Hund um und machte sich schnurstracks auf den Weg nach Hause. Als die Sonne unterging, hatte er die Stadt bereits im Rücken. Mal rennend, mal vor sich hin trottend, mal Erjagtes, mal Gefundenes und manchmal auch Gestohlenes fressend, hielt er in möglichst gerader Linie Kurs auf Ost-Südost, wurde mal verscheucht und mal geduldet, lief quer durch Gärten und Gehöfte, Städte und Dörfer, über ruhige Straßen und über befahrene, durch Wälder, um Seen herum, schwamm durch Flüsse und Bäche und ging mitunter stundenlang in die falsche Richtung, bevor er wieder auf den rechten Weg zurückfand, den Weg nach Hause.

In Pisa war er noch weiter von zu Hause entfernt gewesen als in Rom, aber er hatte nie gerastet, außer manchmal, wenn er sich vor Erschöpfung nicht mehr auf den Beinen halten konnte und sich einfach irgendwo im Schatten verkriechen musste, bis er sich wieder besser fühlte und von neuem seiner Fährte folgen konnte, über Menschenpfade und Pfade von Tieren und Straßen entlang, und manchmal musste er vor Leuten davonlaufen, die ihn nicht um sich haben wollten, vor plötzlichen Geräuschen und Hunden, die ihn aus ihrem Revier vertrieben.

Und dann, nach langer Zeit, roch er, dass er jetzt fast zu

Hause war, und da machte er nochmal richtig Tempo. Und obwohl er wunde Füße und so gut wie nichts im Bauch hatte, ragte sein Schwanz kerzengerade in die Luft, und er legte viel seltener Pausen ein, um was zu fressen und zu schlafen.

Neunundvierzig Tage nachdem er Pisa verlassen hatte, fuhr, als er auf dem Laubteppich am Rande einer stillen Straße dahintrottete, ein Taxi an ihm vorbei. In dem Taxi saß jemand, der jedoch keine Notiz von ihm nahm, weil er voll damit beschäftigt war, im Rückspiegel den einen oder anderen verstohlene Blick auf seinen eigenen Scheitel zu erhaschen und ts-ts-ts zu machen und sich zu fragen, wo seine Jugend nur geblieben war und warum sie so schnell vergangen war, und zu staunen, wie man staunt, wenn urplötzlich die Nacht hereinbricht. Hätte er den Hund bemerkt, dann hätte er ihn mitgenommen, denn sie waren alte Bekannte. Sie waren Freunde und hatten dasselbe Ziel.

"It's
true that I'm living
in a world flooded with
the light of Love

Timbo

Ein paar Monate vor Timoleon Vietas Auftauchen war Cockroft in Rom gewesen und hatte sich dort in einer Buchhandlung für englischsprachige Literatur ein antiquarisches Exemplar von *Madame Bovary* gekauft. Zu Hause hatte er angefangen zu lesen. Aber er fand es langweilig, jedenfalls bis Madame Bovary auf Seite siebenundfünfzig einen Windhund geschenkt bekam. Da erwachte das Buch plötzlich für ihn zum Leben. Der Windhund erinnerte ihn an all die Hunde, die er besessen hatte, und als das Tier davonlief, hinaus in die Felder von Yonville, da kamen ihm die Tränen, denn er musste daran denken, wie er gelitten hatte, als seine Samojedenhündin verschwunden war. Und während er weiterlas, hoffte er die ganze Zeit, dass der Hund ins Leben seiner Besitzerin zurückkehren würde, dass er mit hängender Zunge auf den Jahrmarkt gerannt käme oder draußen vor der Oper von Rouen auf Madame Bovary warten und sie mit seinen großen Windhundaugen ansehen würde, oder dass er in der Szene, wo sein Frauchen, voll gepumpt mit Arsen, im Sterben liegt, angesprungen käme und sie mit seiner feuchten Nase anstupste und ihr die Kraft gab, damit sie wieder zu sich kam. Buchstäblich bis zur letzten Zeile hatte Cockroft damit gerechnet, dass der Hund zurückkehrte. Doch er war und blieb verschwunden, genau wie damals seine Samojedenhündin.

Und jetzt, da seine Sehnsucht nach Timoleon Vieta so

groß war, dass sie jeden anderen Gedanken verdrängte, fiel ihm das Buch, das in der Küche auf einem Bord stand, wieder ins Auge und er schlug noch einmal die Seite auf, wo der Windhund weglief. Er hatte sich die Passage angestrichen. Als er zu der Stelle kam, wo Monsieur Lheureux, der Stoffhändler, sie mit allen möglichen Geschichten von entlaufenen Hunden zu trösten versuchte, die am Ende wieder zu ihren Herren zurückgefunden hatten, musste er schniefen und kämpfte mit den Tränen. Lheureux erzählte von einem, der von Paris nach Konstantinopel gereist war, und von einem, der hundertfünfzig Meilen in gerader Linie gelaufen war und unterwegs vier Flüsse durchschwommen hatte. Er erzählte ihr sogar, sein Vater habe einen Pudel besessen, der zwölf Jahre verschollen gewesen sei und ihn eines Abends plötzlich auf der Straße von hinten angesprungen habe.

Cockroft wusste, dass das alles nur leere Worte waren. Er hatte längst die Hoffnung aufgegeben, dass er seine Samojedenhündin jemals wiedersehen werde, und im Grunde seines Herzens wusste er, dass er auch Timoleon Vieta für immer verloren hatte. Sein Hund würde ihn gewiss nicht in Assisi oder Torgiano oder am Ufer des Trasimenosees von hinten anspringen. Er wusste, dass sein Hund nie mehr zurückkehren würde.

Das Erste, was Cockroft auffiel, als der Junge von den Fotos aus dem Taxi stieg und in seinen Taschen nach Geld kramte, war, dass von seinem schönen goldblonden Haar fast nichts mehr übrig war. Es war so dünn geworden, dass man ihn von weitem beinahe für einen alten Mann halten konnte. Nur direkt oben auf dem Scheitel waren noch ein paar Strähnen übrig. Und als Zweites fiel ihm auf, wie wenig ihn das störte. Cockroft stand wie angewurzelt da und grinste wie ein Baby.

»Hi«, sagte der Junge, als das Taxi davonfuhr.

Cockroft rührte sich nicht.

»Tut mir Leid, das mit den Haaren.« Er hatte erst noch überlegt, ob er eine Mütze aufsetzen sollte, aber dann hatte er beschlossen, das peinliche Geständnis schnellstmöglich hinter sich zu bringen.

Cockroft versuchte die Brauen hochzuziehen und gelassen die Achseln zu zucken, aber es gelang ihm nicht.

»Ähm, Cockroft?« Der Junge biss sich auf die Unterlippe. »Ich weiß schon, das kommt jetzt etwas überraschend, aber hast du was dagegen, wenn ich hier bleibe und mit dir zusammen alt werde? Darf ich? Ginge das vielleicht?«

Cockroft ließ unwillkürlich ein wenig Luft ab, es quietschte.

»Na ja, ich meine, wenn du einen anderen hast, dann geh ich wieder.« Er winkte ab. »Wirklich.«

Die Vorstellung, dass der Junge gehen könnte, holte Cockroft mit einem Schlage wieder ins Leben zurück. »Nein«, sagte er. »Ich habe keinen anderen.«

»Wirklich nicht?« Der Junge neigte den kahlen Kopf zur Seite und kniff die Augen zusammen. »Cockroft?«

»Nein, wirklich nicht. Es ist niemand hier.«

»Wie heißt er denn?«

Cockroft lutschte an seiner Unterlippe und starrte zu Boden. »Weiß ich gar nicht so genau.« Er hatte nie danach gefragt. Er hatte immer fragen wollen, aber er hatte die rechte Gelegenheit verpasst, und inzwischen war es einfach zu spät. »Die Sache ist ziemlich kompliziert. Ein Bosnier. Er ist aus Bosnien. Er tut mir Leid, aber eigentlich mag ich ihn nicht. Er ist hinten im Haus. Ich werde ihn bitten zu gehen.«

»Liebt er dich? Wird er gegen mich kämpfen?«

Cockroft lachte – zum ersten Mal seit Monaten. »Nein, lieben tut er mich nicht die Bohne. Die Sache ist die …« Er guckte schuldbewusst.

»Was?«

»Na ja, also die Sache ist die: er lutscht mir jeden Mittwochabend den Schwanz.«

Der Junge sah Cockroft an und kriegte den Mund nicht wieder zu. »Das ist ja wie das Ding mit dem hundertsten Affen.« Er lachte. »Unglaublich, dass das wirklich funktioniert. Du hast es doch vorher bestimmt schon bei zehntausend anderen probiert. Ich sag's ja, Beharrlichkeit führt zum Ziel. Also, wenn er dich nicht liebt, dann wird er ja wohl nicht groß was dagegen haben, wenn ich das ab jetzt übernehme.« Der Junge kam lächelnd auf Cockroft zu und schloss ihn in die Arme. »Schön, wieder zu Hause zu sein«, sagte er. Und dann küsste er den alten Mann auf den Mund und kraulte ihm ein bisschen den Bart.

»Und wie geht's Meshach, Shadrach und Abednego?«

»Sehr gut. Sie lassen schön grüßen.«

»Ach ja?«

Cockroft sah zu Boden. Er löste sich aus der Umarmung. »Du weißt doch.« Seine Enkel waren drei von den zahllosen Dingen, die Cockroft permanent zu verdrängen versuchte. Er hatte sie lange nicht gesehen. Sein Schwiegersohn hasste ihn und gab ihm die Schuld an all dem Schlimmen, was passiert war, und wollte nicht, dass er mit den Kindern Kontakt hatte. Seine Weihnachts- und Geburtstagskarten blieben unbeantwortet, selbst dann, wenn er reichlich Lire mit in die Kuverts gesteckt hatte, damit sie sich den Spaß machen konnten, bei Thomas Cook zu tauschen. Cockroft war nicht mal sicher, ob er überhaupt noch ihre Adresse hatte.

»Ich weiß ja«, sagte der Junge traurig. »Tut mir Leid, ich hätte nicht danach fragen sollen.«

»Schon gut«, sagte Cockroft. Sie standen da und schwiegen.

»Und wo ist mein kleiner Timbo?«, fragte der Junge und schaute sich lächelnd um.

Cockroft war immer zusammengezuckt, wenn jemand Timoleon Vietas Namen abgekürzt hatte. Jemand anders als der Junge. Der durfte das. Der alte Mann seufzte. »Weg. Aber das ist eine lange Geschichte. Eine lange, traurige typische Cockroft-Geschichte von Suff, Elend und eigener Blödheit. Hätt ich ihm doch lieber gleich eine Pistole an den Kopf gehalten.« Er blickte in die Ferne. »Ich erzähl's dir später.«

»Scheint so, als ob ich heute wieder mal kein Fettnäpfchen auslasse.« Der Junge sah den Schmerz in den Augen des Alten. Er drückte ihn ganz fest an sich und rieb die Nase an seinem Bart.

Nach einer Weile sagte er: »Das mit Misty tut mir Leid.« Er wollte dieses Thema gleich zur Sprache bringen, damit es nicht in den tieferen Schichten schwelte und sie beide in den Abgrund zog. Denn je schneller sie es schafften, alles Schlechte beiseite zu räumen, desto eher konnten sie wieder anfangen, das Leben zu genießen, und er wollte so schnell wie möglich wieder das Leben genießen. Er meinte es ernst. Es tat ihm wirklich Leid, dass er mit Monty »Misty« Moore durchgebrannt war. »Es hat nicht lange gehalten. Ein, zwei Jahre, glaub ich. Ich weiß nicht mehr genau. Jedenfalls hab ich dann jemand anders kennen gelernt.«

Cockroft sagte nichts.

»Du hattest Recht mit ihm. Ich hätte auf dich hören sollen. Er ist ein Aaaschloch.«

»Dass er ein Aaaschloch ist, das hab ich nie behauptet«, sagte Cockroft unvermittelt, trat einen Schritt zurück und stemmte die Hände in die Hüften.

»Wie bitte? Und was ist mit den ganzen Geschichten, dass er dir sämtliche Melodien geklaut und sie als seine eigenen ausgegeben hat? Du hattest Hunderte. Du hast doch immer gesagt, dass seinen Swimmingpool im Grunde du bezahlt hast und seine ganzen Hochzeiten.«

»Nun gut«, sagte Cockroft todernst, »ganz gleich, was ich dem Mann auch vorgeworfen habe, als Aaaschloch würde ich ihn nie bezeichnen.«

»Bist du sicher?«

»Absolut. Dass er ein Arschloch ist, das hab ich oft gesagt, ich weiß schon gar nicht mehr wie oft, aber Aaaschloch hätte ich nie im Leben zu ihm gesagt. Du kleiner Proll, du.«

Der Junge grinste. »Du hast mir echt gefehlt«, sagte er leise und griff nach Cockrofts Hand. »Du alter Wichser, du.«

Der Bosnier, der diese gefühlvolle Wiedervereinigung vom Fenster aus beobachtet hatte, packte seine Sachen und steckte auch ein paar Sachen von dem alten Mann mit in die Tasche. Er wartete, bis die beiden Freunde im Schlafzimmer waren und sich gegenseitig abschleckten, dann verließ er heimlich, still und leise das Haus.

*

Timoleon Vieta bog von der Hauptstraße in den Saumpfad ein, der zum Haus seines Herrn führte. Er war erschöpft und ausgehungert, aber er lief schnell, fast wie ein junger Hund, und sein Schwanz wedelte in der Luft.

*

Der Bosnier ging den Gartenweg hinunter. Er wollte nach Hause. Er redete sich ein, dass er keinen Tag mehr so weiterleben könne und dass er inzwischen auch gar keine Angst mehr vor den Männern hätte, die auf ihn geschossen hatten. Er war es leid, sich vor ihnen zu fürchten. Egal, was ich ihnen getan habe, sagte er sich, das liegt doch alles schon so lange zurück, die sind bestimmt nicht mehr hinter mir her. Wahrscheinlich hatten sie ihn längst vergessen, und seine Angst war rein irrational.

Dass er einige Zeit weg gewesen war, wäre sicher kein Problem. Er kannte eine Menge Leute, die nach Südamerika oder nach Indien oder nach Australien gegangen waren. Er hatte eben auch eine große Reise gemacht, nur dass er anderthalb Jahre lang durch Italien gezogen war. Er war eine Weile von der Bildfläche verschwunden, na und? Vermutlich würde ja gar keiner groß Fragen stellen, und wenn doch, dann würde er der Familie eben erzählen, er sei auf den Spuren der großen Dichter gewandelt und habe dabei viel gelernt, und seinen Freunden würde er erzählen, die heißen Signoras und die naiven amerikanischen Bräute hätten ihn gar nicht wieder weggelassen, was ja der Wahrheit ziemlich nahe kam. Von den langen schlaflosen Nächten würde er ihnen nichts erzählen, von den nächtlichen Anfällen von Selbstzerfleischung, denen er oft nur um Hundehaaresbreite entgangen war, oder von dem Sommer, den er ohne einen Penny in der Tasche bei einem alten Mann in den umbrischen Bergen verbracht hatte, vor lauter Schiss, dass irgendwelche knallharten Typen aus Essex ihn aufstöbern und ihm das Licht auspusten könnten.

Er dachte an die Typen aus Essex, an ihre Gesichter, ihre unkleidsamen Frisuren und ihre eng stehenden Augen und daran, was sie zu ihm gesagt hatten, zum Beispiel *Na, Kleiner, jetzt weißt du wohl nicht mehr weiter, was, mein Sohn* und *Wir wissen, wo du wohnst* und *Wär das nicht ein Jammer, wenn dein liebes altes Mütterchen einen … na ja, wie soll ich sagen … Unfall*, wie in einem schlechten Fernsehfilm. Der eine hatte ihm sogar irgendwann mit der Faust ins Gesicht geschlagen, hatte die Brauen hochgezogen und sich höhnisch auf die Fingerknöchel gepustet und *Hoppla* gesagt. Er redete sich ein, dass die ja gar nicht genug Leute hatten, um ihm auf den Fersen zu bleiben, dass das doch nur ein zusammengewürfeltes Häuflein war und dass die Typen wahrscheinlich andauernd irgendwem in den Arm schossen und es damit gut sein ließen, weil es ihnen im Grunde nur darum ging, vor ihren eigenen Leuten den starken Mann zu markieren und klarzumachen, dass sie keinen Spaß verstehen. Und weil es nur ein Streifschuss gewesen war, überlegte er sogar, ob die ihn überhaupt richtig treffen wollten. Vielleicht waren sie ja auch vor Schreck nicht in der Lage gewesen, hinter ihm herzulaufen, als er weggerannt war, und hatten nur noch irgendwelche vagen Drohungen ausstoßen können, weil sie im Grunde genau solche Angst hatten wie er selber. Wie dem auch sei, er hatte das sichere Gefühl, dass die Gefahr jetzt vorbei war. Immerhin hatte er sie ja nicht bei der Polizei verpfiffen oder so was. Er wollte seinen ganzen Sack voller Lügen nehmen und damit heimgehen zu seiner Familie und sich bei irgendwem in der Firma einen gemütlichen Job suchen. Sein Vater hatte es mühsam geschafft, doch nochmal auf die Beine zu kommen und das Kerngeschäft zu retten, das einen enormen Profitzuwachs eingefahren hatte, und dank einiger alter Freunde, die ihm den einen oder anderen lukrativen Direktorenposten angeboten hatten, war er jetzt wieder richtig obenauf. Er verdiente einen Haufen Geld damit, einfach nur rumzusitzen und über Tabak, Sandwichs oder Ölquellen zu plaudern. Es war fast so, als wäre nichts geschehen, als hätten sie niemals unmittelbar vor der Katastrophe gestanden, in die unterste Mittelschicht abzustürzen. Seine Mutter überlegte sogar schon, ob sie nicht noch eine zweite Wohnung in London kaufen sollten und ein Haus an der Algarve, zum Golfspielen. Und sein Vater kannte inzwischen garantiert jede Menge Leute, die nur darauf warteten, ihm einen Gefallen zu tun, und gern bereit waren, einem jungen Mann eine gut bezahlte Anstellung zu verschaffen, und er selber wollte seine Freunde fragen, ob sie was für ihn hatten. Zum Beispiel in der Werbebranche, das würde ihm leicht fallen, und im Bereich Finanzen war ja wohl auch einiges drin. Er telefonierte nämlich manchmal mit Freunden zu Hause in London, die ihm erzählten, dass sie sich von ihrer Extradividende ein Boot gekauft hatten oder einen BMW, und den Job, den sie machten, den könnte er genauso machen, und sie könnten ihm da sicher was besorgen, und wie Recht er gehabt hatte, dass er damals ausgestiegen war aus dem Geschäft, weil man in London inzwischen an jeder Ecke billigen Koks kriegte, und es sei ja mittlerweile auch schon so gut wie legal, und darum würde jede dahergelaufene kleine Ratte von gerade mal siebzehn Jahren mit dem Zeug handeln. Er merkte, dass er seine Freunde immer glühender um ihren Lebensstil beneidete. Es fehlte ihm, dass er schon anderthalb Jahre lang in keinem vornehmen Restaurant mehr den großen Macker markieren und das Personal von oben herab behandeln konnte, dass er sich schon anderthalb Jahre lang nicht mehr, immer wenn er Lust hatte, ein Taxi nehmen und mit dem Trinkgeld knausern konnte. Er wollte sich wie seine Freunde mit teuren, raffinierten Cocktails betrinken und seine dicke Lohntüte mit der Behauptung rechtfertigen, dass er die Kohle redlich verdient habe, dass er dafür hart gearbeitet habe, während er in Wirklichkeit nichts weiter tun müsste, als das Geld von anderen Leuten hierhin und dorthin zu schieben. Er wollte mit einer Bande von yachtbesitzenden Großmäulern an der Cowes Week teilnehmen und seinen Koks zur Abwechslung mal bei jemand anders kaufen. Er wollte Mädels mit großen Nasen und Tausenddollarhüten ficken. Und plötzlich wollte er, dass seine Mutter Simon zu ihm sagte.

Beim letzten Anruf, von einer Telefonzelle in Perugia aus, hatte seine Mutter gesagt, seiner Großmutter gehe es nicht gut, es sei bloß noch eine Frage der Zeit. Das wollte er als Grund angeben, weshalb er wieder heimkam. Dann würden ihn alle für mitfühlend halten. Und nachher wollte er sich von dem ganzen Geld einen Wagen kaufen und eine Wohnung, oder wenigstens ein hübsches Apartment am Fluss mieten. Auf einmal wurde er jäh aus seinen Tagträumen gerissen, denn er sah den Hund, den er zusammen mit dem alten Mann in Rom ausgesetzt hatte. Er traute seinen Augen nicht. Das Tier kam schnurstracks auf ihn zu.

Timoleon Vieta wich an den äußersten Rand des Saumpfads aus, er hatte den Schwanz eingeklemmt. Der Bosnier lachte, ohne zu lächeln. Er ging zu dem erschöpften Hund, holte aus, packte ihn an seinem struppigen Nackenfell und hob ihn hoch. Die Hinterbeine des Hundes baumelten ein paar Zentimeter über dem Erdboden. Er war abgemagert und entkräftet und wog nicht viel. Sein Fell war verdreckt und stellenweise so dünn, dass die Haut durchguckte. Er knurrte und strampelte, aber er war zu schwach, und der Bosnier hatte ihn fest im Griff. Seine Knöchel waren ganz weiß.

»Ich kommen aus Bosnia«, sagte der Bosnier. Er hielt den sich windenden Köter auf Armlänge von sich weg und stellte seine Tasche auf den Boden, suchte nach seinem Messer und fand es auch. Es steckte in der alten Socke, die er als Scheide benutzte. Er hielt es dem Hund an die Kehle, drückte es durch das Fell in die Haut und zog es mit aller Kraft durch. Das Blut schoss aus dem Schlitz und spritzte dem Bosnier das T-Shirt und die Arme und die Hände voll. Der Hund gab ein gurgelndes Röcheln von sich, zuckte und bewegte sich nicht mehr. Der Bosnier ließ Timoleon Vieta auf die Erde fallen. »Ich kommen aus Bosnia«, sagte er, und dabei trampelte und stampfte er auf dem Kopf des Hundes herum. »Ich machen tot die Hunde.« Er spürte, wie Timoleon Vietas Schädel unter der Wucht seiner Stiefel nachgab. »Ist meine Instinkt.« Er versetzte ihm einen Tritt, dass er mitten auf den Weg flog.

Der Hund lag tot auf der Seite, ein Auge nach oben, als blickte es in den Himmel. Als der Bosnier das sah, rammte er sein Messer immer wieder in den Augapfel, bis nur noch Brei davon übrig war und es nicht mehr so aussah, als blickte es in den Himmel. Dann zog er sich ein anderes T-Shirt an, wischte sich mit dem alten das Blut von den Armen und Händen und ging seiner Wege.

»Simon heiße ich«, sagte er. »Simon.« Immer lauter wurde seine Stimme. »Ich heiße Simon«, er brüllte es. »Simon«, schrie er.

Er kam auf die Hauptstraße und ging zur Bushaltestelle, klopfte auf seine Gesäßtasche mit dem Bündel Lire, das er dem alten Mann gestohlen hatte, und ließ den Bosnier hinter sich zurück, damit der bei der Hundeleiche Totenwache hielt.

»Komm, wir gehn zu Fuß in die Stadt«, sagte der nackte Junge, der seine silbernen Shorts vor langer Zeit bei einem alten Mann zurückgelassen hatte. Sie passten nicht zu seinem unaufhaltsam voranschreitenden Haarausfall. Er hatte feststellen müssen, dass überhaupt nur wenig passte zu so einem unaufhaltsam voranschreitenden Haarausfall. Die alten Männer hatten ihm immer weniger gezahlt und sich immer weniger für ihn interessiert. Sie wollten Jungs mit Haaren haben. Das war alles sehr traurig gewesen. Er hatte angefangen, sich mit Gleichaltrigen abzugeben, was immerhin besser als gar nichts war, aber irgendwie fand er das halt nicht so prickelnd. Das Problem war, die waren ihm einfach nicht alt genug.

»Es ist ja kein Sommer mehr, komm, wir gehn zu Fuß, wie wir's früher immer getan haben.« Sie hatten durch die Vorhänge gelugt und den Bosnier mit der Tasche über der Schulter losmarschieren sehen und hatten sich ausgerechnet, dass er inzwischen längst über alle Berge sein musste.

Früher hatten sie, wenn es nicht zu heiß war, immer probiert, ob sie es schafften, den ganzen Weg von der Haustür bis runter zur Hauptstraße Hand in Hand zu gehen. Wenn sie meinten, jemanden kommen zu hören, hatten sie sich sofort losgelassen und Onkel und Neffe gespielt, denn dass ein Onkel mit seinem Neffen unterwegs ist, kann man in Umbrien, Marken und der Toskana jeden Tag erleben. Es war ein abgelegener Weg, sodass sie es fast immer schafften.

»Na gut«, sagte der nackte alte Mann. »Aber zurück nehmen wir ein Taxi. Ich bin nicht mehr so jung wie früher, weißt du.«

»Ich weiß. Darum liebe ich dich ja so. Weil du immer älter wirst.«

Sie zogen sich an, schlossen die Haustür hinter sich zu und nahmen sich bei der Hand. »Jetzt müsste nur noch Timoleon Vieta hier sein«, seufzte Cockroft.

Der Junge drückte die Hand des alten Mannes und überlegte, wie er ihn aufmuntern könnte. *Why do birds suddenly appear?*, sagte er leise.

»Wie bitte? Ach so, du meinst *Every time, I am near.*« Cockroft lächelte. »Tja, weißt du, die einzige logische Erklärung dafür ist, dass es sie halt zu mir zieht, genau wie dich. *Just like you/They long to be/Close to me.*« Aus irgendeinem Grunde war *Close To You* ihr Lieblingslied.

Sie fingen noch einmal von vorne an, und so gingen sie zusammen den Gartenweg hinunter, schlenkerten mit den Armen und lachten, wenn ihnen eine Zeile nicht einfiel.

Danksagung

Ich danke Christopher Meredith (meinem Cymraeg-Berater), Sheenagh Pugh (für ihre unschätzbare Hilfe), Sairah Woods (ebenso), Jamie, Stan und Colin und allen anderen Rettern bei Canongate, meinen vielen Verbündeten während eines unzufriedenen Sommers, Herbsts und Winters (deren Namen ich diskreterweise nicht nenne – ich danke euch allen), der Society of Authors, WB & VC Rhodes und natürlich Blimey.

Besonders danke ich Vien Thuc, dass er mir erlaubt hat, seine Hundezeichnung zu benutzen. Seine erstaunliche Galerie findet man in Lam Ty Ni Pagoda, 2 Duong Thien My, Da Lat, Lam Dong, Vietnam.